Über dieses Buch Die Erzählung ›Das Gartenfest‹ entstand 1921 in Montana, sie wurde im Februar 1922 in der *Weekly Westminster Gazette* veröffentlicht und dann zur Titelgeschichte in der Sammlung ›The Garden Party and Other Stories‹ erklärt. Das Buch erlebte rasch hintereinander mehrere Auflagen, Katherine Mansfield wurde schlagartig als wegweisende Dichterin der modernen short story berühmt.
Die in diesem Band zusammengefaßten fünfzehn Erzählungen lassen die Welt der jungen Katherine Mansfield in New Zealand erstehen. Mit scheinbar einfachsten Mitteln beschreibt sie scheinbar mühelos einen Ausschnitt »Leben«.
Zu der Erzählung ›Das Gartenfest‹ schrieb sie 1922 an den Schriftsteller William Gerhardi: »... Das ist es, was ich im ›Gartenfest‹ darzustellen versuchte. Die Vielschichtigkeit des Lebens und wie wir versuchen, alles einzupassen, den Tod eingeschlossen. Das ist für eine Person von Lauras Alter verwirrend. Sie fühlt, daß die Dinge anders laufen sollten. Erst das eine und dann das andere. Aber so ist das Leben nicht. Wir besitzen nicht die Gewalt darüber. Laura sagt: ›Aber all diese Dinge dürfen doch nicht auf einmal geschehen.‹ Und das Leben antwortet: ›Warum nicht? Wie sind sie denn voneinander zu trennen?‹ Und sie geschehen doch nun einmal; es ist unvermeidlich. Und es scheint mir, daß Schönheit in dieser Unvermeidlichkeit liegt.«

Über die Autorin Katherine Mansfield, 1888 als Kathleen Beauchamps, Tochter eines englischen Bankiers, in Wellington, New Zealand, geboren. 1908 verließ sie endgültig die als provinziell empfundene überseeische Heimat und siedelte nach London um. Ein unstetes Leben begann, es war die Zeit des ›fin de siècle‹, dessen verführerisches Leben sie anzog: »O, ich will die Dinge auf die Spitze treiben!«, wie sie schon 1906 in ihr Tagebuch schrieb. Durch eine unglückliche Heirat fand dieses Leben ein Ende. Nach der Scheidung heiratete sie 1918 den Schriftsteller John Middleton Murry. Paris, London, Cornwall, die Provence waren Stationen eines unruhigen, ›unbürgerlichen‹ Daseins. Unheilbar an Tuberkulose erkrankt, suchte sie 1922 in Frankreich Hilfe, wo sie 1923 in der Nähe von Fontainebleau starb.
Die vollständige Ausgabe ihrer Erzählungen erscheint im Fischer Taschenbuch Verlag: ›Glück‹ (Bd. 9270); ›Das Taubennest‹ (Bd. 9271); ›Etwas Kindliches, aber sehr Natürliches‹ (Bd. 9272); ›In einer deutschen Pension‹ (Bd. 9273); ›Das Leben sollte sein wie ein stetiges, sichtbares Licht‹. Briefe, Tagebücher, Kritiken. Mit einer biographischen Notiz von Elisabeth Schnack. Herausgegeben von Christel Schütz (Bd. 5739).

Katherine Mansfield
Das Gartenfest

Erzählungen

Herausgegeben und übersetzt
von Elisabeth Schnack

Fischer
Taschenbuch
Verlag

Originaltitel: The Collected Stories of Katherine Mansfield
Verlag Constable, London 1945

17.–24. Tausend: September 1988

Ungekürzte Ausgabe
Veröffentlicht im Fischer Taschenbuch Verlag GmbH,
Frankfurt am Main, Oktober 1982

Lizenzausgabe mit freundlicher Genehmigung der
Büchergilde Gutenberg, Frankfurt am Main

Die Originalausgabe erschien unter dem Titel
›The Collected Stories of Katherine Mansfield‹
im Verlag Constable, London 1945
Umschlaggestaltung: Buchholz/Hinsch/Hensinger
unter Verwendung des Gemäldes
›La Loge, Messieurs et Mesdames Jasse et Gaston Bernheim-Jeune‹
von Pierre Bonnard
(Bernheim-Jeune, Paris)

Druck und Bindung: Clausen & Bosse, Leck
Printed in Germany
ISBN 3-596-29269-7

Inhalt

An der Bucht

I.

Sehr früh am Morgen. Die Sonne war noch nicht aufgegangen, und die ganze Crescent-Bucht lag unter weißem Seenebel versteckt. Die großen, mit Buschwald überzogenen Hügel dahinter waren ganz in Nebel gehüllt. Man konnte nicht erkennen, wo sie aufhörten und wo die Koppeln und Bungalows begannen. Die sandige Straße war verschwunden, und auch die Koppeln und Bungalows auf der andern Seite, und hinter ihnen waren keine weißen, mit rötlichem Gras bedeckten Dünen: nichts war da, was hätte anzeigen können, wo der Strand und wo das Meer war. Starker Tau war gefallen. Das Gras war bläulich. Große Tautropfen hingen an den Büschen und zauderten zitternd; das silbrige, flaumige Wollgras hob sich schlaff auf seinen langen Stielen, und alle Ringelblumen und Nelken in den Bungalowgärten wurden von der Nässe zur Erde gebeugt. Tropfnaß waren die kalten Fuchsien, runde Tauperlen lagen auf den flachen Kapuzinerblättern. Es sah aus, als hätte das Meer in der Dunkelheit lautlos angegriffen und als wäre eine riesige Woge herangerollt—wie weit wohl? Wenn man mitten in der Nacht aufgewacht wäre, hätte man vielleicht einen großen Fisch sehen können, wie er zum Fenster herein- und wieder hinausschnellte . . .

Ah – ah! klang es von der schläfrigen See her. Und aus dem Buschwald drang das Geriesel kleiner Bäche, die rasch und leichtfüßig zwischen glatten Steinen hindurchschlüpften und sich in farnbewachsene Wasserlöcher stürzten, hinein und wieder hinaus; von großen Blättern klatschten dicke Tropfen nieder, und etwas anderes – was war es nur? – regte sich leise und zitterte, ein Zweig knackste, und dann eine solche Stille, als ob einer lausche.

Um die Ecke der Crescent-Bucht, zwischen aufgetürmten Felsbrocken, kam eine Schafherde angetrippelt. Sie drängten sich dicht aneinander, eine kleine, hüpfende Wollfläche,

und ihre dünnen, steckendürren Beinchen trabten so rasch weiter, als hätten die Kälte und die Stille sie erschreckt. Hinter ihnen lief ein alter Schäferhund einher, die feuchten Pfoten sandig, die Nase am Boden, aber sorglos, als dächte er an etwas anderes. Und dann erschien in dem felsigen Durchlaß der Schäfer selber. Er war ein hagerer, aufrechter alter Mann in einem Friesrock, der mit einem Gespinst winziger Tropfen bedeckt war, in einer unter den Knien zugebundenen Samthose und einem Schlapphut mit um die Krempe gebundenem blauem Taschentuch. Die eine Hand hatte er in den Gürtel gesteckt, die andre packte einen wunderbar glatten gelben Stock. Und während er so einherschritt und sich Zeit ließ, pfiff er leicht und leise vor sich hin, helle, ferne Flötentöne, die traurig und zärtlich klangen. Der alte Hund machte rein gewohnheitsmäßig ein paar Freudensprünge, gab es dann aber, beschämt wegen seines Leichtsinns, unvermittelt auf und machte an der Seite seines Herrn einige würdevolle Schritte. Die Schafe unternahmen kleine, trippelnde Vorstöße; sie begannen zu blöken, und gespenstige Herden und Hirten antworteten ihnen aus dem Meer.
»Bäh! Bääähl!« Eine Zeitlang schienen sie stets auf dem gleichen Stück Land zu sein; vor ihnen dehnte sich die sandige Straße mit seichten Pfützen; zu beiden Seiten tropfnasse Büsche und schattenhafte Zäune. Dann kam ein Ungeheuer in Sicht: ein struppiger Riese streckte die Arme aus. Es war der hohe Eukalyptusbaum vor Mrs. Stubbs Laden, und ein starker Eukalyptusduft schlug ihnen entgegen, als sie daran vorüberzogen. Und jetzt glommen dicke Lichtflecke im Nebel. Der Schäfer hörte auf zu pfeifen; er rieb sich die rote Nase und den nassen Bart an seinem feuchten Ärmel ab, kniff die Augen zusammen und blickte dorthin, wo das Meer sein mußte. Die Sonne ging auf. Es war erstaunlich, wie rasch der Nebel sich lichtete, fortstob, sich über der flachen Mulde auflöste, vom Buschwald fortrollte und verschwunden war, als müsse er eiligst entfliehen; große Nebellocken und Knäuel stießen und bedrängten einander, je mehr sich die Silberbahnen verbreiterten. Der ferne Himmel – ein helles, reines Blau – spiegelte sich in den Pfützen, und die Trop-

fen, die an den Telegraphendrähten entlangschwammen, blitzten wie lauter Lichtpunkte auf. Die hüpfende, glitzernde See war jetzt so grell, daß einem die Augen beim Hinschauen weh taten. Der Schäfer holte aus der Brusttasche eine Pfeife, deren Kopf so klein wie eine Eichel war, tastete nach der Tabakrolle, schabte ein paar Schnipsel ab und stopfte sie in den Pfeifenkopf. Er war ein ernster, stattlicher alter Mann. Als er die Pfeife anzündete und der blaue Rauch sich um seinen Kopf kräuselte, blickte der Hund, der ihn beobachtete, stolz zu ihm auf.

»Bäh! Bäääh!« Die Schafe fächerten auseinander. Sie hatten gerade die Sommerkolonie hinter sich, bevor der erste Schläfer sich umdrehte und den schlaftrunkenen Kopf hob. Das Blöken zog durch die Träume der kleinen Kinder ... die ihre Arme hoben, um die süßen, wolligen Schlaflämmchen zu umarmen und zu herzen. Dann tauchte der erste Einwohner auf: es war Burnells Katze Florrie, die sich – wie immer viel zu früh – auf den Pfosten des Gartentors setzte und nach dem Milchmädchen Ausschau hielt. Als sie den alten Schäferhund sah, sprang sie rasch hoch, machte einen Buckel, zog den getigerten Kopf ein und schien sich hochmütig zu schütteln. »Puh! Was für ein vulgärer, widerlicher Kerl!« sagte Florrie. Doch der alte Schäferhund blickte nicht auf, sondern zottelte, mit den Beinen nach beiden Seiten schlenkernd, vorbei. Nur das eine Ohr zuckte, um zu beweisen, daß er sie sah und für ein albernes junges Weibsbild hielt.

Im Buschwald erhob sich der Morgenwind, und der Geruch von Blättern und feuchter schwarzer Erde mischte sich mit dem herben Geruch des Meeres. Myriaden von Vögeln sangen. Ein Distelfink flog über den Kopf des Schäfers, setzte sich auf die äußerste Spitze eines Zweigs, kehrte sich der Sonne zu und plusterte seine kleinen Brustfedern auf. Jetzt waren die Schafe an der Hütte des Fischers und an der rußigen kleinen Maori-Hütte vorbeigezogen, in der Leila, das Milchmädchen, mit ihrer Großmutter wohnte. Sie zerstreuten sich über einen gelben Sumpf, und Wag, der Schäferhund, patschte ihnen nach, trieb sie zusammen und drängte sie gegen den steileren, engeren Felsenpaß, der aus der Crescent-Bucht hinaus und zur Daylight-Bucht führte. »Bäh! Bääääh!« drang das Blöken nur noch schwach herüber, als sie auf der schnell trocknenden Straße weiterschlingerten. Der Schäfer steckte seine Pfeife weg und ließ sie so in die Brusttasche gleiten, daß der kleine Kopf überhing. Und schnurstracks begann wieder das leise, leichte Pfeifen. Wag rannte auf einem Felsenband hinter etwas Riechendem her und kehrte angewidert um. Dann stießen, drängelten und schoben sich die Schafe um die Biegung, und der Schäfer folgte ihnen, bis auch er außer Sicht war.

II.

Ein paar Minuten später öffnete sich die Hoftür des einen Bungalows, und eine Gestalt in einem breitgestreiften Badeanzug flog die Koppel hinunter, setzte über den Zauntritt, sauste durch das Bültgras in die Mulde hinein, stolperte die sandige Kuppe hinauf und raste wie ums liebe Leben über die großen, porösen Steine und über die kalten, nassen Kiesel bis auf den festen Sand, der wie Öl glänzte. Plitsch-platsch! Plitsch-platsch! Das Wasser quirlte um Stanley Burnells Beine, als er triumphierend hinauswatete. Der erste im Wasser, wie gewöhnlich! Er hatte sie wieder alle geschlagen. Und er duckte sich, um Kopf und Schultern naß zu spritzen.

»Sei mir gegrüßt, Bruder! Heil dir, du Mächtiger!« Eine samtene Baßstimme dröhnte über das Wasser.

Verflixt und zugenäht! Hol ihn der Teufel! Stanley hob sich etwas an und sah weit draußen einen hüpfenden dunklen Kopf und einen erhobenen Arm. Es war Jonathan Trout – und schon vor ihm da! »Herrlicher Morgen!« sang die Stimme.

»Ja, sehr schön«, erwiderte Stanley kurz. Warum, zum Teufel, hielt sich der Bursche nicht an sein Stück Ufer? Warum mußte er sich ausgerechnet hierherdrängeln? Stanley stieß sich ab, holte weit aus und kraulte drauflos. Aber Jonathan war ihm gewachsen. Er tauchte auf, das schwarze Haar glatt und naß auf der Stirn, der kurze Bart triefend.

»Mir hat heut nacht was ganz Erstaunliches geträumt!« rief er.

Was war nur los mit dem Mann? Diese Sucht, sich zu unterhalten, ärgerte Stanley maßlos. Und immer war es dasselbe – immer irgendein Unsinn über einen Traum, den er gehabt hatte, oder über einen verrückten Einfall, von dem er gehört hatte, oder einen Blödsinn, den er gelesen hatte. Stanley drehte sich auf den Rücken und strampelte mit den Beinen, bis er ein lebendiger Wasserspeier war. Aber auch dann noch ... »Mir hat geträumt, daß ich in einer schrecklich hohen Steilwand hing und zu jemand hinunterschrie!« Sieht dir ähnlich, dachte Stanley. Mehr von der Sorte konnte er nicht ertragen. Er hörte auf zu planschen. »Hör mal, Trout«, sagte er, »ich muß mich heute sehr beeilen.«

»*Was* mußt du?« Jonathan war so erstaunt – oder tat jedenfalls erstaunt –, daß er untersank und prustend wieder auftauchte.

»Ich wollte bloß sagen«, erwiderte Stanley, »daß ich keine Zeit habe, lange – herumzutrödeln. Ich will's hinter mich bringen. Bin in Eile. Muß heute morgen arbeiten, verstehst du?«

Jonathan war weg, bevor Stanley seinen Satz beendet hatte. »Passiert, Freund!« sagte die Baßstimme sanft, und er glitt durchs Wasser davon, fast ohne es aufzurühren ... Aber ein verdammter Bursche war er doch! Er hatte Stanley sein morgendliches Bad verdorben. Was für ein lästiger Idiot der Mensch war! Stanley holte wieder aus, schwamm weit hinaus und ebenso schnell zurück, und dann eilte er den Strand hinauf. Er fühlte sich betrogen.

Jonathan blieb etwas länger im Wasser. Er lag auf dem Rükken, bewegte nur sachte die Hände wie Flossen und ließ seinen langen, hageren Körper vom Meer wiegen. Es war merkwürdig, denn trotz alledem konnte er Stanley Burnell gut leiden. Allerdings hatte er manchmal den teuflischsten Spaß daran, Stanley zu hänseln oder ihn hochzunehmen, aber im Grunde tat er ihm leid. Es lag etwas Rührendes in dem Drang, aus all und jedem eine Rekordleistung zu machen. Man konnte das Gefühl nicht loswerden, daß er eines Tages dabei versagen müsse – und wie belämmert stünde er dann da! Eine ungeheure Welle hob Jonathan auf, überholte ihn und überschlug sich, fröhlich rauschend, am Ufer. Was für eine prächtige das gewesen war! Und jetzt kam noch eine! Ja, so sollte man leben – sorglos, leichtsinnig, sich selbst überlassen! Er tastete nach dem Grund, watete aufs Ufer zu und drückte die Zehen in den festen, welligen Sand. Die Dinge leichtnehmen, nicht gegen Ebbe und Flut des Lebens ankämpfen, sondern nachgeben – das war's, was not tat! Das ständige Angespanntsein war ganz verkehrt. Leben – leben! Und der herrliche Morgen, der sich so jung und schön im ersten Licht badete, als freue er sich an seiner eigenen Pracht, schien zu flüstern: »Warum denn nicht?«

Doch jetzt, wo Jonathan aus dem Wasser heraus war, wurde er blau vor Kälte. Alles schmerzte – als ob ihm jemand das Blut aus den Adern wringen wollte! Und während er zitternd, mit verkrampften Muskeln, den Strand hinaufstelzte, fand auch er, daß ihm sein Bad verdorben war. Er war zu lange im Wasser geblieben.

III.

Beryl war allein im Wohnzimmer, als Stanley in einem blauen Sergeanzug, mit steifem Kragen und getupfter Krawatte, erschien. Er sah fast unheimlich sauber und gepflegt aus: er wollte den ganzen Tag in der Stadt bleiben. Als er sich auf seinen Stuhl fallen ließ, holte er seine Uhr hervor und legte sie neben den Teller.

»Ich habe genau fünfundzwanzig Minuten«, sagte er. »Könntest du bitte nachsehen, ob der Porridge fertig ist, Beryl?«

»Mutter holt ihn gerade«, sagte Beryl. Sie setzte sich an den Tisch und schenkte ihm Tee ein.

»Danke« – Stanley nahm einen Schluck. »Oh ...«, rief er. »Du hast ja den Zucker vergessen!«

»Ach, verzeih!«

Aber auch jetzt bediente Beryl ihn nicht, sondern schob ihm nur die Zuckerdose zu. Was sollte denn das bedeuten? Während Stanley zugriff, zog er die Brauen in die Höhe und riß die blauen Augen auf. Er warf seiner Schwägerin einen raschen Blick zu und lehnte sich zurück.

»Ist was schiefgegangen?« fragte er gleichmütig und betastete seinen Kragen.
Beryl hatte den Kopf gesenkt; sie drehte den Teller zwischen den Fingern herum.
»Nichts«, sagte sie leichthin. Dann blickte sie auf und lächelte Stanley an. »Wieso denn?«
»Ach – bloß so. Ich dachte nur, daß du ziemlich ...«
In diesem Augenblick ging die Tür auf, und drei kleine Mädchen erschienen; jede trug einen Teller Porridge. Sie waren gleich gekleidet und hatten blaue Pullis und Pumphosen an; die braunen Beine waren nackt, und jede hatte das Haar geflochten und zu einem Pferdeschwanz aufgesteckt, wie sie das nannten. Hinter ihnen kam Mrs. Fairfield mit dem Tablett an.
»Vorsichtig, Kinder!« mahnte sie. Aber sie nahmen sich mächtig in acht. Sie liebten es, daß man ihnen erlaubte, etwas zu tragen. »Habt ihr Vater guten Morgen gewünscht?«
»Ja, Oma.« Sie setzten sich auf die Bank gegenüber von Stanley und Beryl.
»Guten Morgen, Stanley!« Die alte Mrs. Fairfield stellte ihm seinen Teller mit Porridge hin.
»Morgen, Mutter! Was macht der Junge?«
»Dem geht's gut! Heute nacht ist er nur einmal aufgewacht. Was für ein herrlicher Morgen!« Die alte Frau, die ihre Hand auf den Brotlaib gelegt hatte, unterbrach sich, um durch die offene Tür in den Garten zu blicken. Das Meer rauschte. Durch das weit offene Fenster flutete die Sonne auf die gelb gefirnißten Wände und die Dielen. Alles auf dem Tisch funkelte und glitzerte. In der Mitte stand eine alte Salatschüssel mit gelber und roter Kapuzinerkresse.
Sie lächelte, und innige Zufriedenheit leuchtete aus ihren Blicken.
»Bitte schneide mir doch jetzt eine Scheibe Brot ab, Mutter!« sagte Stanley. »Mir bleiben nur noch zwölfeinhalb Minuten, bis die Postkutsche kommt! Hat jemand dem Mädchen meine Schuhe zum Putzen gegeben?«
»Ja, sie stehen da!« Mrs. Fairfield ließ sich nicht aus der Ruhe bringen.

»O, Kezia! Warum bist du nur so ein Schmierfink?« rief Beryl verzweifelt.
»Ich, Tante Beryl?« Kezia schaute sie verwundert an. Was hatte sie jetzt wieder angestellt? Sie hatte doch bloß eine Kuhle in ihrem Porridge gemacht und mit Milch gefüllt, und jetzt aß sie vom Rand her. Aber das tat sie jeden Morgen, und noch nie hatte jemand deswegen ein Wort gesagt.
»Warum kannst du nicht manierlich essen – wie Isabel und Lottie?« Wie ungerecht die Erwachsenen waren!
»Aber Lottie macht immer eine schwimmende Insel, nicht wahr, Lottie?«
»Ich nicht«, sagte Isabel selbstgefällig. »Ich streue nur Zukker drauf und gieße Milch drüber und esse. Bloß Babies spielen mit ihrem Essen rum!«
Stanley stieß seinen Stuhl zurück und stand auf.
»Könntest du mir bitte die Schuhe holen, Mutter? Und Beryl, wenn du fertig bist, tu mir den Gefallen, lauf ans Gartentor und halte die Postkutsche an! Spring zu deiner Mutter, Isabel, und frage sie, wo mein Hut hingeraten ist! Warte mal – habt ihr Kinder mit meinem Stock gespielt?«
»Nein, Vater!«
»Ich hatte ihn aber hierhergestellt!« polterte Stanley los. »Ich weiß genau, daß ich ihn hier in diese Ecke gestellt habe! Wer hat ihn also gehabt? Ich habe keine Zeit zu verlieren! Seht euch um! Der Stock muß sich doch finden!«
Selbst Alice, das Mädchen, mußte bei der Hetzjagd mitmachen. »Sie haben ihn hoffentlich nicht benutzt, um im Herd zu stochern?«
Stanley stürmte ins Schlafzimmer, wo Linda im Bett lag. »Ganz erstaunlich! Nichts, was mir gehört, bleibt an Ort und Stelle. Jetzt haben sie mir meinen Stock verkramt!«
»Deinen Stock, Liebster? Was für einen Stock?« Lindas Unsicherheit in solchen Fällen konnte nicht echt sein, meinte Stanley. Niemand erbarmte sich seiner!
»Die Post ist da! Die Post ist da, Stanley!« rief Beryl vom Gartentor her.
Stanley winkte Linda nur zu. »Keine Zeit, mich zu verabschieden!« schrie er. Es war als Strafe für sie gedacht.

Er riß seine Melone an sich, stürzte aus dem Haus und flog den Gartenweg hinab. Ja, die Postkutsche wartete schon, und Beryl lehnte sich über das offene Tor und lachte mit jemand, als sei nichts geschehen! Wie herzlos die Frauen waren! Sie hielten es für selbstverständlich, daß es die Aufgabe des Mannes war, sich abzurackern, während sie sich nicht mal die Mühe machten und darauf achteten, daß sein Stock nicht verschwand! Kelly ließ die Peitschenschnur über den Pferderücken spielen.

»Leb wohl, Stanley!« rief Beryl liebreich und fröhlich. Leicht genug, Lebwohl zu sagen! Da stand sie, untätig, und legte die Hand über die Augen. Das Schlimmste daran war, daß Stanley auch Lebwohl rufen mußte, um den Schein zu wahren. Dann sah er, wie sie sich umdrehte und fröhlich hüpfte und ins Haus zurücklief. Sie war froh, ihn losgeworden zu sein!

Ja, sie war noch so froh. Sie lief ins Wohnzimmer und rief: »Jetzt ist er weg!« Und Linda rief aus ihrem Zimmer: »Beryl? Ist Stanley weg?« Die alte Mrs. Fairfield erschien, auf dem Arm den kleinen Jungen in seinem Flanelljäckchen.

»Ist er weg?«

»Ja, er ist weg!«

Oh, was für eine Erleichterung! Was für ein Unterschied, den Mann aus dem Haus zu haben! Ihre Stimmen wurden anders, wenn sie miteinander sprachen, sie klangen warm und liebevoll und als hätten sie ein gemeinsames Geheimnis. Beryl trat an den Tisch. »Nimm noch eine Tasse Tee, Mutter! Er ist noch heiß!« Irgendwie mußte die Tatsache gefeiert werden, daß sie jetzt tun konnten, was sie wollten. Kein Mann war da, der sie störte – der ganze herrliche Tag gehörte ihnen allein.

»Nein, danke, Kind«, sagte die alte Mrs. Fairfield, doch die Art, wie sie jetzt den Jungen hochfliegen ließ und ›hopsasasa!‹ rief, ließ erkennen, daß sie ebenso empfand. Die kleinen Mädchen liefen wie aus dem Verschlag herausgelassene Hühner auf die Koppel.

Sogar Alice, das Mädchen, in der Küche mit dem Abwaschen beschäftigt, ließ sich von der Stimmung anstecken und ging mit dem kostbaren Tankwasser auf geradezu verschwenderische Art um.

»Oh, diese Männer!« sagte sie, tauchte die Teekanne ins Spülbecken und hielt sie noch immer unter Wasser, auch nachdem sie längst zu blubbern aufgehört hatte – gerade als wäre sie ein Mann, und Ertränken wäre noch zu gut für ihn.

IV.

»Warte auf mich, Isabel! Kezia, warte doch!«

Die arme kleine Lottie war wieder einmal zurückgeblieben, weil sie es immer so furchtbar schwierig fand, allein über den Zauntritt zu steigen. Als sie auf der obersten Sprosse stand, begannen ihre Knie zu wackeln, und sie hielt sich am Pfosten. Jetzt sollte sie ein Bein hinüberschwingen – aber welches Bein? Das konnte sie nie entscheiden. Und wenn sie endlich mit verzweifeltem Aufstampfen ein Bein drübergesetzt hatte, war das Gefühl einfach gräßlich. Halb war sie noch auf der Koppel, und halb war sie schon im Bültgras. Sie klammerte sich angstvoll an den Pfosten und rief laut: »Wartet auf mich!«

»Nein, du mußt nicht auf sie warten, Kezia!« bestimmte Isabel. »Sie ist so dumm! Immer stellt sie sich so an! Komm jetzt!« Und sie zog Kezia am Pulli. »Du darfst meinen Eimer nehmen, wenn du mitkommst!« sagte sie freundlich. »Er ist größer als deiner!« Aber Kezia konnte Lottie nicht ganz allein lassen. Sie rannte zu ihr zurück. Lottie war unterdessen sehr rot im Gesicht geworden und schnaufte laut.

»Komm, hol den andern Fuß rüber!« sagte Kezia.

»Aber wohin?«

Lottie blickte wie von einem Berggipfel auf Kezia nieder.

»Hierhin, wo meine Hand ist!« Kezia klopfte auf die Stelle.

»Ach so – *dahin* meinst du!« Lottie schöpfte tief Atem und holte auch den andern Fuß hinüber.

»Jetzt dreh dich ein bißchen und setz dich hin und rutsche!« sagte Kezia.

»Aber es ist gar nichts zum Hinsetzen da!« jammerte Lottie.

Schließlich brachte sie es doch fertig, und sobald sie drüben war, schüttelte sie sich zurecht und strahlte.
»Ich kann schon viel besser übern Zauntritt klettern, nicht wahr, Kezia?«
Lottie war von hoffnungsfroher Gemütsart.
Die rosa und die blaue Sonnenhaube folgten Isabels roter Haube, die rutschende, lose Sanddüne hinauf. Oben blieben sie stehen, überlegten, wohin sie gehen wollten, und schauten genau hin, wer schon alles da war. Wenn man sie von hinten sah, wie sie sich gegen den Himmel abhoben und mit ihren Spaten herumzeigten, glichen sie winzigen, ratlosen Forschungsreisenden.
Die ganze Samuel-Josephs-Brut war schon mitsamt der ›Stütze‹ da, die auf einem Feldstuhl saß und mittels eines um den Hals gebundenen Pfeifchens und eines Stocks zum Leiten der Spiele auf Ordnung achtete. Die Samuel-Josephs-Kinder spielten nie ohne Anweisung und dachten sich nie eigene Spiele aus. Taten sie es doch einmal, dann endete es damit, daß die Jungen den Mädchen Wasser in den Nacken schütteten und daß die Mädchen versuchten, den Jungen kleine schwarze Krabben in die Taschen zu stecken. Deshalb entwarfen Mrs. Josephs und die arme Stütze jeden Morgen ein Programm, wie sie es nannten, um sie zu beschäftigen und von Unfug abzuhalten. Meistens war es ein Wettbewerb oder Wettrennen oder ein gemeinsames ›Spiel‹. Alle begannen mit einem durchdringenden Pfiff der Stütze und endeten auch so. Es gab sogar Preise – große, ziemlich schmuddelige Päckchen, welche die Stütze mit säuerlichem Lächeln aus einer prallen Netztasche holte. Die Samuel-Josephs-Kinder kämpften schrecklich um die Preise und mogelten und kniffen einander in den Arm – aufs Kneifen verstanden sie sich besonders gut. Das eine Mal, als die Burnell-Kinder mit ihnen spielten, hatte Kezia einen Preis bekommen, und als sie drei kleine Papierfetzen abgewickelt hatte, lag innen drin ein sehr kleiner, verrosteter Schuhknöpfer. Sie begriff nicht, wie man sich deshalb so anstellen konnte ...
Doch jetzt spielten sie nie mehr mit den Samuel-Josephs-Kindern und gingen auch nicht zu ihren Einladungen. Die

Samuel-Josephs gaben immer Kindergesellschaften an der Bucht, und immer gab es die gleichen Sachen zu essen: ein großes Waschbecken mit sehr braunem Obstsalat, in Viertel geschnittene Rosinenbrötchen und einen Waschkrug voll eines Getränks, das die Stütze ›Limmonädchen‹ nannte. Und wenn man abends heimging, war die halbe Rüsche vom Kleid abgerissen oder irgendwas hatte sich über die schöne Stickereischürze ergossen, während die Samuel-Josephs wie die Wilden auf ihrem Rasen herumtanzten. Nein, sie waren zu scheußlich!

Am andern Ende des Strandes und nah beim Wasser huschten zwei kleine Jungen mit hochgekrempelten Hosen wie Spinnen hin und her. Der eine grub, und der andre trabte zum Wasser und wieder hinaus, jedesmal seinen kleinen Eimer füllend. Das waren die Trout-Jungen Pip und Rags. Aber Pip grub so eifrig, und Rags half ihm so eifrig, daß sie ihre kleinen Kusinen erst sahen, als sie ganz nah vor ihnen standen.

»Da schaut mal!« sagte Pip. »Schaut mal, was ich entdeckt habe!« Und er zeigte ihnen einen alten, nassen, eingedellten Stiefel. Die drei kleinen Mädchen staunten.

»Aber was wollt ihr denn damit machen?« fragte Kezia.

»Ihn behalten, natürlich!« Pip war sehr herablassend. »Es ist Strandgut, versteht ihr?«

Ja, das sah Kezia ein. Trotzdem ...

»Im Sand sind eine Unmenge Sachen vergraben«, erklärte Pip. »Von Wracks angeschwemmt. Kostbare Sachen. Man könnte sogar ...«

»Aber warum muß Rags dauernd Wasser reingießen?« fragte Lottie.

»Oh, zum Feuchthalten«, sagte Pip. »Damit sich's besser verarbeiten läßt. Mach weiter, Rags!«

Und der brave kleine Rags lief hin und her und goß Wasser hinein, das so braun wie Kakao wurde.

»He, soll ich euch mal zeigen, was ich gestern gefunden habe?« fragte Pip mit geheimnisvoller Miene und steckte seinen Spaten in den Sand. »Ihr müßt aber versprechen, es nicht weiterzusagen!«

Sie versprachen es.
»Sagt: Hand aufs Herz, so wahr ich lebe!«
Die kleinen Mädchen sprachen es ihm nach.
Pip holte etwas aus seiner Tasche, polierte es lange Zeit auf seinem Pulli, hauchte drauf und rieb weiter.
»Jetzt könnt ihr euch umdrehen!« befahl er.
Sie drehten sich um.
»Schaut alle in die gleiche Richtung! Steht still! Jetzt!«
Er öffnete die Hand und hielt etwas ans Licht. Es blitzte, es funkelte, es war wunderschön grün.
»Ein Smarack!« sagte Pip feierlich.
»Wirklich, Pip?« Sogar Isabel staunte.
Das schöne grüne Ding schien in Pips Fingern zu tanzen. Tante Beryl hatte einen ›Smarack-Ring‹, aber ihr Stein war bloß sehr klein. Der hier war so groß wie ein Stern und viel, viel schöner.

V.

Im Laufe des Vormittags tauchten ganze Gruppen über den Sanddünen auf und zogen zum Strand hinunter, um zu baden. Es war ein stillschweigendes Übereinkommen, daß die Frauen und Kinder der Sommerkolonie ab elf Uhr den Strand für sich hatten. Zuerst zogen sich die Frauen aus, stiegen in ihre Badekleider und steckten die Köpfe in häßliche Kappen, die wie Schwammbeutel aussahen; dann wurden die Kinder ausgepellt. Über den ganzen Strand verstreut lagen Häufchen von Kleidern und Schuhen; die großen Sommerhüte, die mit Steinen beschwert waren, damit sie nicht wegflogen, glichen riesigen Muscheln. Es war seltsam, daß die See ganz anders zu rauschen schien, wenn all die hüpfenden, lachenden Menschen in die Wellen hineinliefen. Die alte Mrs. Fairfield – in einem lila Baumwollkleid und einem schwarzen, unter dem Kinn festgebundenen Hut – versammelte ihre Küchlein um sich und machte sie badefertig. Die kleinen Trout-Jungen zogen sich mit Wuppdich die Hemden über den Kopf, und schon sausten die fünf los, während ihre Großmuter die Hand schon halb im Strickbeutel hatte, um

das Wollknäuel herauszuholen, sobald sie überzeugt war, daß alle fünf im Wasser waren.
Die stämmigen kleinen Mädchen waren nicht halb so tapfer wie die mageren, zart aussehenden kleinen Jungen. Pip und Rags zauderten keine Minute : fröstelnd hockten sie sich hin und klatschten aufs Wasser. Isabel, die zwölf Stöße, und Kezia, die beinah acht Stöße schwimmen konnten, folgten ihnen erst nach feierlichem Versprechen, daß sie nicht bespritzt würden. Lottie kam überhaupt nicht mit. Sie wollte sich gern auf ihre eigene Art im Wasser vergnügen, bitte! Und diese Art bestand darin, daß sie sich nah ans Wasser setzte, die Beine ausstreckte, die Knie aneinander, und mit den Armen unbestimmte Bewegungen machte, als erwarte sie, ins Meer hinausgeschwemmt zu werden. Kam aber mal eine größere Welle als die gewöhnlichen, eine Art Riesenschlange, auf sie zugerollt, dann krabbelte sie mit entsetztem Gesicht auf die Füße und floh wieder auf den Strand hinauf.
»Mutter, könntest du mir die hier gut aufheben?«
Zwei Ringe und eine feine Goldkette fielen Mrs. Fairfield in den Schoß.
»Ja, Kind. Aber badest du denn nicht von hier aus?«
»N – nein«, antwortete Beryl. Es klang unsicher. »Ich zieh' mich weiter drüben aus. Ich will mit Mrs. Harry Kember baden.«
»Also gut!« Aber Mrs. Fairfield bekam ihren schmalen Mund. Sie hielt nichts von Mrs. Harry Kember. Beryl wußte es.
Die arme alte Mutter, dachte sie lächelnd, als sie über die Steine hüpfte. Die arme alte Mutter! Alt war sie! Oh, was für eine Wonne, was für ein Glück war es, jung zu sein ...!
»Sie sehen ja so vergnügt aus?« sagte Mrs. Harry Kember. Sie kauerte auf den Steinen, hatte die Arme um die Knie gelegt und rauchte.
»Es ist so ein herrlicher Tag!« antwortete Beryl und sah lächelnd auf sie herunter.
»Was Sie nicht sagen!« Mrs. Harry Kembers Stimme klang so, als wüßte sie mehr als nur das. Doch eigentlich klang ihre Stimme immer so, als wüßte sie mehr über einen als man

selbst. Sie war eine lange, seltsam wirkende Frau mit schmalen Händen und Füßen. Auch ihr Gesicht war lang und schmal und sah verlebt aus; sogar ihre blonde, krause Ponyfranse wirkte versengt und welk. Sie war die einzige Frau an der Bucht, die rauchte, und sie rauchte unaufhörlich und behielt beim Sprechen die Zigarette im Mund; sie nahm sie nur heraus, wenn die Asche so lang war, daß man nicht verstand, weshalb sie nicht längst heruntergefallen war. Wenn sie nicht Bridge spielte – und sie spielte es Tag für Tag –, dann brachte sie ihre Zeit damit zu, in der prallen Sonne zu liegen. Sie konnte unglaublich viel Sonne vertragen und bekam nie genug. Trotzdem schien sie nie richtig warm zu werden. Ausgedörrt und kalt und welk lag sie wie ein angeschwemmtes Stück Treibholz auf den Steinen. Die Frauen in der Bucht hielten sie für allzu frei. Ihr Mangel an Eitelkeit, ihre ungepflegte Redeweise, die Art, wie sie mit Männern verkehrte, als wäre sie selbst ein Mann, und die Tatche, daß sie sich nicht die Bohne um ihren Haushalt kümmerte und ihr Dienstmädchen ›Engel‹ nannte, waren unerhört! Wenn sie zum Beispiel auf der Verandatreppe stand, konnte sie mit ihrer gleichgültigen, müden Stimme dem Mädchen zurufen: »Sie könnten mir ein Taschentuch ranschleppen, Engel, falls ich noch eins habe, ja?« Und Engel, im Haar eine rote Schleife statt des weißen Häubchens und in weißen Schuhen, kam unverschämt grinsend angerannt. Es war geradezu ein Skandal! Allerdings hatte sie keine Kinder, und ihr Mann . . . Hier wurden die Stimmen jedesmal lauter; sie klangen aufgebracht. Wie konnte er sie nur heiraten? Wie konnte er nur? Sicher war es wegen Geld gewesen, aber selbst dann . . .

Mrs. Kembers Mann war mindestens zehn Jahre jünger als sie und so unglaublich hübsch, daß er eher wie eine Skulptur oder wie ein ganz edles Bild in einem amerikanischen Roman aussah statt wie ein gewöhnlicher Mann: schwarze Haare, dunkelblaue Augen, rote Lippen, ein träges, lässiges Lächeln, ein guter Tennisspieler, ein ausgezeichneter Tänzer – und bei alledem so geheimnisvoll! Harry Kember war wie ein Schlafwandler. Die Männer konnten ihn nicht ausstehen, es war kein vernünftiges Wort aus dem Burschen herauszubringen. Und um seine Frau kümmerte er sich ebensowenig wie sie sich um ihn. Was für ein Leben mochte er führen? Natürlich munkelte man Geschichten über ihn, und was für welche! Unmöglich, sie weiterzuerzählen! Mit was für Frauen man ihn beobachtet hatte, in was für Lokalen man ihn gesehen hatte . . . Aber es war nie ganz sicher, nie eindeutig. Manche Frauen in der Bucht glaubten im stillen, er könne eines Tages einen Mord begehen. Ja, sogar wenn sie mit Mrs. Kember sprachen und das häßliche Sammelsurium musterten, in das sie sich gekleidet hatte, sahen sie sie lang hingestreckt am Strand liegen – aber kalt, blutig, und immer noch mit einer Zigarette im Mundwinkel.

Mrs. Kember stand auf, gähnte, öffnete ihre Gürtelschnalle und zog an der Schleife ihrer Bluse. Und Beryl stieg aus ihrem Rock, legte den Pulli ab und stand im kurzen weißen Unterrock da – in einem Hemd, das Schleifchen auf den Schultern hatte.

»Liebe Güte«, rief Mrs. Harry Kember, »was für eine kleine Schönheit Sie sind!«

»Ach wo!« sagte Beryl leise, doch als sie erst den einen und dann den andern Strumpf auszog, fühlte sie sich als kleine Schönheit.

»Wieso denn nicht, mein gutes Kind?« sagte Mrs. Harry Kember und trat auf ihrem Unterrock herum. Nein, was für Wäsche sie trug! Eine blaue baumwollene Hose und eine Untertaille aus Leinen, die irgendwie an einen Kissenbezug erinnerte . . . »Du trägst wohl kein Korsett, was?« Sie befühlte Beryls Hüften, und Beryl sprang mit einem zimperlichen kleinen Schrei beiseite. »Niemals!« sagte sie dann stolz.

»Glückliches Geschöpf!« sagte Mrs. Kember und hakte ihr eigenes Korsett auf.

Beryl drehte ihr den Rücken zu und begann mit den komplizierten Verrenkungen eines Menschen, der gleichzeitig die Unterwäsche abstreifen und den Badeanzug anziehen will.

»Aber gutes Kind, kümmere dich doch nicht um mich!« sagte Mrs. Harry Kember. »Sei nicht so scheu! Ich will dich ja nicht fressen! Ich bin nicht gleich schockiert wie die alten

Tanten drüben!« Und sie stimmte ihr sonderbar wieherndes Gelächter an und schnitt den andern Frauen eine Fratze.
Aber Beryl war scheu. Sie hatte sich noch nie vor jemand nackt ausgezogen. War das albern? Mrs. Harry Kember schien es albern, ja sogar beschämend zu finden. Ja wirklich, warum scheu sein? Sie blickte rasch auf ihre Freundin, die so keck in ihrem zerrissenen Hemd dastand und sich eine Zigarette anzündete – und ein rasches, keckes, schlimmes Gefühl regte sich in ihr. Leichtsinnig lachend stieg sie in den schlaffen, sich sandig anfühlenden Badeanzug, der noch nicht ganz trocken war, und schloß die übersponnenen Knöpfe.
»Na, siehst du wohl!« sagte Mrs. Harry Kember. Sie gingen gemeinsam zum Strand hinunter. »Eigentlich ist es eine Sünde, daß du überhaupt Kleider trägst, mein gutes Kind! Das wird dir mal jemand sagen müssen.«
Das Wasser war ganz warm. Es war von einem wundervoll durchsichtigen Blau, dem silberne Lichter aufgesetzt waren; doch der Sand auf dem Grund sah golden aus: stieß man mit dem Zeh dagegen, dann stieg ein Wölkchen Goldstaub auf. Die Wellen reichten ihr jetzt bis an die Brust. Beryl stand mit ausgebreiteten Armen da und blickte ins Weite, und bei jeder kommenden Welle hüpfte sie ein ganz bißchen in die Höhe, so daß es aussah, als wäre es die Welle, die sie sachte hob.
»Ich bin dafür, daß hübsche Mädchen ihr Leben genießen«, sagte Mrs. Harry Kember. »Warum denn nicht? Laß dir nichts entgehen, mein Kind! Amüsiere dich!« Und plötzlich überschlug sie sich im Wasser, verschwand und schwamm schnell, so schnell wie eine Ratte, davon. Dann schnellte sie herum und begann zu Beryl zurückzuschwimmen. Sie wollte ihr noch etwas sagen. Beryl war zumute, als würde sie von der kalten Frau vergiftet, und doch sehnte sie sich danach, es zu hören. Aber wie seltsam, oh, wie grauenhaft! Als Mrs. Harry Kember nah herankam, sah sie in ihrer schwarzen Gummibadehaube und dem schläfrigen Gesicht, das nur mit dem Kinn übers Wasser ragte, genau wie eine grausige Karikatur ihres Mannes aus.

VI.

In einem Liegestuhl unter einem Manukabaum, der in der Mitte des vorderen Rasens wuchs, verträumte Linda Burnell den Vormittag. Sie tat gar nichts. Sie schaute hinauf zu den dunklen, dichten, trocknen Blättern des Manuka und zu den Ritzen Himmelblau dazwischen, und dann und wann fiel eine winzig kleine gelbliche Blüte auf sie nieder. Hübsch – gewiß; hielt man eine dieser Blüten in der Handfläche und betrachtete man sie aus der Nähe, dann war es ein kostbares Dingelchen. Jedes blaßgelbe Blütenblatt glänzte, als wäre es die sorgfältige Handarbeit einer liebevollen Hand. Die winzige Zunge in der Mitte verlieh ihm das Aussehen einer Glocke. Und wenn man es umdrehte, sah man das dunkle Bronzebraun der Außenseite. Aber sobald sie blühten, welkten sie und fielen und wurden verweht. Man wischte sie sich vom Kleid, während man mit jemandem sprach; die greulichen kleinen Dinger verfingen sich im Haar. Warum blühten sie überhaupt? Wer machte sich die Mühe – oder die Freude –, all diese Dinge zu erschaffen, die so vergeudet wurden – vergeudet ... Es war unheimlich.

Auf dem Rasen neben ihr, auf zwei Kissen, lag der kleine Junge. Er schlief fest, den Kopf von der Mutter abgewandt. Sein feines dunkles Haar glich eher einem Schatten als richtigen Haaren, doch das Ohr glühte wie dunkles Korallenrot. Linda verschränkte die Hände über dem Kopf und schlug die Füße übereinander. Wie erfreulich war der Gedanke, daß all die Bungalows leer waren, daß jedermann unten am Strand und weder zu sehen noch zu hören war! Sie hatte den Garten ganz für sich; sie war allein.

Blendend weiß leuchteten die Federnelken; die Ringelblumen funkelten golden; die Kapuzinerkresse wand grüne und goldene Flammen um die Verandapfosten. Wenn man nur Zeit hätte, diese Blumen lange genug anzuschauen, Zeit, um über das Gefühl von etwas Neuem, Unbekanntem hinwegzukommen, Zeit, sie zu kennen! Aber kaum hielt man einmal inne, um die Blütenblätter auseinanderzuschieben oder die Unterseite eines Blattes zu erforschen, schon kam das

Leben, und man wurde weggerissen. Und wie sie so in ihrem Liegestuhl lag, fühlte Linda sich so leicht, so wie ein Blatt. Kam das Leben daher wie ein Wind, wurde sie gepackt und geschüttelt; sie mußten mit. O Himmel, würde es immer so sein? Gab es kein Entkommen?

... Sie saß auf der Veranda ihres Elternhauses in Tasmanien und lehnte den Kopf gegen ihres Vaters Knie. Und er versprach ihr: ›Sobald du und ich alt genug sind, Linny, machen wir uns auf den Weg, irgendwohin, und reißen aus! Zwei Jungen unterwegs! Ich glaube, am liebsten würde ich einen chinesischen Fluß stromauf segeln!‹ Linda sah den Fluß vor sich, sehr breit war er, bedeckt mit kleinen Sampans und Booten. Sie sah die gelben Strohhüte der Bootsleute und hörte ihre hohen, hellen Stimmen, wie sie einander zuriefen ...

›Ja, Papa!‹

Doch gerade da ging ein sehr breitschultriger junger Mann mit leuchtend roten Haaren langsam an ihrem Haus vorbei, und langsam, sogar feierlich zog er den Hut. Lindas Vater zupfte sie neckend am Ohr, wie es seine Art war.

›Linnys Verehrer!‹ flüsterte er.

›O Papa – was für eine Idee, mit Stanley Burnell verheiratet zu sein!‹

Und nun war sie mit ihm verheiratet. Und es kam noch hinzu, daß sie ihn liebte. Nicht den Stanley, den jedermann sah; nicht den alltäglichen Stanley – sondern einen schüchternen, sensiblen, unschuldigen Stanley, der jeden Abend niederkniete, um zu beten, der sich sehnte, gut zu sein. Stanley war ein einfacher Charakter. Wenn er an Menschen glaubte – wie er zum Beispiel an sie glaubte –, dann tat er es mit seinem ganzen Herzen. Er konnte nicht falsch sein; er konnte nicht lügen. Und wie schrecklich er litt, wenn er glaubte, daß jemand – sie – nicht ganz ehrlich, nicht ganz aufrichtig zu ihm war. ›Das ist mir zu spitzfindig!‹ Er warf die Worte nachlässig hin, aber sein offener, zitternder, verstörter Blick war wie der eines in die Falle gegangenen Tiers.

Das Schlimme war nur – und hier hätte Linda fast gelacht, obwohl es weiß Gott nicht zum Lachen war –, daß sie *ihren*

Stanley so selten sah. Flüchtige Augenblicke, kurze Momente, Atemholen in Stille – das gab es wohl, aber die ganze übrige Zeit war es so, als lebte man in einem Haus, das unvermeidbar dauernd Feuer zu fangen drohte, oder auf einem Schiff, das jeden Tag Schiffbruch erlitt. Und immer war es Stanley, der sich im Mittelpunkt der Gefahr befand, und ihre ganze Zeit brachte sie damit zu, ihn zu retten und wiederherzustellen und zu beruhigen und seine Beschwerde anzuhören. Und was dann noch von ihrer Zeit übrigblieb, verging in der Furcht, noch mehr Kinder zu bekommen.

Linda zog die Brauen zusammen; sie richtete sich rasch im Liegestuhl auf und umklammerte ihre Knöchel. Ja, das war ihr Hauptgroll gegen das Leben; das war es, was sie nicht verstehen konnte. Das war die Frage, die sie wieder und immer wieder erhob, wenn sie vergebens auf Antwort lauschte. Es war ganz gut und recht zu behaupten, Kinderkriegen sei nun einmal das Los aller Frauen. Aber es war nicht wahr. Sie wenigstens konnte beweisen, daß es falsch war. Sie war gebrochen, geschwächt, ihr Lebensmut dahin – vom Kinderkriegen. Und es war doppelt schwer zu ertragen – weil sie ihre Kinder nicht liebte. Es war unnütz, sich da etwas vorzumachen. Selbst wenn sie die Kraft gehabt hätte, würde sie nie die kleinen Mädchen pflegen und mit ihnen spielen mögen. Nein, es war, als hätte auf jeder dieser gräßlichen Reisen ein eisiger Hauch sie durch und durch erstarren lassen, und es war keine Wärme geblieben, die sie ihnen hätte geben können. Was den kleinen Jungen betraf – nun, Gott sei Dank hatte sich Mutter seiner angenommen: er war Mutters Junge oder Beryls, oder wer ihn sonst haben wollte. Sie hatte ihn kaum auf den Armen gehalten. Er war ihr so gleichgültig, daß sie, wie er so dalag ... Linda blickte hinunter.

Der kleine Junge hatte sich umgedreht. Er lag jetzt ihr zugewandt und schlief nicht mehr. Seine dunkelblauen Kinderaugen standen offen; er sah aus, als blicke er seine Mutter verstohlen an. Und plötzlich hatte er Grübchen im Gesicht; es verzog sich zu offenem, zahnlosem Lachen, zu einem wahren Strahlen. ›Ich bin hier!‹, schien das glückliche Lachen zu sagen. ›Warum hast du mich nicht lieb?‹

Es war etwas Eigenartiges, so Überraschendes in seinem Lachen, daß Linda selbst lachen mußte. Aber gleich hielt sie wieder an sich und sagte kalt zu dem kleinen Jungen: »Ich kann Babies nicht leiden.«
›Kannst Babies nicht leiden?‹ Der Junge konnte es nicht glauben. ›*Mich* nicht leiden?‹ Seine Arme zappelten närrisch seiner Mutter entgegen.
Linda ließ sich vom Liegestuhl auf den Rasen gleiten.
»Warum lachst du immerzu?« fragte sie streng. »Wenn du wüßtest, was ich gedacht habe, würdest du nicht mehr lachen!«
Aber er kniff nur schelmisch die Augen zu und drehte den Kopf auf dem Kissen hin und her. Er glaubte ihr kein Wort.
›Das kennen wir!‹ lächelte der kleine Junge.
Linda war maßlos erstaunt über das Vertrauen des kleinen Wesens . . . ach nein, sei ehrlich! Das war es nicht, was sie empfand; es war etwas ganz anderes, es war etwas so Neues, so . . . Die Tränen traten ihr in die Augen; ganz leise flüsterte sie: »Hallo, du Närrchen!«
Aber inzwischen hatte der Junge seine Mutter ganz vergessen. Etwas Rosiges, etwas Weiches bewegte sich vor seinem Gesicht. Er griff danach, und sofort verschwand es. Doch als er sich zurücklehnte, erschien noch eins, genau wie das erste. Diesmal war er entschlossen, es zu fangen. Er machte eine ungeheure Anstrengung – und rollte ganz herum.

VII.

Es war Ebbe; der Strand lag verlassen da; das warme Meer plätscherte faul ans Ufer. Die Sonne prallte nieder, brannte heiß und feurig auf den feinen Sand und briet die grauen und blauen und schwarzen und weiß geäderten Kiesel. Sie saugte das Wassertröpfchen auf, das versteckt in der Höhlung der gewölbten Muschel lag; sie bleichte die rosa Winden, die sich durch die Sanddünen fädelten. Nichts schien sich zu rühren außer den kleinen Sandhüpfern. Pitt-pitt-pitt! Sie waren nie still.
Drüben auf den mit Seegras überzogenen Klippen, die bei

Ebbe zottigen Tieren glichen, welche zum Trinken ans Wasser gekommen waren, flimmerte der Sonnenschein wie lauter in die kleinen Felstümpel geworfene Silbermünzen. Sie tanzten, sie zitterten, und winzige Rippelwellchen bespülten die porösen Ufer. Wenn man sich über sie beugte und hinabsah, war jeder Tümpel ein See mit rosa und blauen, über die Ufer hingestreuten Häusern. Und oh!, was für ein unendliches Bergland hinter diesen Häusern – mit Schluchten und Engpässen, mit gefährlichen Wildbächen und furchtbaren Pfaden, die an den Saum des Wassers führten! Unter der Oberfläche schwankte der Unterwasserwald: rosige, fadendünne Bäumchen, Samtanemonen und Tang mit goldroten Beeren. Auf einmal geschah etwas mit den rosa schwankenden Bäumchen: sie wechselten die Farbe und zeigten ein kaltes Mondscheinblau. Und nun ertönte das leise ›Plop!‹ Wer hatte das Geräusch gemacht? Was ging da unten vor? Und wie herbe, wie feucht das Seegras in der heißen Sonne roch...
Die grünen Sonnenmarkisen in den Bungalows der Sommerkolonie waren heruntergezogen. Erschöpft aussehende Badeanzüge und grob gestreifte Handtücher waren auf den Veranden oder Koppeln ausgebreitet oder auf die Zäune geworfen. Jedes Hoffenster schien auf seinem Fensterbrett mit Strandschuhen oder Gesteinsproben oder einem Eimer oder einer Sammlung von Pawamuscheln verziert zu sein. Der Buschwald flimmerte in Hitzeschleiern; die sandige Landstraße war leer, nur Trouts Hund Snooker lag ausgestreckt direkt in der Mitte. Das eine blaue Auge hatte er nach oben gewandt und die Beine steif von sich gestreckt; dann und wann stieß er einen verzweifelt klingenden Schnaufer aus, wie um zu sagen, er habe beschlossen, ein Ende zu machen und warte nur auf ein freundlich daherkommendes Gefährt.
»Wohin schaust du, Oma? Warum hörst du immer wieder auf zu stricken und starrst die Wand an?«
Kezia und ihre Großmutter hielten Siesta miteinander. Das kleine Mädchen, das nur Höschen und Leibchen trug, lag mit nackten Beinen und Armen auf einem der aufgeschüttelten Kissen auf dem Bett ihrer Großmutter, und die alte Frau saß in einem weißen, volantbesetzten Morgenrock im Schau-

kelstuhl am Fenster, eine lange rosa Strickarbeit im Schoß. Das Zimmer, in das sie sich teilten, war gleich den andern Zimmern des Bungalows aus hellem, gefirnißtem Holz, und der Fußboden war kahl. Die Möbel hätten nicht armseliger und einfacher sein können. Der Frisiertisch zum Beispiel bestand aus einer gewöhnlichen Holzkiste, die sich ein geblümtes Musselinröckchen umgehängt hatte, und der Spiegel darüber war sehr merkwürdig: als wäre ein kleiner Zickzackblitz darin eingefangen. Auf dem Tisch stand ein Kompottglas mit Strandnelken, die so fest hineingezwängt waren, daß sie eher einem Nadelkissen aus Samt glichen, und daneben lagen eine ungewöhnliche Muschel, die Kezia ihrer Großmutter als Nadelteller geschenkt hatte, und eine noch viel ungewöhnlichere Muschel, von der sie gemeint hatte, sie gäbe ein niedliches Gehäuse für eine Uhr ab, die sich da hineinkuscheln könne.

»Sag's mir doch, Oma!« bat Kezia.

Die alte Frau seufzte, schlug den Wollfaden zweimal um den Daumen und zog die beinerne Nadel hindurch; es war der erste Anschlag.

»Ich habe an deinen Onkel Willy gedacht, mein Kleines«, sagte sie leise.

»An meinen australischen Onkel William?« fragte Kezia. Sie hatte noch einen anderen.

»Ja, natürlich.«

»An den, den ich nie gesehen habe?«

»Ja, an den.«

»Und was war mit ihm los?« Kezia wußte es ganz genau, aber sie wollte es noch einmal erzählt bekommen.

»Er ist zu den Goldfeldern gegangen, und dort hat er einen Sonnenstich bekommen und ist gestorben«, sagte die alte Mrs. Fairfield.

Kezia blinzelte nachdenklich und sah es wieder vor Augen... ein kleiner Mann, umgekippt wie ein Zinnsoldat, neben einer großen schwarzen Grube.

»Wirst du traurig, Oma, wenn du an ihn denkst?« Sie mochte es nicht, wenn ihre Großmama traurig war.

Jetzt wurde die alte Frau nachdenklich. Machte es sie trau-

rig? So weit, weit zurückzublicken? All die Jahre zurückzublicken, wie Kezia es soeben mitangesehen hatte. *Ihnen* nachzublicken, wie Frauen es tun, noch lange, nachdem *sie* ihrer Sicht entschwunden sind. Machte es sie traurig? Nein, das Leben war nun einmal so.
»Nein, Kezia.«
»Aber warum?« fragte Kezia. Sie hob ihren nackten Arm auf und begann, Krakel in die Luft zu zeichnen. »Warum mußte Onkel William sterben? Er war noch nicht alt?«
Mrs. Fairfield begann, jeweils drei Maschen abzuzählen. »Es ist eben so gekommen«, sagte sie, in ihre Arbeit vertieft.
»Müssen alle Menschen sterben?« fragte Kezia.
»Alle!«
»Ich auch?« Es klang furchtbar ungläubig.
»Später einmal, mein Kleines.«
»Aber Oma?« Kezia hob das linke Bein auf und wackelte mit den Zehen, die voll Sand waren. »Wenn ich nun einfach nicht will?«
Die alte Frau seufzte und zog einen langen Faden aus dem Knäuel.
»Wir werden nicht gefragt, Kezia«, sagte sie traurig. »Einmal ergeht's uns allen so.«
Kezia lag still und dachte darüber nach. Sie hatte keine Lust zu sterben. Dann würde sie von hier wegmüssen, von hier, von überall — weg, weg von ihrer Großmutter. Sie rollte sich schnell herum.
»Oma!« rief sie erschrocken.
»Was, mein Liebes?«
»Du sollst aber nicht sterben!« Kezia äußerte sich sehr entschieden.
»Ach, Kezia . . .« Ihre Großmutter blickte auf und lächelte und schüttelte den Kopf. »Wir wollen lieber nicht darüber sprechen!«
»Aber du darfst nicht! Du kannst mich nicht allein lassen! Einfach nicht mehr dasein — das geht nicht!« Es war furchtbar. »Versprich mir, daß du's niemals tun wirst, Oma!« bettelte Kezia.
Die alte Frau strickte weiter.

»Versprich's mir! Sag ›niemals!‹«
Doch ihre Großmutter schwieg noch immer.
Kezia rollte vom Bett hinunter; sie konnte es nicht länger aushalten, und flink sprang sie ihrer Großmutter auf den Schoß, schlang ihr die Arme um den Hals und fing an, sie abzuküssen: unter dem Kinn, hinter dem Ohr, und sie pustete ihr in den den Nacken.
»Sag nie ... sag nie ... sag nie ...!« ächzte sie zwischen den Küssen. Und dann begann sie sanft und zart, ihre Großmutter zu kitzeln.
»Kezia!« Die alte Frau ließ ihr Strickzeug sinken. Sie warf sich im Schaukelstuhl zurück. Sie begann ihrerseits, Kezia zu kitzeln. »Sag nie, sag nie, sag nie!« sprudelte Kezia hervor, während sie einander lachend in den Armen lagen. »Komm, jetzt ist's genug, mein Eichkätzchen! Jetzt ist's genug, mein wildes Pferdchen!« sagte die alte Mrs. Fairfield und rückte ihre Haube gerade. »Heb mir mein Strickzeug auf!«
Beide hatten vergessen, um was es mit dem ›Nie‹ ging.

VIII.

Die Sonne schien noch prall auf den Garten, als die Hoftür von Burnells Bungalow zugeknallt wurde und eine sehr vergnügte Person auf dem Gartenpfad zum Tor ging. Es war das Dienstmädchen Alice, für ihren freien Nachmittag ›fein gemacht‹. Sie trug ein weißes Baumwollkleid mit so großen und so vielen roten Punkten, daß es einem schlecht werden konnte, und weiße Schuhe und einen italienischen Strohhut, der auf der Unterseite mit Mohnblüten verziert war. Natürlich trug sie auch Handschuhe – weiße, mit Rostflecken um die Druckknöpfe herum – und in der einen Hand hielt sie einen sehr flotten Sonnenschirm, den sie ihren ›Paraplü‹ nannte.
Beryl, die am Fenster saß und ihr frisch gewaschenes Haar trocken fächelte, meinte, noch nie eine derartige Vogelscheuche gesehen zu haben. Hätte sich Alice, bevor sie ausging, das Gesicht mit einem angekohlten Korken geschwärzt, wäre das Bild vollständig gewesen. Und wohin ging ein Mädchen

wie sie in einem Ort wie dem hier? Der herzförmige Palmblattfächer fächelte verächtlich auf die schöne, schimmernde Haarfülle ein. Sie vermutete, daß Alice sich irgendeinen gräßlich ordinären Rowdy aufgegabelt hatte und daß sie zusammen in den Buschwald ziehen würden. Töricht, sich so auffallend anzuziehen! Mit einer so aufgetakelten Alice würden sie es schwer haben, sich zu verstecken.
Aber Beryl war nicht gerecht. Alice ging zum Tee zu Mrs. Stubbs, die ihr durch den kleinen Laufburschen, der immer die Bestellungen einsammeln mußte, eine Einladung geschickt hatte. Alice hatte Mrs. Stubbs sehr in ihr Herz geschlossen – schon seit dem erstenmal, als sie in den Laden ging, um ein Mittel gegen Moskitos zu kaufen.
»Meine Güte!« Mrs. Stubbs hatte die Hände zusammengeschlagen. »Noch nie hab' ich jemand gesehen, der so zerstochen war! Als wär'n Sie bei den Kannibalen gewesen!«
Immerhin wünschte Alice, die Straße wäre ein bißchen belebter. Sie fand es ein bißchen gruselig, daß niemand hinter ihr ging. Da wurde einem ja ganz weich in den Knochen! Sie glaubte felsenfest, daß jemand sie beobachtete. Aber es wäre dumm von ihr gewesen, sich umzudrehen – denn damit hätte sie sich verraten. Sie zog die Handschuhe hoch, summte sich eins und sagte zu dem Eukalyptusbaum weiter vorn: »Lange kann's nicht mehr dauern!« Doch der war auch nicht die richtige Begleitung.
Mrs. Stubbs' Laden thronte auf einer kleinen Anhöhe ziemlich nah an der Landstraße. Das Häuschen hatte zwei große Fenster als Augen und eine breite Veranda als Hut, und das Schild auf dem Dach, das in Krakelbuchstaben *MRS. STUBBS' WARENHAUS* ankündigte, glich einer verwegen hinters Hutband gesteckten Visitenkarte.
Auf der Veranda hing eine lange Leine voller Badeanzüge, die sich aneinanderdrängten, als wären sie soeben aus dem Meer gerettet worden, und nicht, als warteten sie nur darauf, ins Wasser zu gehen; und neben ihnen hing ein Büschel Strandschuhe in einem so erstaunlichen Durcheinander, daß man mindestens fünfzig herunterreißen und trennen mußte, wollte man ein Paar finden. Selbst dann kam es äußerst sel-

ten vor, daß der Linke wirklich zum Rechten gehörte. Viele Leute hatten die Geduld verloren und waren mit einem Schuh weggegangen, der gut paßte, und mit einem andern, der ein bißchen zu groß war . . . Mrs. Stubbs setzte ihren Stolz darein, von allem etwas zu führen. Die Ware in den beiden vollgepfropften Schaufenstern war in Form von Pyramiden riskant aufgetürmt und konnte höchstens durch einen Zauberkünstler vor dem Einsturz bewahrt werden. In der linken Ecke des einen Fensters klebte, mit vier Gummibonbons an der Scheibe befestigt, eine Bekanntmachung — war aber schon seit undenklichen Zeiten dort:

VERLOREN! HÜPSCHE GOLDBROSCHE
ECHT GOLDEN
AM STRAND ODER NAHEBEI
BELOHNUNG ZUGESICHERT

Alice stieß die Tür auf; die Ladenklingel bimmelte, die roten Sergevorhänge teilten sich, und Mrs. Stubbs erschien. Mit ihrem breiten Lächeln und dem langen Fleischmesser in der Hand glich sie einem freundlichen Seeräuber. Alice wurde so warmherzig begrüßt, daß es ihr richtig schwerfiel, ihre Besuchsmanieren beizubehalten. Diese bestanden darin, daß sie unentwegt hüstelte und sich räusperte, an ihren Handschuhen zupfte, den Rock zusammenkniff und die größte Mühe hatte zu sehen, was ihr vorgesetzt, oder zu verstehen, was zu ihr gesagt wurde.

Der Teetisch war in der guten Stube gedeckt, beladen mit Schinken, Sardinen, einem ganzen Laib Butter und einem riesigen Weizenmehlkuchen, der wie eine Backpulverreklame wirkte. Doch der Primuskocher brodelte so laut, daß jeder Versuch, ihn zu überschreien, sinnlos gewesen wäre.

Alice setzte sich auf die äußerste Kante eines Korbstuhls, und Mrs. Stubbs pumpte die Flamme des Spiritusbrenners noch höher.

Plötzlich riß sie das Kissen von einem Stuhl herunter und brachte ein Paket in braunem Packpapier zum Vorschein.

»Ich habe gerade ein paar neue Aufnahmen machen lassen«,

schrie sie Alice vergnügt zu. »Sagen Sie mal, wie Sie sie finden!«
Sehr geziert und fein benetzte Alice ihren Finger und schlug das Seidenpapier zurück. Herrje, wie viele es waren! Mindestens drei Dutzend! Und sie hielt das erste ans Licht.
Mrs. Stubbs saß in einem Sessel, sehr zur Seite gewandt. Ein Ausdruck gelinden Staunens stand in ihrem Gesicht, und das war nur zu begreiflich. Denn obwohl der Sessel auf einem Teppich stand, brauste gleich links wunderbarerweise ein Wasserfall an der Teppichkante entlang. Rechter Hand stand eine griechische Säule, eingerahmt von zwei riesigen Farnbäumen, und im Hintergrund ragte, weiß vor lauter Schnee, ein hochmütiger Berg auf.
»Sehr geschmackvoll, nicht wahr?« schrie Mrs. Stubbs, und Alice hatte gerade »reizend!« geschrien, als das Gebrüll des Primuskochers nachließ, verzischte und aufhörte, so daß sie in einer Stille, die erschreckend war, »sehr hübsch!« schrie.
»Rücken Sie Ihren Stuhl heran, meine Liebe«, sagte Mrs. Stubbs und begann einzugießen. »Ja«, sagte sie nachdenklich, als sie Alice die Tasse reichte, »aber die Größe gefällt mir nicht! Ich lass' mir Vergrößerungen machen. Für Weihnachtskarten mag's ja angehen, aber aus kleinen Photos hab' ich mir nie was gemacht. Man hat keine Freude an ihnen. Ich finde sie, offen gestanden, deprimierend!«
Alice konnte sie gut verstehen.
»Format!« sagte Mrs. Stubbs. »Nichts geht über Format. Das hat mein armer guter Mann immer gesagt. Alles, was klein war, konnt' er nicht leiden. Hat ihn gegruselt. Aber denken Sie, meine Liebe, wie sonderbar« – hier quietschte Mrs. Stubbs und schien in der Erinnerung daran anzuschwellen –, »Herzerweiterung war's, die ihn zuletzt erwischt hat. Oft und oft haben sie's ihm halbliterweise im Krankenhaus abgezapft . . . Mir kam's vor wie so'n Strafgericht!«
Alice brannte darauf, zu erfahren, was sie ihm eigentlich abgezapft hatten. Sie nahm einen Anlauf. »Vermutlich war's Wasser«, sagte sie.
Aber Mrs. Stubbs ließ Alice nicht aus den Augen, als sie bedeutsam antwortete: »Es war *liquide*, meine Liebe!«

Liquide! Alice schreckte wie eine Katze vor dem Wort zurück und kam dann wieder an – schnuppernd und auf der Hut.
»Das ist er!« sagte Mrs. Stubbs und deutete theatralisch auf Kopf und Schultern eines vierschrötigen Mannes in Lebensgröße mit einer künstlichen weißen Rose im Knopfloch, die an einen Brocken kaltes Hammelfett erinnerte. Gleich darunter stand in silbernen Buchstaben auf rotem Pappkarton: ›Fürchte dich nicht! Ich bin es!‹
»Es ist ein mächtig nettes Gesicht«, sagte Alice zaghaft.
Die blaßblaue Schleife zwischen dem krausen blonden Haar auf Mrs. Stubbs' Scheitel zitterte. Sie streckte ihren dicken Hals vor. Was für ein Hals das war! Hellrosa fing er an, ging in ein warmes Aprikosenrot über und verblaßte dann, bis er wie ein braunes und schließlich wie ein sahnefarbenes Ei aussah.
»Trotzdem, meine Liebe«, erklärte sie überraschenderweise, »Freiheit ist das Beste!« Ihr weiches, fettes Glucksen hörte sich wie zufriedenes Schnurren an. »Freiheit ist das Beste!« sagte Mrs. Stubbs noch einmal.
Freiheit! Alice stieß ein lautes, törichtes Gekicher aus. Ihr war unbehaglich zumute. Ihre Gedanken flogen in ihre eigene kleine Küche zurück. So wunderlich war ihr – sie wäre gern wieder dort gewesen.

IX.

Nach dem Tee versammelte sich eine merkwürdige Gesellschaft in Burnells Waschhaus. Um den Tisch saßen ein Bulle, ein Gockelhahn, ein Esel – der dauernd vergaß, daß er ein Esel war – und ein Schaf und eine Biene. Das Waschhaus war für so eine Versammlung der ideale Ort, denn hier konnten sie soviel Lärm machen, wie sie wollten, und niemand unterbrach sie. Es war ein kleiner Wellblechschuppen, der etwas abseits vom Bungalow stand. Vor der Wand war ein tiefer Trog und in der Ecke ein Kupferkessel, obendrauf ein Wäschekorb mit Klammern. Auf dem Sims des kleinen, mit Spinnweb überzogenen Fensters hatten sich ein Kerzenstummel und eine Mausefalle eingefunden. Wäscheleinen spannten sich kreuz und quer unter der Decke, und an einem Pflock in der Wand hing ein großes, schweres, rostiges Hufeisen. Der Tisch stand in der Mitte, und an jeder Seite war eine Bank.

»Du kannst keine Biene sein, Kezia! Eine Biene ist kein Tier. Eine Biene is'n Inseck.«

»Oh, ich möchte aber doch so schrecklich gern eine Biene sein!« jammerte Kezia... Eine winzig kleine Biene, mit gelbem Pelzchen und gestreiften Beinen. Sie schlug die Beine unter sich und beugte sich über den Tisch. Sie war eine Biene – sie spürte es.

»Ein Inseck muß ein Tier sein!« erklärte sie resolut. »Man kann's ja hören! Es ist nicht wie ein Fisch.«

»Ich bin ein Bulle! Ich bin ein Bulle!« schrie Pip. Und er stieß ein so schauriges Gebrüll aus – wie machte er es bloß –, daß Lottie ganz ängstlich aussah.

»Ich will ein Schaf sein«, sagte der kleine Rags. »Heute früh ist eine große Schafherde hier durchgezogen!«

»Woher weißt du's?«

»Dad hat sie gehört! Bääääh!« Es klang wie vom jüngsten Lämmchen, das hinterdrein trippelt und anscheinend darauf wartet, daß man es trägt.

»Kikeriki!« krähte Isabel schrill. Mit ihren roten Wangen und den blanken Augen sah sie ganz wie ein Gockelhahn aus.

»Was soll ich sein?« fragte Lottie jeden einzelnen und saß lächelnd da und wartete, daß jemand für sie einen Entschluß faßte. Es mußte etwas Leichtes sein.

»Du kannst ein Esel sein!« schlug Kezia vor. »Hü-ha! Das kannst du nicht vergessen.«

»Hü-ha!« wiederholte Lottie ernst. »Wann muß ich es sagen?«

»Ich erklär's, ich erklär's!« sagte der Bulle. Er war's, der die Karten hatte. Er schwenkte sie um seinen Kopf. »Schau mal her, Lottie!« Er deckte eine Karte auf. »Es sind zwei Punkte drauf, siehst du sie? Wenn du nun die Karte in die Mitte legst und jemand anders hat auch eine Karte mit zwei Punkten, dann machst du ›Hü-ha!‹ und die Karte gehört dir!«

»Mir?« Lottie riß die Augen auf. »Zum Behalten?«
»Nein, Dummchen! Bloß beim Spielen, verstehst du? Bloß solange wir spielen.« Der Bulle war sehr ärgerlich über sie.
»Oh, Lottie, du bist auch *zu* dumm!« sagte der stolze Gokkelhahn.
Lottie blickte beide an. Dann ließ sie den Kopf hängen; ihr Lippchen zitterte. »Ich möchte nicht mitspielen«, flüsterte sie. Die andern sahen sich wie Verschwörer an. Sie wußten alle, was das bedeutete. Lottie würde weggehen, und dann würde man sie irgendwo entdecken, wie sie mit über den Kopf geworfener Schürze in einer Ecke oder an einer Wand oder sogar hinter einem Stuhl stand.
»Doch, du mußt mitspielen, Lottie! Es ist ganz einfach«, sagte Kezia.
Und Isabel, die ein schlechtes Gewissen hatte, sagte genau wie ein Erwachsener: »Schau auf mich, Lottie, dann kannst du's im Nu!«
»Sei nicht bange, Lot«, sagte Pip. »Warte, ich weiß, was ich mache! Ich gebe dir die erste. Eigentlich ist's meine Karte, aber ich gebe sie dir. Da hast sie!« Und er knallte die Karte vor Lottie auf den Tisch.
Lottie lebte wieder auf. Aber jetzt war sie in einer andern Klemme. »Ich hab' kein Taschentuch«, sagte sie. »Ich brauch's dringend!«
»Hier, Lottie, du kannst meins haben!« Rags langte in seine Matrosenbluse und holte ein sehr feuchtes, zusammengeknotetes Taschentuch hervor. »Mußt aber sehr vorsichtig sein!« warnte er sie. »Nimm bloß den einen Zipfel! Nicht aufknoten! Ich hab' einen kleinen Seestern drin, den will ich mir zähmen!«
»Los jetzt, Kinder!« sagte der Bulle. »Und merkt's euch: ihr dürft nicht in die Karten sehen! Ihr müßt die Hände unterm Tisch halten, bis ich sage: ›Los!‹«
Die Karten klatschten reihum auf den Tisch. Sie strengten sich mächtig an, etwas zu sehen, aber Pip war zu flink für sie. Es war sehr aufregend, im Waschhaus zu sitzen, und beinah hätten sie einen kleinen Chor von Tierstimmen ausprobiert, bevor Pip alle Karten ausgeteilt hatte.

»So, Lottie, du fängst an!«
Lottie streckte schüchtern die Hand aus, hob die oberste Karte von ihrem Häufchen, betrachtete sie gründlich – es war klar, daß sie die Punkte zählte –, und deckte sie auf.
»Nein, Lottie, das ist verkehrt! Du darfst sie nicht zuerst anschauen! Du mußt sie andersrum hinlegen!«
»Aber dann sieht's jeder gleichzeitig mit mir«, sagte Lottie.
Das Spiel ging weiter. Muuuhuhu! Der Bulle war furchtbar. Er langte über den Tisch weg und schien die Karten aufzufressen.
Bss-ss! machte die Biene.
Kikerikiiii! Vor lauter Aufregung sprang Isabel auf und zappelte mit den Ellbogen wie mit Flügeln.
Bäääh! Klein-Rags deckte den Karo-König auf, und Lottie zeigte eine Karte, die sie alle König von Spanien nannten. Sie hatte kaum noch eine Karte übrig.
»Warum rufst du nicht, Lottie?«
»Ich hab' vergessen, was ich bin«, sagte der Esel betrübt.
»Dann mach was andres! Kannst ein Hund sein! Wau-wau!«
»O ja. Das ist *viel* leichter!« Lottie lächelte wieder. Aber als sie und Kezia beide eine Eins hatten, wartete Kezia absichtlich. Die andern machten Lottie Zeichen und zeigten auf sie. Lottie wurde sehr rot; sie sah verwirrt aus, und endlich rief sie: »Hü-ha! Kezia!«
»Pst! Wartet mal!« Sie waren mitten im schönsten Spiel, als der Bulle sie unterbrach und die Hand hochhielt. »Was ist das? Was ist das für ein Geräusch?«
»Was für'n Geräusch? Was meinst du bloß?« fragte der Gockelhahn.
»Scht! Still! Horcht mal!« Sie waren mäuschenstill. »Ich hab' gedacht, ich hätte was gehört – als ob einer klopft!« sagte der Bulle.
»Wie hat sich's angehört?« fragte das Schaf bedrückt.
Keine Antwort.
Die Biene zitterte. »Warum haben wir bloß die Tür zugemacht?« fragte sie leise. Ach ja, warum, warum hatten sie die Tür zugemacht?
Während des Spiels war der Nachmittag vergangen; der

prachtvolle Sonnenuntergang hatte den Himmel in Flammen gesetzt und war erloschen. Und jetzt kam rasch das Dunkel übers Meer gerast, über die Dünen und die Koppel herauf. Sie fürchteten sich, in die Ecken des Waschhauses zu blicken, und doch mußten sie – konnten nicht anders. Und irgendwo weit, weit weg zündete ihre Großmutter die Lampe an. Die Markisen würden heruntergezogen; das Herdfeuer hüpfte über die Büchsen auf dem Sims.
»Es wäre scheußlich, wenn jetzt eine Spinne von der Decke auf den Tisch fallen würde, was?« sagte der Bulle.
»Spinnen können nicht von der Decke fallen.«
»Doch, das können sie! Unsre Min hat uns erzählt, sie hat mal 'ne Spinne gesehen, die war so groß wie 'ne Untertasse und voll Haare – wie Stachelbeeren!«
Schnell fuhren all die kleinen Köpfe hoch, und all die kleinen Körper drängten sich aneinander, drückten einander.
»Warum kommt denn niemand und holt uns?« rief der Hahn.
Oh, diese Erwachsenen! Lachend und gemütlich saßen sie im Lampenlicht und tranken Tee! Sie hatten sie vergessen. Nein, nicht richtig vergessen. Das war's, was ihr Lachen bedeutete: sie hatten sich vorgenommen, sie einfach hier sich selbst zu überlassen!
Plötzlich stieß Lottie einen so durchdringenden Schrei aus, daß sie alle von den Bänken aufsprangen und auch alle schrieen. »Ein Gesicht – ein Gesicht kuckt rein!« kreischte Lottie.
Es stimmte – es war keine Einbildung. Ein blasses Gesicht mit schwarzen Augen und einem schwarzen Bart war gegen die Fensterscheibe gedrückt.
»Oma! Mutter! Kommt doch!«
Aber noch ehe sie, übereinanderpurzelnd, die Tür erreicht hatten, wurde sie geöffnet und Onkel Jonathan stand da. Er war gekommen, um seine kleinen Jungen nach Hause zu holen.

X.

Er hatte schon eher kommen wollen, aber im Vordergarten hatte er Linda getroffen, die auf dem Rasen umherging, manchmal stehenblieb, um eine welke Federnelke abzuknipsen oder dem schweren Blütenkopf einer Edelnelke eine Stütze zu geben, oder um irgendeinen Duft genießerisch einzuatmen, und dann weiterging – immer mit ihrer leicht geistesabwesenden Miene.

Über ihrem weißen Kleid trug sie ein gelbes Tuch mit rosa Fransen aus dem Chinesenladen.

»Hallo, Jonathan!« rief Linda. Und Jonathan riß sich den schäbigen Panamahut vom Kopf, drückte ihn an die Brust, sank auf ein Knie und küßte Linda die Hand.

»Sei mir gegrüßt, Allerschönste! Sei mir gegrüßt, himmlische Pfirsichblüte!« brummte die Baßstimme sanft. »Wo sind die andern edlen Damen?«

»Beryl ist ausgegangen, um Bridge zu spielen, und Mutter badet den Jungen ... Bist du hergekommen, um dir etwas zu leihen?«

Den Trouts fehlte es immer an irgendwelchen Sachen, und immer wandten sie sich in letzter Minute an die Burnells.

Aber Jonathan erwiderte nur: »Ja, ein bißchen Liebe und Freundlichkeit!«, und ging neben seiner Schwägerin einher.

Linda ließ sich in Beryls Hängematte unter dem Manukabaum nieder, und Jonathan streckte sich neben ihr im Gras aus, rupfte einen langen Halm ab und begann daran zu kauen. Sie kannten einander gut. Kinderstimmen klangen aus den andern Gärten herüber. Der leichte Wagen eines Fischers rollte die sandige Landstraße entlang, und in weiter Ferne hörten sie einen Hund bellen; es klang so gedämpft, als hätte er seinen Kopf in einem Sack. Wenn man genau hinhorchte, konnte man noch gerade eben das leise Plätschern der See hören, die – jetzt bei Flut – über die Kiesel fegte. Langsam ging die Sonne unter.

»Am Montag mußt du also wieder im Büro anfangen, nicht wahr, Jonathan?« fragte Linda.

»Ja, am Montag öffnet sich die Käfigtür und schlägt dann für

weitere elf Monate und sieben Tage hinter dem Opfer zu!« antwortete Jonathan.
Linda schaukelte leise.
»Es muß furchtbar sein«, sagte sie langsam.
»Soll ich lachen – oder soll ich weinen, schöne Schwester?«
Linda war so mit Jonathans Redeweise vertraut, daß sie seine Frage nicht beachtete.
»Vermutlich gewöhnt man sich daran«, sagte sie träumerisch. »Man gewöhnt sich an alles.«
»Tut man das? Hm!« Das ›Hm‹ klang so tief, als brumme es unter dem Boden hervor. »Ich frage mich oft, wie man das macht«, fuhr er grübelnd fort. »Hab's selber nie fertiggebracht!«
Als Linda ihn betrachtete, wie er da im Gras lag, mußte sie wieder denken, wie gut er doch aussähe. Seltsamer Gedanke, daß er nur ein einfacher Buchhalter war und daß Stanley doppelt soviel verdiente wie er. Was war los mit Jonathan? Er hatte keinen Ehrgeiz – sie nahm an, das war der Grund. Und doch spürte man, daß er ungewöhnlich begabt war. Musik liebte er leidenschaftlich, und jeder Penny, den er sich abknapsen konnte, wurde für Bücher ausgegeben. Er steckte immer voll neuer Einfälle, Pläne und Projekte. Doch aus allem wurde nichts. Frisch flammte das Feuer in Jonathan auf, man hörte es fast, wie es leise knatterte, aber im nächsten Moment war es schon wieder zusammengesunken – nichts blieb als Asche, und Jonathan ging mit einem Ausdruck in seinen schwarzen Augen herum, der wie Hunger aussah. Wenn es so mit ihm stand, dann übertrieb er seine wunderliche Redeweise noch mehr, und in der Kirche – er war Chorführer – sang er mit so erschreckend dramatischer Inbrunst, daß selbst der minderwertigste Choral eine unheilige Pracht annahm.
»Mir scheint es genauso blöde und genauso teuflisch, nächsten Montag ins Büro zu gehen, wie es mir immer erschienen ist und immer erscheinen wird«, sagte Jonathan. »Die besten Jahre seines Lebens auf einem Büroschemel hocken und von neun bis fünf in ein Hauptbuch zu kritzeln, das irgendwem gehört, das nenn' ich schlechten Gebrauch machen

von dem ... einen, einzigen Leben, das man hat, findest du nicht? Oder ist es ein schöner Traum?« Er drehte sich im Gras auf die Seite und blickte zu Linda auf. »Kannst du mir sagen, was der Unterschied zwischen meinem Leben und dem Leben eines gewöhnlichen Sträflings ist? *Ich* kann nur einen Unterschied sehen: daß ich mich selbst ins Gefängnis begeben habe und daß niemand mich je wieder herauslassen wird. Die Situation ist also noch unerträglicher. Denn wenn ich gegen meinen Willen – vielleicht sogar um mich schlagend – hineingestoßen worden wäre, dann hätte ich, sobald die Türe zu war, oder jedenfalls im Lauf von etwa fünf Jahren oder so, die Tatsache hingenommen und angefangen, mich für die Fliegen zu interessieren oder die Schritte des Wärters im Gang zu zählen – unter besonderer Beachtung möglicher Veränderungen in der Art seines Auftretens, und so weiter. Doch wie die Dinge jetzt stehen, bin ich ein Insekt, das aus freiem Willen in ein Zimmer geflogen ist. Ich pralle gegen die Wände, pralle gegen die Fensterscheiben, bumse gegen die Decke, ja tue alles nur Menschenmögliche – ausgenommen, daß ich wieder rausfliege. Und die ganze Zeit denke ich – wie der Falter oder Schmetterling oder was es nun ist: ›Ach, wie kurz ist das Leben! Ach, wie kurz ist das Leben.‹ Nur eine Nacht oder ein Tag ist mir gegönnt, und draußen ist der weite, gefahrvolle Garten, er wartet draußen, unentdeckt, unerforscht!«

»Aber wenn du das weißt«, begann Linda rasch, warum ...«

»Ah!« rief Jonathan, und das ›Ah‹ klang beinah jubelnd. »Da hast du mich erwischt! Warum? Ja, warum? Das ist die rätselhafte Frage, die einen verrückt machen kann. Warum fliege ich nicht wieder hinaus? Dort ist das Fenster – oder die Tür oder wie sonst ich reingekommen bin. Nicht hoffnungslos zugesperrt, nicht wahr? Warum finde ich sie nicht und fliege auf und davon? Das beantworte mir mal, Schwesterchen!« Doch er ließ ihr keine Zeit für eine Antwort.

»Und darin gleiche ich wieder genau dem Insekt. Aus irgendeinem Grunde« – Jonathan schob Pausen zwischen den einzelnen Wörtern ein – »ist es nicht erlaubt – ist es verboten – ist es gegen das Insektengesetz, mit dem Herumflattern

und Kopfeinrennen und Scheibenhinaufkriechen aufzuhören, nicht eine Sekunde aufzuhören. Warum mache ich nicht Schluß mit dem Bürogehen? Warum zum Beispiel überlege ich nicht in diesem Augenblick ernstlich, was mich daran hindert, wegzugehen? Es ist nicht so, als wäre ich schrecklich angebunden. Ich muß für zwei Jungen sorgen – aber schließlich sind es Jungen. Ich könnte zur See gehen oder einen Posten im Hinterland bekommen, oder—«. Plötzlich lächelte er Linda zu und sagte mit veränderter Stimme und als vertraue er ihr ein Geheimnis an: »Schwach! Schwach! Keine Vitalität! Kein fester Halt! Keine richtungsweisenden Grundsätze—nennen wir's mal so«. Doch dann stimmte die dunkle Samtstimme ein Verslein an: »Hört euch die Geschichte an, die ich jetzt berichten tu': . . . «, und beide verstummten.
Die Sonne war untergegangen. Im Westen lagerten große Ballungen rosenfarbener Wolken. Breite Lichtbahnen brachen durch die Wolken und hinter ihnen hervor, als wollten sie den ganzen Himmel einnehmen. Das Blau im Zenit verblaßte; es verwandelte sich in fahles Gold, und der Buschwald, der sich dagegen abzeichnete, glomm dunkel und metallisch blank. Manchmal, wenn sich solche Lichtbahnen am Himmel zeigen, können sie wahrhaft erschreckend sein. Sie erinnern einen daran, daß dort oben Jehova thront, der Allmächtige, der eifervolle Gott, dessen Auge auf einem ruht, ewig wachsam, niemals müde. Und man erinnert sich, daß bei Seinem Kommen die ganze Erde beben und ein zusammengestürzter Totenacker sein wird; von kalten, strahlenden Engeln wird man hierhin und dorthin getrieben, und es bleibt keine Zeit zu erklären, was sich so einfach erklären ließe . . . Aber heute abend schien es Linda, als wäre etwas unendlich Freudiges und Liebevolles in den silbernen Lichtbahnen. Und jetzt kam kein harscher Laut vom Meer her. Es atmete so leise, als wollte es all die zarte, freudige Schönheit in seine eigene Brust einziehen.
»Es ist alles falsch, alles falsch«, sagte Jonathans schattenhafte Stimme. »Es ist nicht der rechte Schauplatz, nicht die rechte Kulisse für . . . drei Büroschemel, drei Tintenfässer und ein Gazefenster.

Linda wußte, daß er sich niemals ändern würde, aber sie fragte: »Es ist doch selbst jetzt noch nicht zu spät?«
»Ich bin alt – ich bin alt!« klagte Jonathan. Er beugte sich zu ihr hinüber und strich mit der Hand über seinen Kopf. »Sieh dir das an!« Sein schwarzes Haar war silbern gesprenkelt, wie die Brustfedern eines Birkhahns.
Linda war überrascht. Sie hätte nie gedacht, daß er schon grau wurde. Und doch, als er sich jetzt neben ihr erhob und seufzte und sich reckte, sah sie zum erstenmal, daß er nicht beherzt, nicht tapfer, nicht unbekümmert war, sondern daß ihn schon das Alter angerührt hatte. Im dunkler werdenden Gras sah er lang aufgeschossen aus, und es fuhr ihr durch den Kopf: ›Er ist wie ein Halm.‹
Jonathan bückte sich noch einmal und küßte ihr die Finger. »Der Himmel lohne dir deine Geduld, holde Frau!« murmelte er. »Ich muß die Erben meines Ruhms und Reichtums suchen gehen ...« Dann war er verschwunden.

XI.

In den Fenstern des Bungalows schimmerte Licht. Zwei goldene Vierecke fielen auf die Federnelken und die bemützten Ringelblumen. Die Katze Florrie kam auf die Veranda hinaus und setzte sich auf die oberste Treppenstufe – die weißen Pfoten nah beisammen, den Schwanz herumgelegt. Sie sah zufrieden aus und als hätte sie den ganzen Tag auf diesen Augenblick gewartet.
»Gottlob, die Nacht kommt!« sagte Florrie. »Gottlob, der lange Tag ist vorbei!« Ihre Reineclaudenaugen öffneten sich. Gleich darauf erschallte das Gerumpel der Postkutsche und das Knallen von Kellys Peitsche. Sie kam so nah heran, daß man die Stimmen der aus der Stadt heimkehrenden Herren hören konnte, die laut miteinander sprachen. Sie hielt vor Burnells Gartentor.
Stanley war fast den halben Weg hinaufgegangen, ehe er Linda gewahrte. »Bist du's, Liebste?«
»Ja, Stanley.«
Er sprang über das Blumenbeet und nahm sie in die Arme.

Die vertraute, sehnsüchtige, kraftvolle Umarmung hüllte sie ein.
»Verzeih mir, Liebste, verzeih mir!« stammelte Stanley, legte ihr die Hand unters Kinn und hob ihr Gesicht zu sich auf.
»Verzeihen?« lächelte Linda. »Wofür denn nur?«
»Großer Gott! Du kannst es nicht vergessen haben!« rief Stanley Burnell. »Ich habe den ganzen Tag an nichts anderes gedacht! Ich habe einen schrecklichen Tag hinter mir! Hatte mich schon entschlossen, hinauszulaufen und dir zu telegraphieren, aber dann dachte ich, das Telegramm käme auch nicht früher zu dir als ich selber. Ich habe Qualen ausgestanden, Linda!«
»Aber Stanley«, sagte Linda, »was soll ich dir bloß verzeihen?«
»Linda!« Stanley war aufrichtig verletzt. »Hast du denn gar nicht gemerkt – du mußt es doch gemerkt haben –, daß ich heute früh weggegangen bin, ohne dir Lebewohl zu sagen? Ich kann mir nicht vorstellen, wie ich dazu fähig war! Mein verflixtes Temperament ist natürlich schuld. Aber – na ja«, und er seufzte und zog sie wieder an sich, »für heute habe ich genug gelitten.«
»Was hast du da in der Hand?« fragte Linda. »Neue Handschuhe? Zeig sie mal!«
»Oh, bloß ein Paar billige waschlederne«, sagte Stanley bescheiden. »Heute früh in der Kutsche habe ich gesehen, daß Bell welche trug, und als ich am Geschäft vorbeikam, bin ich hineingesprungen und habe mir auch ein Paar gekauft. Worüber lachst du? Du findest doch nicht, daß es verkehrt war – oder doch?«
»Im *Ge*-genteil, Liebster«, sagte Linda. »Ich finde, daß es sehr vernünftig war!«
Sie streifte den einen der hellen, breiten Handschuhe über ihre eigenen Finger und betrachtete ihre Hand, sie hin und her drehend. Sie lächelte noch immer.
Stanley hätte gern gesagt: ›Auch als ich sie kaufte, habe ich dauernd an dich gedacht.‹ Es entsprach der Wahrheit, aber aus irgendeinem Grund brachte er es nicht heraus. »Laß uns ins Haus gehen!« sagte er.

XII.

Warum empfindet man nachts alles ganz anders? Warum ist es so erregend, nachts wach zu sein, wenn alle andern schlafen? Es ist spät – sehr spät! Und doch fühlt man sich mit jedem Augenblick wacher und wacher, als erwache man langsam, fast mit jedem Atemzug, in eine neue Welt hinein, in eine schönere, spannendere und aufregendere Welt als die Tagwelt. Und was ist das für ein komisches Gefühl, daß man sich wie ein Verschwörer vorkommt? Leise und verstohlen bewegt man sich im Zimmer. Ohne das kleinste Geräusch hebt man etwas vom Frisiertisch auf und legt es wieder hin. Und alles, sogar der Bettpfosten, weiß um das Geheimnis, geht darauf ein, teilt es mit einem . . .

Bei Tage liebst du dein Zimmer nicht sehr. Du denkst nie daran. Du gehst ein und aus, die Tür öffnet sich und fliegt zu, der Schrank knarrt. Du setzt dich auf die Bettkante, ziehst andere Schuhe an und stürzt wieder hinaus. Du beugst dich zum Spiegel hinunter, zwei Haarnadeln in die Frisur, Puder auf die Nase, und weg bist du wieder. Aber jetzt – ist es dir plötzlich lieb. Es ist ein goldiges, komisches kleines Zimmer! Es ist deins! Oh, wie herrlich, wenn einem etwas gehört! Meins – mein eigenes!

»Ewig die Meine?«

»Ja.« Ihre Lippen finden sich.

Nein, das hatte natürlich nichts damit zu tun! Das war alles Unsinn und Quatsch. Und doch sah Beryl auch gegen ihren Willen ganz deutlich zwei Menschen mitten im Zimmer stehen. Sie hatte ihm die Arme um den Hals gelegt; er hielt sie fest. Und jetzt flüsterte er: »Meine Schönheit! Meine kleine Schönheit!« Sie sprang vom Bett, rannte zum Fenster und kniete sich hin, die Ellbogen auf dem Fensterbrett. Aber auch die wundervolle Nacht, der Garten, jeder Busch und jedes Blatt, sogar der weiße Zaun, sogar die Sterne waren Verschwörer. So hell schien der Mond, daß die Blumen wie bei Tage leuchteten; die Schatten der Kapuzinerkresse mit ihren köstlichen, seerosenähnlichen Blättern und den weit offenen Kelchen fielen auf die silbrige Veranda. Der Manukabaum,

von den Südwinden leicht geduckt, glich einem Vogel auf einem Bein, der eine Schwinge von sich streckt.
Doch als Beryl auf den Buschwald schaute, schien er ihr traurig zu sein. ›Wir sind stumme Bäume, die sich zum Nachthimmel aufrecken und nicht wissen, was sie erflehen!‹ sagte der Buschwald bekümmert.
Zwar – wenn du allein bist und über das Leben nachdenkst, ist es immer traurig. Die ganze Begeisterung und so weiter hat es an sich, plötzlich von dir abzufallen, und es ist so, als riefe in der Stille jemand deinen Namen, und als hörtest du den Namen zum erstenmal! »Beryl!«
»Ja, hier bin ich! Ich bin Beryl! Wer ruft mich?«
»Beryl?«
»Laß mich zu dir kommen!«
Man ist einsam, wenn man für sich allein lebt. Natürlich sind immer Verwandte und Bekannte da, haufenweise; aber das meint sie nicht. Sie braucht einen, der die Beryl entdeckt, die keiner von ihnen kennt, der von ihr erwartet, daß sie immer jene Beryl bleibt. Sie will einen Liebsten haben.
»Nimm mich weg von all den andern Leuten, Liebster! Laß uns weit fortgehen. Wir wollen unser eigenes Leben leben, ganz neu, ganz unser eigen, vom allerersten Anfang an. Laß uns zusammen Feuer machen, laß uns setzen und zusammen essen! Laß uns abends lange erzählen!«
Und fast dachte sie: ›Rette mich, mein Liebster! Rette mich!‹
... »Oh, mach schon! Sei nicht so prüde, mein gutes Kind! Amüsiere dich, solange du jung bist. Das rate ich dir!« Und ein lauter Sturzbach albernen Gelächters mischte sich in Mrs. Kembers lautes, gleichgültiges Gewieher.
Es ist nämlich so furchtbar schwierig, wenn man niemanden hat. Man ist allem so ausgeliefert. Man kann nicht einfach unhöflich sein. Und immer fürchtet man, unerfahren und langweilig zu erscheinen, wie die andern Gänse an der Bucht unten. Und – und es ist aufregend zu wissen, daß man Macht über jemanden hat. Ja, das zu wissen ist aufregend ... Ach, weshalb, weshalb kommt ›er‹ nicht bald?
Wenn ich noch länger hier lebe, dachte Beryl, kann mir alles mögliche zustoßen.

»Aber woher willst du wissen, daß er überhaupt kommt?« spottete die Stimme . . . eine kleine Stimme in ihr.
Doch Beryl verscheucht sie. Sie würde nicht sitzen bleiben! Andere Mädchen vielleicht, aber nicht sie. Es war unmöglich, sich vorzustellen, daß Beryl Fairfield nie heiraten würde – das reizende, entzückende Geschöpf!
»Erinnern Sie sich an Beryl Fairfield?«
»Ob ich mich an sie erinnere? Als könnte ich sie je vergessen! In einem Sommer sah ich sie an der Bucht. Sie stand am Strand, in einem blauen« – nein, rosa – »Musselinkleid und mit einem großen, sahneweißen« – nein, schwarzen – »Strohhut. Aber das ist schon Jahre her!«
»Sie ist immer noch so schön, womöglich noch schöner!«
Beryl lächelte, biß sich auf die Lippe und schaute in den Garten hinaus. Und während sie so schaute, sah sie, wie jemand, ein Mann, die Straße verließ und die Koppel neben ihrem Zaun heraufkam, als wollte er geradenwegs zu ihr. Sie bekam Herzklopfen. Wer war das? Es konnte kein Einbrecher sein, bestimmt war es kein Einbrecher, denn er rauchte und ging ungezwungen einher. Beryl stockte das Herz; er schien sich umzudrehen und dann stillzustehen. Sie erkannte ihn.
»Guten Abend, Miss Beryl«, sagte die Stimme leise.
»Guten Abend.«
»Möchten Sie mitkommen – ein bißchen spazieren?« fragte die schleppende Stimme.
Spazierengehen – mitten in der Nacht? »Nein, ich kann nicht. Alle sind im Bett. Jeder schläft.«
»Oh«, sagte die Stimme leichthin, und ein Hauch würzigen Tabaks wehte zu ihr hin, »es ist doch egal, was die andern tun. Kommen Sie mit! Es ist eine herrliche Nacht. Und kein Mensch ist unterwegs.«
Beryl schüttelte den Kopf. Aber schon regte sich etwas in ihr, schon hob etwas das Haupt.
Die Stimme fragte: »Fürchten Sie sich?« Sie spottete: »Armes kleines Mädchen!«
»Kein bißchen«, antwortete sie. Während sie es sagte, schien das schwache Etwas sich zu erheben und ungeheuer mächtig zu werden: sie sehnte sich mitzugehen!

Und als fände der andere es ganz selbstverständlich, sagte er sanft und weich, aber bestimmt: »Komm schon!«
Beryl stieg aus dem niedrigen Fenster, überquerte die Veranda und lief über den Rasen ans Tor.
Er war vor ihr dort.
»So ist's recht!« hauchte die Stimme und neckte: »Du hast doch nicht Angst? Du wirst doch nicht Angst haben?«
Sie hatte Angst. Denn seit sie hier war, erschien alles anders, und sie war entsetzt. Der Mondschein glitzerte grell, die Schatten waren wie Eisenstäbe. Sie wurde bei der Hand genommen.
»Kein bißchen«, sagte sie leichthin. »Warum sollte ich?«
Ihre Hand wurde sanft gedrückt und weitergezogen.
Sie blieb stehen.
»Nein, weiter komme ich nicht mit!« sagte Beryl.
»Ach, Unsinn!« Harry Kember glaubte ihr nicht. »Komm schon! Wir gehen bloß bis zum Fuchsienbusch! Komm schon!«
Es war ein riesiger Fuchsienbusch. Er fiel wie ein Wasserfall über den Zaun. Darunter war es finster – eine dunkle kleine Höhle.
»Nein, wirklich, ich möchte nicht!« sagte Beryl.
Einen Augenblick sagte Harry Kember nichts. Dann trat er nahe heran, lächelte ihr ins Gesicht und sagte rasch: »Sei nicht albern! Sei nicht albern!«
So ein Lächeln hatte sie noch nie gesehen. War er betrunken? Vor dem glitzernden, sinnlosen, fürchterlichen Lächeln erstarrte sie entsetzt. Was tat sie? Wie war sie hergekommen? fragte der gestrenge Garten.
Da wurde das Tor aufgestoßen, und flink wie eine Katze glitt Harry Kember herein und riß sie an sich.
»Du kalte kleine Hexe!« sagte die verhaßte Stimme.
Aber Beryl war kräftig. Sie wand sich, duckte sich und riß sich los.
»Sie sind gemein, gemein!« sagte sie.
»Warum sind Sie dann gekommen, verflixt noch mal!« stotterte Harry Kember.
Niemand antwortete ihm.

Eine kleine Wolke zog gelassen am Mond vorüber. In dem kurzen, von Finsternis erfüllten Augenblick rauschte das Meer dumpf und verstört. Dann segelte die Wolke weiter, und das Rauschen des Meeres war ein undeutliches Murmeln, als erwache es aus einem dunklen Traum. Alles war still.

Das Gartenfest

Und schließlich war das Wetter ideal. Sie hätten keinen makelloseren Tag für ein Gartenfest haben können, wenn sie ihn in Auftrag gegeben hätten. Windstill, warm, der Himmel ohne eine Wolke. Nur das Blau war von einem Dunst hellen Goldes verschleiert, wie es manchmal im Frühsommer vorkommt. Der Gärtner war seit dem Morgengrauen auf, mähte den Rasen und fegte ihn, bis das Gras und die dunklen, flachen Rosetten, wo die Gänseblümchen gestanden hatten, zu glänzen schienen. Und die Rosen – man konnte nicht umhin zu denken, sie hätten begriffen, daß Rosen die einzigen Blumen sind, die bei einem Gartenfest auf die Leute Eindruck machen, die einzigen Blumen, die jeder mit Sicherheit erkennt. Hunderte, ja buchstäblich Hunderte waren in einer einzigen Nacht aufgeblüht; die grünen Büsche neigten sich, als wären sie von Erzengeln heimgesucht worden. Das Frühstück war noch nicht ganz vorbei, als die Männer kamen, um das Zelt aufzustellen.

»Wo willst du das Zelt aufgestellt haben, Mutter?«

»Mein liebes Kind, es nützt nichts, mich zu fragen. Ich bin entschlossen, dieses Jahr alles euch Kindern zu überlassen. Vergeßt, daß ich eure Mutter bin! Behandelt mich wie einen geliebten Gast!«

Aber Meg konnte unmöglich hingehen und die Männer beaufsichtigen. Sie hatte sich vor dem Frühstück die Haare gewaschen und saß da und trank ihren Kaffee in einem grünen Turban; eine nasse, dunkle Locke war auf jede Wange gedrückt. Und Jose, der Schmetterling? Sie kam stets in einem seidenen Unterrock und einer Kimonojacke nach unten.

»Laura, du mußt gehen, du bist die Künstlerische!«

Laura flog davon und hielt noch ein Stück Butterbrot in der Hand. Es ist köstlich, wenn man einen Vorwand dafür hat, im Freien zu essen, und außerdem liebte sie es, wenn sie etwas arrangieren mußte. Sie fand immer, sie könne es soviel besser als jeder andre.

Vier Männer in Hemdsärmeln standen in einer Gruppe auf

dem Gartenweg beisammen. Sie trugen Stangen mit aufgerolltem Segeltuch und hatten große Werkzeugbeutel um den Hals hängen. Sie sahen eindrucksvoll aus. Laura wünschte jetzt, sie hätte kein Butterbrot in der Hand, doch sie konnte es nirgends hinlegen, und wegwerfen konnte sie es unmöglich. Sie wurde rot und versuchte, streng und sogar ein wenig kurzsichtig auszusehen, als sie auf sie zutrat.
»Guten Morgen«, sagte sie und ahmte die Stimme ihrer Mutter nach. Aber das klang so furchtbar geziert, daß sie sich schämte und wie ein kleines Mädchen hervorstotterte: »Oh – hm – Sie sind wohl – wegen des Zelts gekommen?«
»Stimmt, Miss«, sagte der größte der Männer, ein schmächtiger, sommersprossiger Bursche, und ruckte an seinem Werkzeugbeutel, stieß seinen Strohhut zurück und lächelte auf sie herab: »Stimmt genau!«
Sein Lächeln war so ungezwungen, so freundlich, daß Laura sich wieder faßte. Was für hübsche Augen er hatte – klein, aber von einem so dunklen Blau! Und jetzt blickte sie auf die andern, die auch lächelten. ›Nur Mut, wir beißen nicht‹, schien das Lächeln zu besagen. Wie furchtbar nett waren diese Arbeiter! Und was für ein herrlicher Morgen! Sie durfte den Morgen nicht erwähnen – sie mußte geschäftstüchtig tun.
»Also wie wär's mit der Lilienwiese? Ginge das?«
Und sie zeigte mit der Hand, in der sie nicht das Butterbrot hielt, auf die Lilienwiese. Sie drehten sich um und blickten in die Richtung.
Ein kleiner dicker Kerl schob die Unterlippe vor, und der lange Mensch runzelte die Stirn.
»Die gefällt mir nicht«, sagte er. »Ist nicht auffällig genug. Sehen Sie, so ein Ding wie ein Festzelt«, wandte er sich zutraulich an Laura, »das möchte man irgendwo aufstellen, wo es einem wie ein Schlag ins Auge knallt, falls Sie mich verstehen?«
Lauras Erziehung machte sie einen Augenblick unsicher, ob es von einem Arbeiter genügend ehrerbietig sei, zu ihr von einem ins Auge knallenden Schlag zu sprechen. Aber sie verstand ihn recht gut.

»Eine Ecke vom Tennisplatz!« schlug sie vor. »Aber in der einen Ecke wird schon die Musikkapelle sein.«
»Hoho, werden Sie eine Musikkapelle haben?« fragte ein andrer Arbeiter. Er war blaß. Er sah verhärmt aus, als seine dunklen Augen den Tennisplatz musterten. Was mochte er denken?
»Nur eine sehr kleine Kapelle«, erwiderte Laura sanft. Vielleicht machte es ihm nicht soviel aus, wenn die Kapelle klein war. Doch der lange Mensch unterbrach sie.
»Schauen Sie her, Miss! Das da ist der richtige Platz: vor den Bäumen! Dort drüben! Dort wird es sich fein ausnehmen!«
Vor den Karakas? Dann würden die Karakabäume verdeckt. Und sie waren so schön mit ihren breiten, glänzenden Blättern und ihren Büscheln gelber Früchte. Sie waren wie Bäume, die man sich auf einer unbewohnten Insel vorstellt, stolz und einsam wachsend, ihre Blätter und Früchte in einer Art stummer Pracht zur Sonne aufhebend. Sollten die von einem Zelt verdeckt werden?
Es mußte sein. Die Männer hatten schon ihre Stangen geschultert und gingen auf die Stelle zu. Nur der lange Mensch war noch da. Er bückte sich, zerrieb eine Lavendelrispe, hob Daumen und Zeigefinger an die Nase und schnupperte den Duft ein. Als Laura diese Handbewegung sah, vergaß sie die Karakabäume gänzlich, so erstaunt war sie über ihn, daß er für solche Dinge etwas übrig hatte – für den Duft von Lavendel! Wie wenige Männer, die sie kannte, hätten dergleichen getan! Oh, wie erstaunlich nett Arbeiter waren, dachte sie. Warum konnte sie nicht Arbeiter zu Freunden haben statt der albernen Jungen, mit denen sie tanzte und die sonntags zum Abendessen kamen? Mit Männern wie diesen hier würde sie sich viel besser verstehen.
Schuld an alledem sind nur die verrückten Klassenunterschiede, fand sie, während der lange Mensch etwas auf die Rückseite eines Briefumschlags skizzierte – etwas, das hochgewunden werden oder herunterhängen sollte. Sie selbst hielt nichts von Klassenunterschieden. Nicht ein bißchen, keine Spur ... Und nun erklang das Poch-poch der Holzhämmer. Jemand pfiff, und jemand trällerte: »Klappt's bei

dir, Kumpel?« – Kumpel! Soviel Freundlichkeit, soviel ... Nur um zu beweisen, wie glücklich sie war, nur um dem langen Menschen zu zeigen, wie dazugehörig sie sich empfand und wie sie dumme Konventionen verachtete, biß Laura einen tüchtigen Happen von ihrem Butterbrot ab und blickte auf die kleine Skizze. Sie kam sich genau wie ein Arbeiterkind vor.

»Laura? Laura, wo bist du? Telefon, Laura!« rief eine Stimme vom Haus her.

»Komme schon!« Fort sauste sie über den Rasen, über den Pfad, die Treppe hinauf, quer über die Veranda und durch den Eingang. In der Halle bürsteten ihr Vater und Laurie ihre Hüte, bereit, ins Büro zu gehen.

»Hör mal, Laura«, sagte Laurie ganz eilig, »du könntest dir meine Jacke für heute nachmittag anschauen! Sieh mal nach, ob sie gebügelt werden muß!«

»Gern!« sagte sie. Plötzlich konnte sie nicht mehr an sich halten. Sie lief auf Laurie zu und drückte ihn rasch ein bißchen an sich. »Oh, Feste liebe ich über alles, du auch?« stieß sie hervor.

»Na – es geht«, sagte Laurie mit seiner warmen, knabenhaften Stimme, und er drückte seine Schwester ebenfalls und gab ihr einen sanften Schubs. »Schnell ans Telefon, mein Kleines!«

Das Telefon! »Ja. Ja. O ja. Kitty? Guten Morgen, Liebes! Kommst du zum Mittagessen? Komm doch, Liebes! Freuen uns natürlich. Es wird nur eine sehr zusammengestoppelte Mahlzeit sein – bloß Brotrinden und zerbröckelte Baisers und was sonst noch an Resten da ist. Ja, ist es nicht ein idealer Morgen? Dein Weißes? Oh, würde ich bestimmt tun! Einen Augenblick, bleib am Apparat! Mutter ruft.« Und Laura lehnte sich zurück. »Was, Mutter? Kann's nicht verstehen!« Mrs. Sheridans Stimme schwebte die Treppe hinunter. »Sag ihr, sie soll den süßen Hut aufsetzen, den sie letzten Sonntag getragen hat!«

»Mutter sagt, du sollst den süßen Hut aufsetzen, den du letzten Sonntag getragen hast! Gut! Um eins! Wiedersehen!«

Laura legte den Hörer auf und warf die Arme über den Kopf, schöpfte tief Atem, reckte sich und ließ sie fallen. »Uff«, seufzte sie, und im nächsten Augenblick nach dem Seufzer richtete sie sich rasch auf. Sie saß still und lauschte. Alle Türen im Haus schienen offenzustehen. Das ganze Haus war lebendig, voll leichter, schneller Schritte und wandernder Stimmen. Die grüne Friestür, die in den Küchenbereich führte, flog mit gedämpftem Knall auf und wieder zu. Und jetzt kam ein langes, gurgelndes, verrücktes Geräusch. Es war der schwere Flügel, der auf seinen starren Rollen verschoben wurde. Aber die Luft! Wenn man sich's überlegte: war die Luft denn immer so? Leise Lüftchen spielten Fangen: zu den Oberlichtfenstern herein und zu den Türen hinaus. Und dort waren zwei kleine Sonnenflecke – einer auf dem Tintenfaß, einer auf einem Photorahmen, und sie spielten auch. Geliebte kleine Sonnenflecke! Besonders der auf dem Tintenfaßdekkel! Er war ganz warm. Ein warmer kleiner Silberstern. Sie hätte ihn küssen können.

Die Haustürglocke läutete, und auf der Treppe tönte das Rascheln von Sadies gemustertem Rock. Eine Männerstimme murmelte. Sadie antwortete gleichgültig: »Das weiß ich wirklich nicht. Warten Sie! Ich werde Mrs. Sheridan fragen.«

»Was gibt's, Sadie?« Laura trat in die Halle.

»Der Mann vom Blumengeschäft, Miss Laura!«

Tatsächlich! Gleich innerhalb der Tür stand ein breites, flaches Tragbrett voller Töpfe mit roten Lilien. Keine andre Sorte. Nichts als Lilien, Cannalilien, große rote Blüten, weit offen, strahlend, fast erschreckend lebendig auf leuchtend karminroten Stielen.

»O–h, Sadie!« rief Laura, und es klang wie ein kleines Ächzen. Sie kauerte sich hin, wie um sich am Lodern der Lilien zu wärmen. Sie spürte sie in ihren Fingern und auf ihren Lippen, sie wuchsen in ihrer Brust.

»Es ist ein Mißverständnis«, sagte sie matt. »Niemand hat so viele bestellt! Sadie, geh und hole Mutter!«

Doch im gleichen Augenblick trat Mrs. Sheridan zu ihnen.

»Es ist ganz richtig«, sagte sie gelassen. »Doch, ich habe sie bestellt. Sind sie nicht herrlich?« Sie drückte Lauras Arm.

»Ich ging gestern an dem Geschäft vorbei und sah sie im Schaufenster. Und plötzlich dachte ich, einmal in meinem Leben will ich genug Cannalilien haben! Das Gartenfest ist ein guter Vorwand!«

»Aber ich meinte, du hättest gesagt, daß du dich nicht einmischen willst«, sagte Laura. Sadie war weggegangen. Der Mann vom Blumengeschäft stand noch draußen bei seinem Lieferwagen. Sie legte ihrer Mutter den Arm um den Hals, und zärtlich, sehr zärtlich biß sie ihrer Mutter ins Ohr.

»Mein liebes Kind, eine logische Mutter würdest du nicht leiden können, nicht wahr? Laß das! Hier kommt der Mann!«

Er brachte noch mehr Lilien, noch ein ganzes Tragbrett voll.

»Stellen Sie sie bitte gleich an der Tür auf, zu beiden Seiten des Eingangs«, sagte Mrs. Sheridan. »Findest du nicht auch, Laura?«

»O ja, bestimmt, Mutter!«

Im Salon hatten Meg, Jose und der gute kleine Hans es endlich fertiggebracht, den Flügel zu verschieben.

»Wenn wir jetzt das Sofa an die Wand rücken und alles aus dem Zimmer räumen, bis auf die Stühle — was meint ihr dazu?«

»Gut!«

»Hans, tragen Sie die Tischchen ins Rauchzimmer und bringen Sie einen Besen mit, um die Druckstellen vom Flügel aus dem Teppich zu bürsten — und, oh, einen Moment, Hans . . .« Jose liebte es, den Dienstboten Befehle zu erteilen, und sie liebten es, ihr zu gehorchen. Immer weckte sie in ihnen das Gefühl, in einem Drama mitzuspielen. »Sagen Sie Mutter und Miss Laura, sie möchten sofort herunterkommen!«

»Ja, Miss Jose!«

Sie wandte sich an Meg. »Ich wüßte gern, wie der Flügel klingt — nur für den Fall, daß ich heute nachmittag gebeten werde, zu singen. Versuchen wir mal ›Das Leben ist traurig!‹«

Pomm! Ta-ta-ta *ti*-ta! Das Klavier stürmte so leidenschaftlich los, daß Joses Miene sich veränderte. Sie faltete die Hände. Sie blickte traurig und geheimnisvoll auf ihre Mutter und Laura, die ins Zimmer traten.

»Das Leben ist traurig,
voll Seufzer und Tränen,
die Liebe vergeht,
das Leben ist trau – rig,
voll Seufzer und Tränen,
die Liebe vergeht,
und dann ... leb wohl!«

Doch beim Wort ›Lebwohl‹, und obwohl das Klavier verzweifelter denn je klang, flog ein strahlendes, furchtbar gefühlloses Lächeln über ihr Gesicht.
»Bin ich nicht gut bei Stimme, Mummy?« jubelte sie.

»Das Leben ist traurig,
die Hoffnung erstirbt,
ein Traum, ein Erwa – chen ...«

Aber jetzt wurden sie von Sadie unterbrochen.
»Was gibt es, Sadie?«
»Bitte, M'm, die Köchin läßt fragen, ob Sie die Fähnchen für die Sandwiches bereit haben?«
»Die Fähnchen für die Sandwiches, Sadie?« wiederholte Mrs. Sheridan verträumt. Und die Kinder lasen ihr am Gesicht ab, daß sie sie nicht bereit hatte. »Moment mal!« Und energisch sagte sie zu Sadie: »Bestellen Sie der Köchin, daß sie sie in zehn Minuten bekommt!« Sadie ging.
»So, Laura«, sagte ihre Mutter hastig, »komm mit mir ins Rauchzimmer! Ich habe die Namen irgendwo auf der Rückseite eines Briefumschlags. Du mußt sie mir herausschreiben! Meg, geh augenblicklich nach oben und nimm das nasse Ding von deinem Kopf! Jose, lauf und zieh dich fertig an! Habt ihr gehört Kinder? Oder muß ich es eurem Vater sagen, wenn er heute abend nach Hause kommt? Und – und Jose, besänftige die Köchin, wenn du in die Küche gehst, ja? Ich habe heute morgen richtig Angst vor ihr!«
Der Briefumschlag fand sich endlich hinter der Uhr im Eßzimmer, obwohl Mrs. Sheridan sich nicht vorstellen konnte, wie er dort hingeraten war.

»Eins von euch Kindern muß ihn mir aus der Handtasche gestohlen haben, denn ich erinnere mich lebhaft ... Rahmkäse und Zitronenquark ... hast du das?«

»Ja.«

»Eier und ...« Mrs. Sheridan hielt den Umschlag von sich weg. »Es sieht aus wie ›Mäuse‹. Es kann doch nicht ›Mäuse‹ heißen, was?«

»Oliven, Herzchen«, sagte Laura, die ihr über die Schulter blickte.

»Ja, natürlich, Oliven! Klingt wie eine schreckliche Zusammenstellung: Eier und Oliven.«

Endlich waren sie fertiggeschrieben, und Laura brachte die Fähnchen in die Küche. Sie fand Jose, die dabei war, die Köchin zu besänftigen, obwohl sie gar nicht angsteinflößend aussah.

»Ich habe noch nie so ausgezeichnete Sandwiches gesehen«, sagte Joses Stimme hingerissen. »Wieviel Sorten sind es, sagten Sie? Fünfzehn?«

»Ja, fünfzehn, Miss Jose.«

»Dann gratuliere ich Ihnen!«

Die Köchin fegte mit dem langen Sandwichmesser die Rinden zusammen und lächelte von einem Ohr zum andern.

»Godbers' Ausläufer ist da!« verkündete Sadie und kam aus der Vorratskammer. Sie hatte den Mann am Fenster vorbeigehen sehen.

Es bedeutete, daß die Windbeutel gekommen waren. Godbers waren berühmt für ihre Windbeutel. Niemandem kam es in den Sinn, welche zu Hause zu backen.

»Bring sie her und stell sie auf den Tisch, mein Kind!« befahl die Köchin.

Sadie brachte sie und ging wieder an die Tür. Laura und Jose waren natürlich viel zu erwachsen, um sich aus derlei Dingen etwas zu machen. Trotzdem mußten sie zugeben, daß die Windbeutel sehr verlockend aussahen. Sehr! Die Köchin begann sie anzuordnen und schüttelte den überschüssigen Puderzucker ab.

»Versetzen sie einen nicht zurück zu allen früheren Festen?« sagte Laura.

»Vermutlich«, sagte die praktische Jose, die es nie mochte, in die Vergangenheit zurückversetzt zu werden. »Sie sehen wunderschön leicht und luftig aus, das muß ich sagen!«
»Nehmen Sie sich jeder einen!« sagte die Köchin mit ihrer gemütlichen Stimme. »Ihre Ma merkt es nicht!«
Oh, unmöglich! Stellt euch vor: Windbeutel so bald nach dem Frühstück! Der bloße Gedanke ließ einen schaudern! Trotzdem: zwei Minuten drauf leckten sich Jose und Laura die Finger ab — mit dem gewissen andächtigen Blick, der nur von Schlagsahne herrühren kann.
»Laß uns in den Garten gehen, durch die Hoftür!« schlug Laura vor. »Ich möchte sehen, wie die Männer mit dem Zelt vorankommen. Es sind furchtbar nette Männer!«
Aber die Hoftür war von der Köchin, von Sadie, von Godbers' Ausläufer und von Hans blockiert.
Es war etwas passiert.
»Je, je, je!« kakelte die Köchin wie ein aufgeregtes Huhn. Sadie hielt die Hand an die Wange, als hätte sie Zahnweh. Hans' Gesicht war verzerrt von der Anstrengung, es zu begreifen. Nur Godbers' Ausläufer schien befriedigt: es war *seine* Neuigkeit!
»Was ist los? Was ist geschehen?«
»Ein gräßlicher Unfall ist passiert!« sagte die Köchin. »Ein Mann ist verunglückt.«
»Ein Mann ist verunglückt? Wo? Wie? Wann?«
Aber Godbers' Ausläufer ließ sich seine Neuigkeit nicht vor der Nase wegschnappen.
»Kennen Sie die kleinen Hütten gleich da unten, Miss?« Ob sie sie kannte? Natürlich kannte sie sie! »Also dort wohnt ein junger Mann, ein Fuhrmann, Scott heißt er. Sein Pferd hat vor einem Traktor gescheut, heute früh, an der Ecke der Hawke Street, und er wurde runtergeschleudert und ist auf den Hinterkopf gefallen. Tot!«
»Tot?« Laura starrte Godbers' Ausläufer an.
»Tot, als sie ihn aufhoben«, sagte der Ausläufer mit Genugtuung. »Sie haben die Leiche nach Hause geschafft, als ich hier raufkam.« Und zur Köchin sagte er: »Er hinterläßt eine Frau und fünf kleine Kinder!«

»Jose, komm mal mit!« Laura packte ihre Schwester beim Ärmel und zog sie durch die Küche und auf die andre Seite der grünen Friestür. Dort blieb sie stehen und lehnte sich dagegen. »Jose«, sagte sie entsetzt, »wie sollen wir bloß alles absagen?«

»Alles absagen, Laura?« rief Jose erstaunt. »Was meinst du?«

»Das Gartenfest absagen natürlich!« Warum verstellte sich Jose?

Aber Jose war noch erstaunter. »Das Gartenfest absagen? Liebe Laura, sei nicht komisch! Natürlich können wir nichts dergleichen tun! Niemand erwartet es von uns. Sei nicht so überspannt!«

»Aber wir können unmöglich ein Gartenfest geben, wenn gleich hinter unserm Tor ein Toter liegt!«

Das war nun wirklich übertrieben, denn die kleinen Hütten standen in einer Gasse ganz für sich am Fuß einer steilen Steigung, die zum Haus hinaufführte. Eine breite Straße lag dazwischen. Natürlich standen die Hütten viel zu nah. Sie waren der schlimmste Schandfleck und hatten überhaupt kein Recht, in der Nachbarschaft zu stehen. Es waren kleine, schäbige Behausungen, schokoladebraun gestrichen. In den Vorgärten war nichts als Kohlstrünke, kranke Hühner und Tomatenbüchsen. Sogar der Rauch, der aus den Schornsteinen aufstieg, schien von Armut heimgesucht: kleine Fetzen und Fähnchen Rauch, so verschieden von den großen, silbrigen Fahnen, die sich aus den Schornsteinen der Sheridans emporkräuselten. Waschfrauen wohnten in der Gasse, und Schornsteinfeger und ein Schuster und ein Mann, dessen Hausfront über und über mit winzigen Vogelkäfigen bestückt war. Schwärme von Kindern. Solange die Sheridans klein waren, war es ihnen verboten, jemals einen Fuß dorthinzusetzen, wegen der widerlichen Ausdrücke und weil sie sich anstekken könnten. Doch seit sie erwachsen waren, gingen Laura und Laurie manchmal, wenn sie herumstrolchten, dort hindurch. Es war ekelhaft und schmutzig. Sie kamen schaudernd wieder heraus.

Doch schließlich mußte man überall hingehen: man mußte alles gesehen haben.

Deshalb gingen sie also hindurch. »Und stell dir nur vor, wie der armen Frau die Musik in den Ohren klingen würde!« sagte Laura.

»O Laura!« Jose begann ernstlich böse zu werden. »Falls du jedesmal, wenn jemand einen Unfall hatte, eine Musikkapelle am Spielen hindern willst, dann wirst du ein sehr anstrengendes Leben führen. Mir tut es ganz genauso leid wir dir. Ich habe ebensoviel Mitleid.« Ihre Augen wurden hart. Sie blickte ihre Schwester ebenso an wie früher, als sie klein waren und sich zankten. »Du holst einen betrunkenen Arbeiter nicht ins Leben zurück, indem du sentimental wirst«, sagte sie leise.

»Betrunken? Wer sagt, daß er betrunken war?« wandte sich Laura wütend an Jose. Und genauso, wie sie es bei solchen Anlässen immer getan hatten, rief sie: »Ich gehe sofort zu Mutter rauf und sag's ihr!«

»Tu's, liebes Kind!« gurrte Jose.

»Mutter, darf ich zu dir ins Zimmer?« Laura drehte den großen gläsernen Türknauf herum.

»Natürlich, Kind! Oh, was ist denn los? Warum bist du so erhitzt?« Mrs. Sheridan wandte sich von ihrem Toilettentisch ab. Sie probierte einen neuen Hut auf.

»Mutter, ein Mann ist getötet worden«, begann Laura.

»Hoffentlich nicht bei uns im Garten?« fiel ihr die Mutter ins Wort.

»Nein, nein!«

»Oh, was du mir für einen Schreck eingejagt hast!« Mrs. Sheridan seufzte erleichtert, nahm den großen Hut ab und hielt ihn auf den Knien fest.

»Hör doch zu, Mutter!« sagte Laura. Atemlos und halb erstickt erzählte Laura ihr die schreckliche Geschichte. »Natürlich können wir nun unser Fest nicht geben, oder?« flehte sie. »Mit der Musikkapelle und allen, die herkommen! Sie würden uns hören, Mutter, es sind fast Nachbarn von uns!« Zu Lauras Verwunderung benahm sich ihre Mutter genau wie Jose; es war schwerer zu ertragen, weil es sie zu amüsieren schien. Sie weigerte sich, Laura ernst zu nehmen.

»Aber liebes Kind, nimm deinen Verstand zusammen! Nur

durch einen Zufall haben wir es erfahren. Wenn jemand dort unten auf die übliche Art gestorben wäre – ich verstehe ohnehin nicht, wie sie in den muffigen Löchern am Leben bleiben –, dann gäben wir trotzdem unser Fest, nicht wahr?«
Darauf mußte Laura mit ›ja‹ antworten, aber sie fand, daß es ganz falsch war. Sie setzte sich aufs Sofa ihrer Mutter und zupfte am Kissenvolant.
»Mutter, ist es nicht eigentlich furchtbar herzlos von uns?« fragte sie.
»Liebling!« Mrs. Sheridan stand auf und kam zu ihr hinüber, den Hut in der Hand. Bevor Laura sie daran hindern konnte, wurde er ihr aufgestülpt. »Liebes«, sagte ihre Mutter, »ich schenke dir den Hut! Er ist wie für dich gemacht! Für mich ist er viel zu jugendlich. Noch nie habe ich dich so bildhübsch gesehen. Schau dich an!« Und sie hielt ihr den Handspiegel vor.
»Aber Mutter«, begann Laura wieder. Sie konnte sich nicht anschauen; sie wandte sich ab. Diesmal verlor Mrs. Sheridan die Geduld – genau wie Jose es getan hatte.
»Du bist lächerlich, Laura!« sagte sie kalt. »Solche Leute erwarten keine Opfer von uns. Und es ist nicht sehr einfühlsam von dir, allen die Freude zu verderben, wie du es jetzt tust.«
»Ich verstehe es nicht«, sagte Laura und ging rasch aus dem Zimmer und in ihr eigenes Schlafzimmer. Ganz zufällig war das erste, was sie dort im Spiegel erblickte, ein reizendes junges Mädchen – in einem schwarzen Hut, geschmückt mit goldenen Maßliebchen und einem langen schwarzen Samtband. Nie hätte sie geglaubt, daß sie so aussehen könne. Hat Mutter recht? überlegte sie. Jetzt hoffte sie, daß ihre Mutter recht hatte. Bin ich überspannt? Vielleicht war sie überspannt. Nur einen Augenblick machte sie sich noch einmal ein Bild von der armen Frau und ihren kleinen Kindern und der Leiche, die ins Haus getragen wurde. Aber es schien alles verschwommen, unwirklich, wie ein Bild in der Zeitung. Ich will mich wieder daran erinnern, wenn das Fest vorbei ist, beschloß sie. Und irgendwie schien das weitaus der beste Plan zu sein.

Das Mittagessen war um halb zwei beendet. Um halb drei waren sie alle bereit für den ›Kampf‹. Die grünberockte Kapelle war eingetroffen und in einer Ecke des Tennisplatzes untergebracht worden.
»Oh, Liebes«, zwitscherte Kitty Maitland, »sehen sie nicht haargenau wie Laubfrösche aus? Ihr hättet sie rund um den Teich gruppieren sollen und den Dirigenten in der Mitte auf einem Blatt!«
Bruder Laurie traf ein und winkte, als er zum Umziehen ins Haus wollte. Bei seinem Anblick erinnerte sich Laura wieder an das Unglück. Sie wollte es ihm erzählen. Wenn Laurie den andern beipflichtete, dann mußte es in Ordnung sein. Und sie folgte ihm in die Halle.
»Laurie!«
»Hallo!« Er war schon halb die Treppe hinauf, doch als er sich umdrehte und Laura sah, blies er plötzlich die Backen auf und starrte sie mit Glotzaugen an. »Donnerwetter, Laura! Du siehst umwerfend aus!« sagte Laurie. »Was für ein phantastisch schicker Hut!«
Laura sagte leise: »Wirklich?«, und lächelte Laurie zu und erzählte es ihm schließlich doch nicht.
Bald darauf begannen die Leute hereinzuströmen. Die Kapelle legte los; die Lohndiener rannten vom Haus zum Festzelt. Wohin man blickte, schlenderten Paare umher, beugten sich über die Blumen, grüßten und gingen auf dem Rasen weiter. Sie glichen bunten Vögeln, die sich für diesen einen Nachmittag in Sheridans Garten niedergelassen hatten – auf dem Flug wohin? Ach, was für ein Glück, mit Menschen zusammen zu sein, die alle glücklich sind, und Hände zu drükken und Wangen zu berühren und andern Augen zuzulächeln!
»Liebste Laura, wie gut du aussiehst!«
»Was für ein kleidsamer Hut, Kind!«
»Laura, du siehst richtig spanisch aus! Ich habe dich noch nie so bezaubernd gesehen!«
Und Laura erglühte und antwortete sanft: »Haben Sie Tee bekommen? Möchten Sie ein Eis? Das Passifloraeis ist wirklich etwas Besonderes!« Sie lief zu ihrem Vater und bat ihn:

»Liebster Vater, kann die Kapelle nicht etwas zu trinken bekommen?«

Und der herrliche Nachmittag erblühte langsam, verwelkte langsam und schloß langsam seine Blütenblätter.

»Nie ein schöneres Gartenfest ...« — »Sehr geglückt ...« — »Das allernetteste ...«

Laura half ihrer Mutter beim Verabschieden. Sie standen nebeneinander im Eingang, bis alles vorüber war.

»Gottsei Dank ist alles vorbei«, sagte Mrs. Sheridan. »Trommle die andern zusammen, Laura! Laß uns frischen Kaffee trinken! Ich bin erschöpft! Ja, es war sehr geglückt, aber, oh, diese Feste, diese Feste! Warum besteht ihr Kinder immer darauf, Feste zu geben?« Und alle ließen sich im leeren Zelt nieder.

»Nimm ein Sandwich, Daddy! Ich habe die Fähnchen beschriftet.«

»Danke!« Mr. Sheridan biß hinein, und das Sandwich war weg. Er nahm noch eins. »Vermutlich habt ihr nichts von dem abscheulichen Unfall gehört, der sich heute ereignet hat?« fragte er.

»Wir wußten es, mein Lieber!« sagte Mrs. Sheridan und hob die Hand. »Es hätte uns fast das Fest verdorben. Laura wollte unbedingt, daß wir es verschieben.«

»O Mutter!« Laura mochte sich nicht damit hänseln lassen.

»Es war immerhin eine schreckliche Sache«, sagte Mr. Sheridan. »Der arme Mensch war obendrein verheiratet. Er wohnte gleich unten in der Gasse, und wie es heißt, hinterläßt er eine Frau und ein halbes Dutzend Kinder!«

Eine verlegene Pause trat ein. Mrs. Sheridan fingerte nervös an ihrer Tasse. Wirklich, es war sehr taktlos von Vater ... Plötzlich blickte sie hoch. Vor ihr auf dem Tisch standen all die übriggebliebenen Sandwiches, Kuchen und Windbeutel — alle vergeudet. Sie hatte einen ihrer glänzenden Einfälle.

»Ich weiß was«, sagte sie. »Wir wollen einen Korb zurechtmachen und dem armen Geschöpf etwas von diesen tadellosen Sachen schicken! Für die Kinder wird es auf jeden Fall die größte Schlemmerei. Meint ihr nicht auch? Und sicher kommen Nachbarn zu ihr zu Besuch, und so weiter. Wie

praktisch, dann schon alles fertig vorbereitet zu haben! Laura!« Sie sprang auf. »Hol mir den großen Korb aus dem Treppenverschlag!«
»Aber Mutter, glaubst du wirklich, daß es eine gute Idee ist?« fragte Laura.
Wie merkwürdig! Wieder schien sie sich von allen andern zu unterscheiden! Überbleibsel von ihrem Gartenfest zu nehmen – ob das der armen Frau wirklich gefiele?
»Natürlich! Was ist denn heute los mit dir? Vor ein, zwei Stunden wolltest du durchaus, daß wir Mitgefühl zeigen!«
Also gut! Laura lief weg, um den Korb zu holen. Er wurde gefüllt, wurde jetzt von ihrer Mutter hoch aufgehäuft.
»Bring ihn selber, Liebling!« sagte sie. »Lauf so hinunter, wie du bist! Nein, warte, nimm auch noch die Cannalilien mit! Leute dieser Klasse lassen sich so von Cannalilien beeindrucken!«
»Die Stiele werden ihr Spitzenkleid verderben«, sagte die praktische Jose.
Das stimmte. Gerade noch rechtzeitig! »Dann nur den Korb! Und, Laura ...« Ihre Mutter folgte ihr aus dem Zelt. »Auf keinen Fall sollst du ...«
»Was, Mutter?«
Nein, besser, dem Kind keine solchen Gedanken in den Kopf zu setzen. »Nichts. Geh nur!«
Es begann dämmerig zu werden, als Laura ihr Gartentor schloß. Ein großer Hund rannte wie ein Schatten vorbei. Die Straße schimmerte weiß, und unten in der Senke standen die Hütten in tiefem Schatten. Wie still es schien nach diesem Nachmittag! Hier ging sie den Hügel hinab, irgendwohin, wo ein Mann tot dalag, und sie konnte es nicht begreifen. Warum konnte sie nicht? Sie blieb ein Weilchen stehen. Und ihr schien, daß Küsse, Stimmen, klirrende Löffel und Gelächter und der Geruch zertretenen Grases irgendwie in ihr drinnen waren. Für etwas anderes hatte sie keinen Platz. Wie seltsam! Sie blickte zum blassen Himmel auf, und alles, was sie dachte, war: ›Ja, es war ein überaus geglücktes Fest!‹
Jetzt wurde die breite Straße gekreuzt. Die Gasse begann – verqualmt und dunkel. Frauen in Schals und wollene Män-

nermützen eilten vorbei. Männer lungerten über den Zäunen; Kinder spielten vor der Tür. Ein leises Summen stieg aus den armseligen kleinen Hütten auf. In einigen flackerte Licht, und ein Schatten zog krabbenartig über das Fenster. Laura senkte den Kopf und hastete weiter. Jetzt wünschte sie, sie hätte einen Mantel übergezogen. Wie ihr Kleid leuchtete! Und der große Hut mit dem flatternden Samtband – wenn es wenigstens ein andrer Hut gewesen wäre! Ob die Leute sie anstarrten? Sie mußten wohl! Es war ein Fehler, herzukommen, sie wußte es die ganze Zeit über, daß es ein Fehler war. Sollte sie selbst jetzt noch umkehren?
Nein, zu spät! Das hier war das Haus. Das mußte es sein. Eine dunkle Gruppe von Menschen stand draußen. Neben der Pforte saß eine uralte Frau mit Krücke auf einem Stuhl und beobachtete. Sie hatte die Füße auf einer Zeitung. Die Stimmen brachen ab, als Laura näher trat. Die Gruppe teilte sich. Es war, als hätte man sie erwartet, als hätten sie gewußt, daß sie herkäme.
Laura war furchtbar nervös. Sie warf das Samtband über die Schulter und fragte eine Frau, die herumstand: »Ist das Mrs. Scotts Haus?«, und die Frau lächelte sonderbar und sagte: »Ja, das ist es, Mädelchen!«
Oh, weit weg sein von alledem! Statt dessen sagte sie: »Gott, steh mir bei!«, als sie den kleinen Gartenweg entlangging und anklopfte. Weit weg sein von den starrenden Augen oder bedeckt sein mit irgendwas, wenigstens mit einem dieser Frauenschals! Ich werde einfach den Korb hierlassen und gehen, beschloß sie. Ich werde nicht mal abwarten, bis er ausgepackt ist!
Dann ging die Tür auf. Eine kleine Frau in Schwarz erschien im dämmerigen Licht.
Laura fragte: »Sind Sie Mrs. Scott?« Aber zu ihrem Entsetzen antwortete die Frau: »Treten Sie bitte ein, Miss!«, und sie stand eingeschlossen auf dem Flur.
»Nein«, sagte Laura. »Ich will nicht eintreten. Ich will nur den Korb hierlassen. Mutter schickt ...«
Die kleine Frau im düsteren Flur schien sie nicht gehört zu haben.

»Bitte, hier entlang, Miss!« sagte sie mit öliger Stimme, und Laura folgte ihr.
Sie sah sich in einer armseligen Küche, die von einer blakenden Lampe erhellt wurde. Vor dem Feuer saß eine Frau.
»Emma«, sagte das kleine Geschöpf, das sie hereingelassen hatte, »Emma, hier ist eine junge Dame!« Sie wandte sich zu Laura um. Erklärend sagte sie: »Ich bin ihre Schwester, Miss. Sie entschuldigen sie, nicht wahr?«
»Oh, aber natürlich«, sagte Laura. »Bitte, bitte, stören Sie sie nicht! Ich wollte nur den Korb . . .«
Doch im gleichen Augenblick drehte sich die Frau vor dem Feuer um. Ihr Gesicht – verquollen, rot, mit geschwollenen Augen und Lippen – sah schrecklich aus. Sie schien nicht verstehen zu können, weshalb Laura da war. Was hatte es zu bedeuten? Warum stand diese Fremde mit einem Korb in der Küche? Was sollte das alles? Und das arme Gesicht verzog sich schmerzlich.
»Laß nur, Liebes«, sagte die andre. »Ich werde der jungen Dame danken!«
Und wieder begann sie: »Sie werden sie sicher entschuldigen, Miss«, und ihr Gesicht, das ebenfalls geschwollen war, bemühte sich um ein öliges Lächeln.
Laura wollte nur hinaus und weg. Sie stand wieder im Flur. Die Tür öffnete sich. Sie ging geradenwegs in das Schlafzimmer, wo der Tote lag.
»Sie wollten ihn gern ansehen, nicht wahr?« sagte Emmas Schwester und streifte an Laura vorbei zum Bett hinüber. »Fürchten Sie sich nicht, Mädelchen« – und jetzt klang ihre Stimme liebevoll und listig, und liebevoll zog sie das Leichentuch weg, »er sieht wie ein Bild aus! Nichts ist zu sehen! Kommen Sie nur, Kind!«
Laura trat vor.
Da lag ein junger Mann, lag schlafend, schlief so fest, so tief, daß er weit, weit weg von den beiden war; oh, so fern, so friedlich! Er träumte. Man durfte ihn nie mehr aufwecken! Sein Kopf war ins Kissen gesunken, seine Augen waren geschlossen, blind unter geschlossenen Lidern. Er war hingegeben an seinen Traum. Was kümmerten ihn Gartenfeste

und Körbe und Spitzenkleider? Er war weit weg von solchen Dingen. Er war wundervoll, war schön. Während sie lachten und die Musik gespielt hatte, war dieses Wunder in die Gasse gekommen. Glücklich ... glücklich ... Alles ist gut, sagte das schlafende Gesicht. Es ist genauso, wie es sein soll. Ich bin zufrieden.

Doch trotzdem mußte man weinen, und sie konnte nicht aus dem Zimmer gehen, ohne etwas zu ihm zu sagen. Laura schluchzte laut und kindlich.

»Verzeih meinen Hut!« sagte sie.

Und diesmal wartete sie nicht auf Emmas Schwester. Sie fand den Weg zur Tür hinaus, den Gartenpfad entlang und an all den dunklen Leuten vorbei. An der Ecke stieß sie auf Laurie. Er trat aus den Schatten. »Bist du es, Laura?«

»Ja.«

»Mutter fing an, sich zu ängstigen. War alles recht?«

»Ja. Doch. O Laurie!« Sie nahm seinen Arm und schmiegte sich an ihn.

»Hör mal, du weinst doch nicht?« fragte der Bruder.

Laura schüttelte den Kopf. Sie weinte.

Laurie legte ihr den Arm um die Schulter. »Weine nicht!« sagte er mit seiner warmen, liebevollen Stimme. »War es schlimm?«

»Nein«, schluchzte Laura. »Es war einfach wunderbar! Aber, Laurie ...« Sie verstummte, sie blickte ihren Bruder an. »Ist das Leben ...«, stammelte sie, »ist das Leben nicht ...« Aber wie das Leben war, konnte sie nicht erklären. Es machte nichts. Er verstand sie gut.

»Ja, nicht wahr, Liebes?« sagte Laurie.

Die Töchter des jüngst verstorbenen Colonel Pinner

— — — — — — — — — — — — — — —

I.

Noch nie im Leben hatten sie soviel zu tun gehabt wie in der Woche danach! Sogar wenn sie zu Bett gingen, war es nur ihr Körper, der sich niederlegte und ruhte; ihr Geist arbeitete weiter, plante und besprach, grübelte und beschloß, versuchte sich zu erinnern, wo . . .

Constantia lag wie eine Statue da: die Hände an der Seite, die Füße leicht gekreuzt, das Bettuch bis zum Kinn hinaufgezogen. Sie starrte zur Decke auf.

»Meinst du, Vater hätte etwas dagegen, wenn wir seinen Zylinderhut dem Portier schenkten?«

»Dem Portier?« fuhr Josephine auf. »Warum denn bloß dem Portier? Was für ein sonderbarer Einfall!«

»Weil er doch«, erwiderte Constantia langsam, »oft zu Begräbnissen gehen muß. Und ich bemerkte auf dem — dem Friedhof, daß er nur eine Melone hat.« Sie machte eine Pause. »Ich dachte, daß er einen Zylinder ganz außerordentlich schätzen würde. Wir sollten ihm ohnehin ein Geschenk geben. Er war immer sehr nett zu Vater!«

»Aber«, rief Josephine, fuhr ärgerlich vom Kissen auf und starrte im Dunkeln zu Constantia hinüber, »bedenk doch Vaters Kopf!« Und plötzlich, für die Dauer eines grausigen Augenblicks, hätte sie fast gekichert. Natürlich war ihr keineswegs nach Kichern zumute. Es war wohl aus alter Gewohnheit. Vor Jahren — wenn sie da in der Nacht wach lagen und zusammen schwatzten, hatten ihre Betten buchstäblich gewackelt. Und jetzt der Kopf des Portiers . . . er verschwand unter Vaters Hut, wurde wie eine Kerze ausgelöscht . . . Das Kichern meldete sich wieder, bedrängte sie; sie preßte die Hände zusammen, zwang es nieder, blickte mit wütend zusammengezogenen Brauen das Dunkel an und ermahnte sich furchtbar streng: ›Vergiß dich nicht!‹

Zu Constantia sagte sie: »Wir können es morgen entscheiden!«

Constantia hatte nichts gemerkt; sie seufzte.
»Meinst du, daß wir auch unsre Morgenröcke färben lassen sollten?«
»Schwarz?« kam eine Art entsetzter Schrei von Josephine.
»Ja, wie sonst?« sagte Constantia. »Ich finde – es scheint irgendwie nicht ganz aufrichtig, Schwarz zu tragen, wenn wir ausgehen und richtig angezogen sind, doch wenn wir dann zu Hause sind ...«
»Da sieht uns niemand!« sagte Josephine. Sie zerrte so heftig am Bettzeug, daß ihre Füße nicht länger zugedeckt waren und sie sich höher aufs Kissen hinaufschieben mußte, damit sie wieder gut zugedeckt waren.
»Kate sieht uns«, entgegnete Constantia. »Und vielleicht auch mal der Briefträger.«
Josephine dachte an ihre dunkelroten Pantöffelchen, die zu ihrem Morgenrock paßten, und an Constantias besonders geliebte in dem undefinierbaren Grün, das zu dem ihren paßte! Schwarz! Zwei schwarze Morgenröcke und zwei Paar schwarzwollene Pantoffeln, die sich wie schwarze Katzen ins Badezimmer schlichen!
»Ich finde, es ist nicht unbedingt nötig«, sagte sie.
Stille.
Dann sagte Constantia: »Die Zeitungen mit der Anzeige müssen wir wohl morgen auf die Post bringen, damit sie das Postschiff nach Ceylon noch erreichen ... Wieviel Briefe haben wir bis jetzt bekommen?«
»Dreiundzwanzig.«
Josephine hatte alle beantwortet, und jedesmal, wenn sie schrieb: ›Unser lieber Vater fehlt uns so sehr‹, war sie zusammengebrochen und hatte das Taschentuch benützen müssen, und bei einigen mußte sie sogar mit einem Zipfel vom Löschpapier eine sehr hellblaue Träne absaugen. Sonderbar! Geheuchelt konnte es eigentlich nicht sein – aber dreiundzwanzigmal! Doch sogar noch jetzt, wenn sie sich traurig vorsagte: »Unser lieber Vater fehlt uns so sehr«, hätte sie weinen können, falls sie gewollt hätte.
»Hast du genug Briefmarken?« hörte sie Constantia fragen.
»Oh, wie kann ich das wissen?« entgegnete Josephine ver-

drießlich. »Es hat doch keinen Zweck, mich das jetzt zu fragen!«
»Es kam mir bloß in den Sinn«, sagte Constantia sanft.
Wieder entstand eine längere Stille. Dann hörten sie es rascheln und huschen und trippeln.
»Eine Maus!« sagte Constantia.
»Wie kann es eine Maus sein, wenn keine Krümel hier sind!« entgegnete Josephine.
»Sie weiß ja nicht, daß keine hier sind«, meinte Constantia. Voller Mitleid dachte sie an die Maus. Das arme kleine Ding! Hätte sie doch wenigstens einen winzigen Kekskrümel auf dem Frisiertisch liegen lassen! Wie schrecklich, sich vorzustellen, daß sie überhaupt nichts fände. Was würde sie dann tun?
»Ich begreife nicht, wie sie sich durchschlagen!« sagte sie gedehnt.
»Wer?« fragte Josephine.
Und Constantia antwortete lauter, als sie es beabsichtigte: »Die Mäuse!«
Josephine wurde wütend.
»Was für ein Unsinn, Con!« rief sie. »Was haben Mäuse damit zu tun? Du schläfst wohl schon?«
»Nein, ich glaube nicht!« sagte Constantia. Sie machte die Augen zu, um sich selbst zu überzeugen. Und schon schlief sie!
Josephine rollte sich zu einer Sechs zusammen, kreuzte die Arme, so daß die Fäuste gegen die Ohren stießen, und bohrte die Wange fest ins Kopfkissen.

II.

Noch etwas anderes machte alles so schwierig: die Krankenschwester Andrews hielt sich noch während der ganzen Woche bei ihnen auf. Aber daran waren sie selber schuld, denn sie hatten sie eingeladen. Josephine war auf die Idee gekommen. Am Morgen, an dem – nun ja, am letzten Morgen, als der Arzt weggegangen war, hatte Josephine zu Constantia gesagt: »Fändest du es nicht nett, wenn wir Schwester Andrews aufforderten, noch eine Woche als unser Gast im Haus zu bleiben?«

»Doch, sehr!« antwortete Constantia.

»Ich hatte mir gedacht«, fuhr Josephine rasch fort, »daß ich heute nachmittag, nachdem ich sie bezahlt habe, einfach sagen könnte: ›Meine Schwester und ich würden uns sehr freuen, Schwester Andrews, wenn Sie nach allem, was Sie für uns getan haben, noch eine Woche als unser Gast bei uns bleiben könnten!‹ Ich muß das ›als unser Gast‹ erwähnen, sonst ...«

»Oh, sie wird doch nicht annehmen, daß man sie dafür bezahlt?« rief Constantia.

»So was weiß man nie«, sagte Josephine mit weiser Miene.

Natürlich war Schwester Andrews mit Freuden auf den Vorschlag eingegangen. Doch es war lästig. Es bedeutete, daß sie sich zu festgesetzten Zeiten an den Eßtisch setzen mußten; wären sie dagegen allein gewesen, hätten sie Kate bitten können, ihnen einfach dorthin, wo sie gerade waren, ein Tablett mit einem Imbiß zu bringen. Und richtige Mahlzeiten waren jetzt, nachdem die Überforderung nachließ, ziemlich qualvoll.

Was zum Beispiel die Butter betraf, da war Schwester Andrews einfach abscheulich. Sie konnten sich wirklich nicht des Gefühls erwehren, daß ihre Güte mißbraucht wurde. So hatte Schwester Andrews die verhaßte Gewohnheit, um noch ein kleines Bröckchen Brot zu bitten, damit sie aufessen könne, was sie auf dem Teller hatte – und dann, beim letzten Mundvoll, langte sie geistesabwesend – ohne es zu sein, natürlich! – noch einmal tüchtig zu. Wenn das vorkam, wurde Josephine sehr rot und heftete ihre kleinen Knopfaugen starr aufs Tischtuch, als sähe sie ein winziges, unbekanntes Insekt durch den Stoff kriechen. Constantias langes, blasses Gesicht dagegen wurde immer länger, und wie versteinert blickte sie weg – weit über Wüsten hin, wo eine Kamelkarawane sich wie ein Wollfaden aufdröselte ...

»Als ich bei Lady Tukes war«, sagte Schwester Andrews, »hatten wir für die Butter ein niedliches kleines Gerät. Es war ein silberner Amor, der auf dem Rand einer Glasschüssel balancierte und ein winziges Gäbelchen hatte. Wenn man

Butter haben wollte, brauchte man ihm nur auf den Fuß zu drücken, dann spießte er eine Butterkugel auf und gab sie einem. Es war sehr unterhaltsam!«

Josephine konnte es kaum ertragen. Doch sie sagte nur: »Ich halte solche Sachen für sehr aufwendig!«

»Wieso denn?« fragte Schwester Andrews, und ihre Brillengläser funkelten. »Es wird doch kein Mensch mehr Butter zulangen, als er wirklich braucht?«

»Klingle, Con!« rief Josephine. Sie wußte nicht, ob sie sich noch länger beherrschen konnte.

Und die stolze junge Kate, die verzauberte Prinzessin, kam ins Zimmer, um zu sehen, was die alten Schachteln jetzt wollten. Sie riß ihnen die Teller mit dem unechten Sonstwas weg und stellte schwungvoll einen erschrockenen weißen Wackelpudding auf den Tisch.

»Bitte das Mus, Kate!« sagte Josephine freundlich.

Kate kniete sich hin, riß die Tür der Anrichte auf, hob den Deckel vom Mustöpfchen, sah, daß es leer war, stellte es auf den Tisch und stelzte hinaus.

Eine Sekunde drauf sagte Schwester Andrews: »Leider ist nichts mehr drin!«

»Oh, wie ärgerlich«, sagte Josephine und biß sich auf die Lippe. »Was machen wir da?«

Constantia sah unschlüssig aus. »Kate können wir nicht schon wieder bemühen!« flüsterte sie.

Schwester Andrews wartete und blickte beide lächelnd an. Ihre Augen flogen hin und her, und ihre Brillengläser erspähten alles. Constantia kehrte verzweifelt zu ihrer Kamelkarawane zurück. Josephine zog finster die Brauen zusammen und dachte angestrengt nach. Wäre diese blöde Frau nicht gewesen, hätten sie und Con den Wackelpudding natürlich ohne Mus gegessen. Plötzlich hatte sie einen Einfall.

»Oh, ich weiß«, sagte sie, »In der Anrichte steht noch Orangenmarmelade. Bitte hol sie, Con!«

Schwester Andrews lachte, und ihr Lachen klang wie das Gescheppter eines Löffels in einem Medizinglas. »Hoffentlich ist sie nicht bitter!« sagte sie.

III.

Aber schließlich würde es nicht mehr lange dauern, und dann war sie endgültig weg. Und man durfte auch nicht vergessen, daß sie sehr freundlich zu Vater gewesen war. Zuletzt hatte sie ihn Tag und Nacht gepflegt. Constantia und Josephine fanden sogar insgeheim, daß sie es damit ziemlich übertrieben hatte. Denn als sie hineingegangen waren, um Abschied von ihm zu nehmen, war Schwester Andrews die ganze Zeit neben seinem Bett sitzen geblieben, hatte sein Handgelenk gehalten, wie um den Puls zu fühlen, und dabei auf ihre Uhr gesehen. Notwendig konnte es nicht gewesen sein. Und überdies war es taktlos! Angenommen, ihr Vater hätte ihnen etwas sagen wollen – etwas ganz Persönliches? Zwar wollte er es nicht – kein Gedanke daran! Dunkelrot hatte er dagelegen – mit einem zornigen, dunkelroten Gesicht, und sie überhaupt nicht angesehen, als sie ins Zimmer kamen. Und als sie dann dastanden und sich fragten, was sie tun sollten, hatte er plötzlich das eine Auge geöffnet. Oh, was für einen Unterschied hätte es ausgemacht, was für einen Unterschied auch für ihre Erinnerung an ihn, und wieviel leichter, um es den Leuten zu erzählen – wenn er beide Augen geöffnet hätte! Aber nein – nur ein Auge. Es stierte sie einen Augenblick an – und erlosch.

IV.

Dadurch war es auch sehr peinlich für sie geworden, als Mr. Farolles von der St. John's Kirche sie noch am gleichen Nachmittag aufsuchte.

»Das Ende war wohl sehr friedlich, hoffe ich?« waren seine ersten Worte, als er durch das dunkle Wohnzimmer auf sie zuglitt.

»Sehr«, murmelte Josephine. Sie ließen beide den Kopf hängen. Beide wußten genau, daß der Blick aus jenem Auge alles andre als friedlich gewesen war.

»Möchten Sie nicht Platz nehmen?« fragte Josephine.

»Sehr gerne, Miss Pinner!« sagte Mr. Farolles dankbar. Er

raffte seine Rockschöße nach vorn und war im Begriff, sich in Vaters Lehnstuhl niederzulassen, doch als er ihn nur eben berührte, schoß er geradezu hoch und glitt in den nächsten Sessel.
Er hustete. Josephine verschränkte die Finger; Constantia sah unsicher aus.
»Ich möchte Sie überzeugen, Miss Pinner«, sagte Mr. Farolles, »und auch Sie, Miss Constantia, daß ich Ihnen helfen will. Wenn Sie es mir erlauben, will ich Ihnen gern behilflich sein. In solchen Zeiten«, sagte Mr. Farolles sehr schlicht und ernst, verlangt Gott von uns, daß wir einander helfen.«
»Wir sind Ihnen sehr dankbar, Mr. Farolles«, sagten Josephine und Constantia wie aus einem Munde.
»Keine Ursache«, erklärte Mr. Farolles sanft. Er zog seine Glacéhandschuhe durch die Finger und beugte sich vor. »Und wenn eine von Ihnen eine kleine Kommunion wünscht, eine von Ihnen oder auch Sie beide—hier und jetzt—, dann brauchen Sie es nur zu sagen. Eine kleine Kommunion ist oft sehr hilf ... — sehr tröstlich«, fügte er zartfühlend hinzu.
Doch der Gedanke an eine kleine Kommunion war ihnen entsetzlich. Wie denn? Hier im Salon — sie allein — ohne — ohne Altar oder sonstwas? Der Flügel wäre viel zu hoch, dachte Constantia, als daß sich Mr. Farolles mit dem Kelch hätte hinüberlehnen können. Und bestimmt würde Kate hineinplatzen und sie unterbrechen, dachte Josephine. Und wenn es nun mitten drin läutete? Es könnte ein wichtiger Besuch sein — ein Kondolenzbesuch. Sollten sie dann ehrerbietig aufstehen und hinausgehen? Oder würden sie peinvoll warten müssen?
»Vielleicht lassen Sie mir durch Ihre tüchtige Kate eine Nachricht zukommen, falls Sie es später wünschen?« sagte Mr. Farolles.
»O ja, danke vielmals!« riefen beide.
Mr. Farolles stand auf und nahm seinen schwarzen Strohhut, der auf dem runden Tisch lag.
»Und für das Begräbnis«, sagte er sanft, »darf ich wohl — als alter Freund Ihres lieben Vaters und als Ihr Freund, Miss Pinner und Miss Constantia — das Nötige veranlassen?«

Josephine und Constantia hatten sich ebenfalls erhoben.
»Ich möchte, daß es sehr einfach ist«, sagte Josephine fest, »und nicht zu kostspielig! Andrerseits sollte es ...«
›... solide und dauerhaft sein‹, dachte die verträumte Constantia, als wollte Josephine ein Nachthemd kaufen. Aber so etwas sagte Josephine natürlich nicht. »... der Stellung unsres Vaters entsprechen!« Sie war sehr besorgt.
»Ich gehe gleich mal zu unserm guten Freund Mr. Knight!« sagte Mr. Farolles beruhigend. »Ich werde ihn bitten, Sie aufzusuchen. Ich bin sicher, daß Sie ihn sehr hilfreich finden werden.

V.

Dieser Teil der Angelegenheit war jedenfalls überstanden, obwohl keine von ihnen glauben konnte, daß ihr Vater nie wiederkäme. Auf dem Friedhof durchlebte Josephine einen Augenblick größten Entsetzens, als sie, während der Sarg hinabgelassen wurde, plötzlich denken mußte, daß sie und Constantia das alles veranlaßt hatten, ohne ihn um Erlaubnis zu fragen. Was würde er sagen, wenn er dahinterkäme? Denn eines Tages mußte er ja dahinterkommen. Er kam stets hinter alles. »Begraben? Habt ihr mich begraben lassen, ihr beiden Gören?« Sie hörten, wie er den Stock aufstieß. Oh, was sollten sie antworten? Was für eine Entschuldigung vorbringen? Es schien so furchtbar herzlos, dergleichen zu tun – einen Menschen zu übertölpeln, weil er im Augenblick hilflos war! Den andern Leuten kam es anscheinend ganz selbstverständlich vor. Aber sie waren Fremde. Von ihnen durfte man kein Verständnis dafür erwarten, daß Vater der allerletzte war, dem so etwas zustoßen konnte. Nein, die ganze Schuld an allem trugen einzig Constantia und sie. Und als sie in die völlig abgedichtete Droschke stieg, dachte sie: ›Und die Kosten? Wenn sie ihm die Rechnungen zeigen mußte – was würde er dann sagen?‹
Sie hörte, wie er losbrüllte: »Erwartet ihr etwa von mir, daß ich für den absurden Ausflug, den ihr da veranstaltet habt, auch noch zahle?«

»Oh!« ächzte die arme Josephine laut. »Wir hätten es nicht tun dürfen, Con!«
Und Constantia, die in all ihrem Schwarz zitronenbleich aussah, flüsterte furchtsam: »Was nicht tun dürfen, Jug?«
»Vater so be-be-begraben lassen!« antwortete Josephine jetzt völlig haltlos und schluchzte in ihr neues, komisch riechendes Trauerfähnchen hinein.
»Aber was hätten wir sonst tun können?« fragte Constantia verwundert. »Wir hätten ihn doch nicht aufbewahren können – ihn nicht unbegraben lassen können, Jug! Jedenfalls nicht in einer so kleinen Wohnung!«
Josephine schnaubte sich die Nase; die Droschke war schrecklich muffig.
»Ich weiß es nicht«, sagte sie hilflos. »Es ist alles so furchtbar! Ich finde, wir hätten es versuchen sollen – wenigstens einige Zeit .Um völlig sicher zu sein. Aber eins weiß ich genau« – und ihre Tränen begannen wieder zu fließen –, »Vater wird uns das nie verzeihen – nie!«

VI.

Vater würde ihnen das nie verzeihen – das empfanden sie mehr denn je, als sie zwei Tage drauf eines Morgens in sein Zimmer gingen, um seine Sachen durchzugehen. Sie hatten es ganz gelassen besprochen. Es stand sogar auf Josephines Liste der zu erledigenden Dinge. *Vaters Sachen durchsehen und darüber befinden.* Aber das war etwas ganz anderes, als nach dem Frühstück zu sagen: »Bist du soweit, Con?«
»Ja, Jug, und du?«
»Dann wollen wir's lieber hinter uns bringen, finde ich!«
Auf dem Flur war es dunkel. Seit Jahren war es eine unerschütterliche Regel gewesen, Vater am Vormittag nicht zu stören, einerlei, was geschehen mochte. Und jetzt waren sie im Begriff, die Tür zu öffnen – obendrein, ohne anzuklopfen! Schon beim bloßen Gedanken daran wurden Constantias Augen riesengroß, und Josephine spürte, wie ihr die Knie schwach wurden.
»Geh – geh du zuerst!« keuchte sie und stieß Constantia an.

Aber Constantia sagte, was sie in ähnlichen Fällen immer gesagt hatte: »Nein, Jug, das ist ungerecht! Du bist die Älteste!« Josephine wollte gerade erwidern – was sie zu andern Zeiten um nichts in der Welt zugegeben hätte und sich stets als allerletzte Waffe aufgehoben hatte: ›Aber du bist die Größte!‹, da bemerkten sie, daß die Küchentür offenstand, und dort war Kate ...
»Sie klemmt so!« sagte Josephine, als sie die Klinke packte und sich anstrengte, sie herunterzudrücken. Doch damit konnte sie Kate nichts vormachen!
Es half alles nichts! Das Mädchen war ... Dann hatte sich die Tür hinter ihnen geschlossen, aber – aber waren sie denn überhaupt in Vaters Zimmer? Ebensogut hätten sie plötzlich durch die Wand gegangen und aus Versehen in eine andere Wohnung geraten sein können. War die Tür gleich hinter ihnen? Sie waren zu erschrocken, sich umzuschauen. Josephine wußte, daß sich die Tür, wenn sie da war, von selber geschlossen hielt; Constantia glaubte, daß sie, wie die Türen in Träumen, überhaupt keine Klinke hatte. Die Kälte machte alles so schrecklich. Oder war es das viele Weiß? Alles war zugedeckt. Die Markisen waren heruntergezogen; der Spiegel war verhangen; das Bett war unter einem Laken versteckt; ein riesiger Fächer aus weißem Papier spreizte sich vor der Kaminöffnung. Constantia streckte scheu die Hand aus: fast erwartete sie, daß eine Schneeflocke niederfallen würde. Josephine spürte ein sonderbares Kribbeln in der Nase, als fröre sie ihr ab. Dann ratterte ein Wagen über das Straßenpflaster unten, und die Stille schien in tausend kleine Stücke zu zersplittern.
»Ich will lieber eine Markise hochziehen!« sagte Josephine mit einem Anflug von Tapferkeit.
»Ja, das ist eine gute Idee!« flüsterte Constantia.
Sie hatten nur gerade an die Markise angetippt, und schon schnellte sie hoch und die Schnur mit ihr und um die Stange herum, und die kleine Quaste klopfte, als wollte sie sich befreien. Das war zuviel für Constantia.
»Findest du nicht – findest du nicht, wir sollten es auf einen andern Tag verschieben?« flüsterte sie.

»Weshalb?« blaffte Josephine sie an und fühlte sich wie meistens viel wohler, da sie jetzt mit Sicherheit wußte, daß Constantia sich fürchtete. »Es muß getan werden! Aber ich wünschte wirklich, du würdest nicht flüstern, Con!«
»Ich hab' nicht gewußt, daß ich flüstere«, flüsterte Constantia.
»Und weshalb mußt du dauernd das Bett anstarren?« fragte Josephine mit beinah herausfordernd lauter Stimme. *»Auf* dem Bett ist doch nichts!«
»O Jug, sag bloß das nicht!« flüsterte die arme Connie. »Jedenfalls nicht so laut!«
Josephine fand selbst, daß sie zu weit gegangen war. In einem großen Bogen ging sie zur Kommode hinüber und streckte die Hand aus, zog sie aber rasch wieder zurück.
»Connie!« keuchte sie, drehte sich um und lehnte sich mit dem Rücken an die Kommode.
»O Jug – was ist?«
Josephine konnte nur die Augen aufreißen. Sie hatte das äußerst befremdliche Gefühl, soeben etwas schlechthin Gräßlichem entronnen zu sein. Aber wie konnte sie Constantia erklären, daß Vater in der Kommode war? Er war in der obersten Schublade bei seinen Taschentüchern und Krawatten, oder in der mittleren bei seinen Hemden und Schlafanzügen, oder in der untersten bei den Wollwesten. Dort lag er auf der Lauer – im Versteck – gleich hinter dem Griff – und sprungbereit!
Sie sah Constantia mit komisch verzerrtem Gesicht an, wie sie es früher getan hatte, wenn sie losheulen wollte.
»Ich kann nicht aufmachen«, winselte sie beinah.
»Tu's nur nicht, Jug!« flüsterte Constantia ernst. »Viel besser, du tust es nicht. Wir wollen gar nichts öffnen. Jedenfalls noch lange nicht!«
»Aber – es kommt mir so schwach vor«, sagte Josephine und gab bereits nach.
»Warum nicht auch mal schwach sein, Jug?« redete Constantia auf sie ein und flüsterte ungestüm. »Falls es überhaupt schwach ist!« Und mit blassem Gesicht starrte sie auf den zugesperrten Schreibtisch – fest zugesperrt war er – und

zum riesigen, blanken Kleiderschrank hinüber. In sonderbar keuchenden Stößen begann sie zu atmen. »Warum sollten wir nicht einmal in unserm Leben schwach sein. Jug? Es ist durchaus verzeihlich. Laß uns schwach sein, Jug – ja schwach! Es ist viel netter, schwach als stark zu sein!«

Und dann tat sie etwas so erstaunlich Mutiges, wie sie es höchstens zweimal in ihrem gemeinsamen Leben getan hatte: sie ging zum Kleiderschrank, drehte den Schlüssel um und zog ihn aus dem Schloß! Zog ihn aus dem Schloß und hielt ihn hoch und bewies Josephine durch ihr sonderbares Lächeln, daß sie wußte, was sie getan hatte: ganz bewußt hatte sie es getan – auf die Gefahr hin, daß Vater da drin bei seinen Mänteln war.

Wenn der riesige Kleiderschrank vorgetorkelt und auf Constantia niedergepoltert wäre, hätte sich Josephine nicht gewundert. Im Gegenteil, sie hätte es für das einzig Angemessene gehalten, das geschehen konnte. Doch nichts geschah. Nur das Zimmer schien stiller denn je, und dickere Flocken kalter Luft fielen auf Josephines Schultern und Knie. Sie begann zu erschauern.

»Komm, Jug«, sagte Constantia, noch immer mit dem grauenhaft gefühllosen Lächeln, und Josephine folgte ihr, wie sie es auch damals getan hatte, als Constantia Benny in den Teich gestoßen hatte.

VII.

Doch die Nervenbelastung wirkte sich auch noch aus, als sie wieder im Eßzimmer waren. Sie setzten sich zitterig hin und sahen einander an.

»Ich glaube, ich kann nichts erledigen«, sagte Josephine, »ehe ich nicht etwas zu mir genommen habe. Glaubst du, wir könnten zwei Tassen heißes Wasser von Kate verlangen?«

»Warum eigentlich nicht?« sagte Constantia vorsichtig. »Aber ich werde nicht klingeln. Ich werde an die Küchentür gehen und es ihr sagen.«

»Ja, tu's!« bat Josephine und sank in ihren Sessel. »Sag ihr, nur zwei Tassen, Con, auf einem Tablett – sonst nichts!«

»Nicht mal eine Kanne, nicht wahr?« fragte Constantia, als könnte sich Kate mit Recht beklagen, wenn auch noch eine Kanne dabeisein müßte.

»Nein, nein, bestimmt nicht! Die Kanne ist gänzlich überflüssig! Sie kann es direkt aus dem Teekessel eingießen«, rief Josephine in der Annahme, es sei Arbeitsersparnis.

Kalte Lippen zitterten an grünlichen Tassenrändern. Josephine legte ihre kleinen roten Hände um die Tasse; Constantia saß aufrecht da und blies in den aufsteigenden Dampf, so daß er hin und her flatterte.

»Da wir gerade von Benny sprachen«, begann Josephine.

Und obwohl Benny nicht erwähnt worden war, sah Constantia im Nu so aus, als wäre sein Name längst gefallen.

»Er erwartet natürlich, daß wir ihm etwas von Vater senden. Aber es ist so schwierig zu wissen, was man nach Ceylon senden kann.«

»Meinst du, daß die Sachen unterwegs leicht auseinanderfallen?« murmelte Constantia.

»Nein, sondern daß sie verlorengehen«, erwiderte Josephine scharf. »Bekanntlich gibt's dort keine Post – nur Läufer.«

Beide schwiegen, um einem Schwarzen in weißer Drellhose nachzublicken, der ums liebe Leben durch lichte Felder rannte, in der Hand ein Paket in braunem Packpapier. Josephines schwarzer Mann war sehr klein; hastig wie eine glitzernde Ameise rannte er weiter. Constantias langer, hagerer Bursche hatte etwas Stumpfsinniges und Unermüdliches an sich, was ihn, wie sie fand, zu einem recht unangenehmen Menschen machte . . . Auf der Veranda, ganz in Weiß gekleidet und mit einem Tropenhelm auf dem Kopf, stand Benny. Seine rechte Hand flog auf und ab, genau wie Vaters Hand, wenn er ungeduldig war. Und hinter ihm saß Hilda, die unbekannte Schwägerin, und war gänzlich uninteressiert. Sie schaukelte in einem Rohrsessel und blätterte gedankenlos im *Tatler*. »Ich glaube, seine Uhr wäre das passendste Geschenk«, sagte Josephine.

Constantia blickte auf; anscheinend war sie überrascht.

»Oh, würdest du einem Eingeborenen eine goldene Uhr anvertrauen?«

»Ich würde sie natürlich verkleidet schicken«, sagte Josephine, »und niemand würde ahnen, daß es eine Uhr ist!« Ihr gefiel der Gedanke, ein so seltsam geformtes Päckchen zu machen, daß man unmöglich erraten konnte, was es war. Einen Augenblick dachte sie sogar daran, die Uhr in einer schmalen Korsettschachtel unterzubringen, die sie lange bei sich aufbewahrt hatte, bis man sie einmal für irgend etwas gebrauchen könne. Sie war aus so gutem, festem Pappkarton. Doch nein, für diesen besonderen Anlaß war sie nicht geeignet. Sie hatte einen Aufdruck: *Mittlere Damengröße 28. Extra starke Stangen.* Es wäre eine fast zu große Überraschung für Benny, so eine Schachtel zu öffnen und Vaters Uhr darin zu finden.
»Und natürlich würde sie nicht gehen – nicht ticken, meine ich«, sagte Constantia, die noch immer an die Vorliebe der Eingeborenen für Schmuckstücke dachte, »Jedenfalls wäre es recht seltsam«, fügte sie hinzu, »wenn sie nach all der Zeit noch tickte.«

VIII.

Josephine gab ihr keine Antwort. Sie war in einen ihrer Gedankensprünge versunken. Plötzlich war ihr Cyril eingefallen. Wäre es nicht angemessener, wenn der einzige Enkel die Uhr erhielte? Und überdies war der liebe Cyril immer so dankbar, und für einen jungen Mann bedeutete eine goldene Uhr soviel!
Benny hatte die Gewohnheit, eine Uhr ständig bei sich zu haben, sehr wahrscheinlich längst aufgegeben: in einem so heißen Klima trugen die Herren selten eine Weste.
In London dagegen konnte Cyril die seine das ganze Jahr hindurch tragen. Und wenn er zum Tee käme, wäre es für sie und Constantia so nett zu wissen, daß er sie hatte. »Wie ich sehe, trägst du Großvaters Uhr, Cyril!« Irgendwie wäre es so befriedigend.
Der gute Junge! Was für eine Enttäuschung war sein lieber, teilnahmsvoller Brief gewesen! Natürlich hatten sie volles Verständnis dafür, aber es traf sich gar so schlecht.

»Es wäre so eindrucksvoll gewesen, ihn dabeizuhaben«, sagte Josephine.
»Und er hätte es so genossen«, sagte Constantia, ohne zu bedenken, was sie da vorbrachte.
Doch sobald er zurück war, würde er zu seinen Tantchen zum Tee kommen! Cyril zum Tee zu haben war eine ihrer seltenen Freuden.
»Aber Cyril, du mußt dich doch nicht fürchten vor unsern Kuchen! Tante Con und ich haben sie heute früh bei Buszards gekauft. Wir wissen, was für Appetit ein junger Mann hat. Also scheue dich nicht und greife kräftig zu!«
Josephine schnitt unbekümmert große Stücke von dem schweren dunklen Kuchen ab, der an die Stelle ihrer Winterhandschuhe oder neuer Sohlen und Absätze für Constantias einziges Paar anständiger Schuhe getreten war. Doch Cyrils Appetit war durchaus männlich.
»Nein, Tante Josephine, ich kann einfach nicht! Ich habe ja eben erst zu Mittag gegessen!«
»O Cyril, das stimmt aber nicht! Es ist schon nach vier!« rief Josephine. Und Constantia hielt das Messer angriffsbereit über der Schokoladenrolle.
»Doch, es stimmt«, entgegnete Cyril. »Ich sollte einen Mann am Victoria-Bahnhof treffen, und er ließ mich warten, bis... nur noch genug Zeit blieb, schnell zu essen und herzukommen. Und er hat – puh!« – Cyril faßte sich an die Stirn – »eine Unmenge Essen auffahren lassen!« schloß er.
Es war zu schade – ausgerechnet heute! Doch er hatte es ja nicht vorher wissen können.
»Aber eine Meringe nimmst du hoffentlich, nicht wahr, Cyril?« sagte Tante Josephine. »Die Meringen haben wir dir zuliebe gekauft! Dein lieber Vater mochte sie immer so gern. Und wir glaubten, du auch!«
»Tu' ich auch, Tante Josephine!« rief Cyril begeistert. »Darf ich zuerst mal mit einer halben anfangen?«
»Selbstverständlich, mein Junge! Aber wir lassen dich nicht so leichten Kaufs davonkommen!«
»Und dein lieber Vater – mag er Meringen immer noch so gern?« fragte Tante Con sanft.

Sie zuckte ein bißchen zusammen, als ihre Meringe zersplitterte.
»Das weiß ich nicht, Tante Con«, antwortete Cyril forsch. Daraufhin blickten beide auf.
»Das weißt du nicht?« fuhr Josephine ihn beinah an. »So etwas weißt du nicht – von deinem eigenen Vater?«
»Ach, sicher weiß er's!« sagte Tante Con sanft.
Cyril versuchte es humorvoll zu erklären. »Ach, wißt ihr, es ist so ewig lange her, seit ...«, stammelte er und brach ab. Ihre Mienen waren zuviel für ihn.
»Trotzdem!« sagte Josephine. Und Tante Con staunte nur. Cyril stellte seine Teetasse hin. »Warte mal, Tante Josephine!« rief er. »Einen Moment! Wo habe ich nur meine Gedanken gelassen?« Er sah auf. Ihre Gesichter hellten sich auf. Cyril klatschte sich aufs Knie.
»Natürlich«, sagte er. »Meringen waren's! Wie konnte ich das bloß vergessen? Ja, Tante Josephine, du hast vollkommen recht. Vater ist ganz scharf auf Meringen!«
Sie strahlten nicht nur. Tante Josephine wurde puterrot vor Vergnügen, und Tante Con stieß einen tiefen, befriedigten Seufzer aus.
»Und jetzt, Cyril, mußt du mitkommen zu Vater«, sagte Josephine. »Er weiß, daß du heute bei uns bist!«
»Gern«, sagte Cyril sehr betont und herzlich. Er stand auf – und plötzlich warf er einen Blick auf die Uhr.
»Hör mal, Tante Con, geht eure Uhr nicht etwas nach? Ich muß jemanden um fünf am – am Paddington-Bahnhof treffen. Da bleibt mir leider nicht viel Zeit, sehr lange bei Großvater zu bleiben!«
»Oh, er erwartet auch nicht, daß du *sehr* lange bleibst«, sagte Tante Josephine.
Constantia blickte noch immer auf die Uhr. Sie konnte sich nicht klarwerden, ob sie vor oder nachging. Eins oder das andre war es, davon war sie beinah überzeugt. Jedenfalls war es das gewesen.
Cyril zögerte noch. »Kommst du nicht mit, Tante Con?«
»Selbstverständlich gehen wir alle«, sagte Tante Josephine. »Komm jetzt, Con!«

IX.

Sie klopften an die Tür, und Cyril folgte seinen Tanten ins Zimmer – Großvaters überheiztes, süßlich riechendes Zimmer.

»Nur immer rein!« sagte Großvater Pinner. »Druckst nicht lange herum! Was ist los? Was habt ihr wieder angestellt?«

Er saß vor einem prasselnden Kaminfeuer und umklammerte seinen Stock. Über seine Knie war eine dicke Wolldecke gebreitet. Auf seinem Schoß lag ein schönes, blaßgelbes Seidentaschentuch.

»Cyril ist hier, Vater«, sagte Josephine schüchtern. Und sie nahm Cyril bei der Hand und trat ein paar Schritte mit ihm vor.

»Guten Tag, Großvater«, sagte Cyril und versuchte, seine Hand aus Tante Josephines Griff zu lösen. Großvater Pinner schoß Cyril einen seiner berühmten Blicke zu. Wo war Tante Con geblieben? Sie stand auf der andern Seite von Tante Josephine, ließ ihre langen Arme herabhängen und hatte die Hände umklammert. Sie wandte kein Auge von Großvater ab.

Colonel Pinner begann mit dem Stock aufzubumsen. »Was hast du mir also zu sagen?« fragte er.

Ja, was hatte er ihm zu sagen? Cyril spürte, daß er wie ein Schwachkopf grinste. Es war auch so erstickend heiß!

Aber Tante Josephine kam ihm zu Hilfe. Sie verkündete strahlend: »Cyril sagt, daß sein Vater immer noch so gern Meringen ißt, Vater!«

»He?« Großvater legte seine Hand wie eine blaurote Meringe hinter sein Ohr.

Josephine wiederholte: »Cyril sagt, daß sein Vater immer noch so gern Meringen ißt.«

»Ich kann's nicht verstehen«, sagte der alte Colonel Pinner. Er winkte Josephine mit seinem Stock beiseite und deutete damit auf Cyril. »Sag du mir, was sie mir sagen will!« befahl er.

(Großer Gott!) »Muß ich?« fragte Cyril und blickte Tante Josephine errötend an.

»Tu's bitte!« lächelte sie. »Es wird ihm solche Freude machen!«
»Also raus mit der Sprache!« rief der Colonel gereizt und bumste wieder mit seinem Stock auf.
Cyril beugte sich vor und schrie: »Vater ißt noch immer sehr gern Meringen!«
Großvater Pinner fuhr hoch, als hätte ihn jemand angeschossen.
»Schrei nicht so!« rief er. »Was ist los mit dem Jungen? *Meringen!* Was ist denn mit denen?«
»Oh, Tante Josephine, müssen wir weitermachen?« stöhnte Cyril verzweifelt.
»Es ist schon recht, mein Junge«, tröstete Tante Josephine, als wären sie beide beim Zahnarzt. »Gleich wird er's verstehen!« Und sie flüsterte Cyril zu: »Er ist nämlich ein bißchen schwerhörig!«
Dann beugte sie sich vor und brüllte Großvater Pinner buchstäblich an: »Cyrill wollte dir sagen, Vater, daß *sein* Vater immer noch gern Meringen ißt!«
Colonel Pinner hörte es diesmal, hörte es – und sann nach. Er musterte Cyril von oben bis unten.
»Ganz erstaunlich!« sagte der alte Colonel Pinner. »Ganz erstaunlich, von so weit herzukommen, um mir das zu sagen!«
Cyril war durchaus seiner Meinung.
»Ja, ich werde Cyril die Uhr schicken«, sagte Josephine.
»Das wäre sehr nett«, erwiderte Constantia. »Wenn ich mich recht erinnere, gab es letztesmal, als er hier war, eine kleine Meinungsverschiedenheit wegen der Zeit!«

X.

Sie wurden durch Kate unterbrochen, die auf ihre übliche Art – als hätte sie ein Geheimfach in der Wand entdeckt – die Türe aufriß.
»Gebraten oder gekocht?« rief die derbe Stimme.
Gebraten oder gekocht? Josephine und Constantia waren einen Moment ganz verwirrt. Sie konnten es kaum begreifen

»Was soll gebraten oder gekocht werden, Kate?« fragte Josephine und versuchte sich zu konzentrieren.
Kate schnaufte verächtlich: »Fisch!«
»Warum haben Sie das nicht gleich gesagt?« fragte Josephine, milde tadelnd. »Wie können Sie erwarten, daß wir das verstehen, Kate? Es gibt nämlich sehr viele Dinge in dieser Welt, die man braten oder kochen kann.« Und nach einer solchen Mutentfaltung wandte sie sich fröhlich an Constantia: »Was ziehst du vor, Con?«
»Ich glaube, es wäre nett, ihn gebraten zu essen«, antwortete Constantia. »Andrerseits schmeckt natürlich auch gekochter Fisch sehr gut. Ich glaube, mir ist beides gleich lieb ... falls du nicht ... in dem Falle ...«
»Dann brat' ich ihn!« rief Kate, stürmte davon, ließ die Tür offen und schmetterte die Küchentür hinter sich zu.
Josephine blickte Constantia an; sie zog ihre hellen Augenbrauen in die Höhe, bis sie sich in ihrem hellen Haar verloren. Dann erhob sie sich. Sehr hochmütig und eindrucksvoll sagte sie: »Würdest du mir bitte in den Salon folgen, Constantia? Ich muß etwas von größter Wichtigkeit mit dir besprechen!«
In den Salon zogen sie sich nämlich immer zurück, wenn sie über Kate sprechen wollten.
Josephine schloß die Tür mit bedeutsamer Miene. »Nimm Platz, Constantia«, sagte sie, noch immer sehr großartig. Es war, als empfinge sie Constantia zum erstenmal bei sich. Constantia sah sich unsicher nach einem Stuhl um und kam sich wie ein fremder Gast vor.
Josephine beugte sich vor: »Es ist jetzt also die Frage, ob wir sie behalten sollen.«
»Ja, das ist die Frage!« gab Constantia zu.
»Und diesmal«, fuhr Josephine entschlossen fort, »müssen wir zu einer endgültigen Entscheidung kommen!«
Constantia sah einen Augenblick so aus, als wolle sie sich all der andern Male erinnern, aber sie riß sich zusammmen und sagte: »Ja, Jug!«
»Du mußt begreifen, Con«, erklärte Josephine, »daß jetzt alles anders ist.« Constantia blickte rasch auf. »Ich meine«,

fuhr Josephine fort, »wir sind nicht mehr abhängig von ihr!« Sie errötete ein wenig. »Vater ist nicht mehr da, für den sie kochen müßte.«
»Das stimmt sicherlich«, gab Constantia ihr recht. »Vater will jetzt nicht mehr, daß für ihn gekocht wird, einerlei, was sonst ...«
Josephine unterbrach sie streng. »Schläfst du, Con?«
Constantia riß die Augen auf. »Ich? Nein, Jug!«
»Dann reiß dich zusammen!« sagte Josephine streng und kehrte zum Thema zurück. »Es geht also darum, daß wir« – und mit Seitenblicken auf die Tür fuhr sie flüsternd fort –, »wenn wir Kate kündigen« – sie hob die Stimme wieder –, »uns unser Essen selbst zubereiten könnten!«
»Warum nicht?« rief Constantia. Unwillkürlich mußte sie lächeln. Es war ein aufregender Gedanke. Sie klatschte in die Hände. »Womit könnten wir uns ernähren, Jug?«
»Oh, mit Eiern – mit Eiern in jeder Form!« erklärte Josephine nun wieder hochmütig. »Außerdem gibt es Essen in Büchsen.«
»Das soll aber sehr teuer sein, wie ich immer gehört habe«, sagte Constantia.
»Nicht, wenn man sie mit Maßen einkauft«, sagte Josephine. Dann trennte sie sich von der faszinierenden Abschweifung und riß Constantia mit fort.
»Was wir jetzt entscheiden müssen, ist jedoch vor allem, ob wir Kate trauen!«
Constantia lehnte sich zurück. Ein tonloses kleines Lachen spielte um ihre Lippen.
»Ist es nicht seltsam, Jug«, sagte sie, »daß ich mir über diesen Punkt einfach nicht klarwerden konnte?«

XI.

Ja, sie waren sich nie klargeworden. Die Schwierigkeit bestand darin, etwas nachzuweisen. Wie wies man etwas nach – wie konnte man das? Angenommen, Kate stand vor ihr und schnitt eine Grimasse! Könnte es nicht gut sein, daß sie Schmerzen hatte? Jedenfalls war es doch unmöglich, Kate zu fragen, ob sie ihr eine Grimasse schnitte! Wenn Kate ›Nein‹ sagte – und natürlich würde sie ›nein‹ sagen –, in was für einer Lage befand man sich dann! Wie entwürdigend! Und außerdem argwöhnte Constantia, ja, sie war beinah überzeugt, daß Kate sich an ihrer Kommode zu schaffen machte, wenn sie und Josephine ausgingen – nicht, um etwas zu stehlen, sondern um zu schnüffeln.

Oft genug hatte sie, wenn sie zurückkam, ihr Amethystkreuz an den unmöglichsten Stellen gefunden: unter Korsettbändern oder auf ihrem Abendumhang. Mehr als einmal hatte sie Kate eine Falle gestellt. Sie hatte ihre Sachen in einem bestimmten Muster geordnet und dann Josephine als Zeugin geholt.

»Siehst du es, Jug?«

»Ja, sicher, Con!«

»Jetzt werden wir es unweigerlich wissen!«

Aber, o weh! Wenn sie nachsehen wollte, war sie von einem Beweis ebenso weit entfernt wie nur je. Falls etwas anders dalag, konnte es sehr leicht passiert sein, während sie das Schubfach zustieß: ein kräftiger Stoß hätte genügt!

»Komm her, Jug, entscheide du! Ich kann es wirklich nicht! Es ist zu schwierig.«

Und nach einer Pause und einem langen, prüfenden Blick seufzte Josephine dann wohl: »Nachdem du mich mißtrauisch gemacht hast, Con, kann ich es wirklich auch nicht sagen!«

»Jedenfalls können wir es nicht länger aufschieben«, sagte Josephine. »Wenn wir es diesmal wieder aufschieben . . .«

XII.

Doch im gleichen Augenblick begann unten auf der Straße eine Drehorgel loszuplärren. Josephine und Constantia sprangen beide hoch.

»Lauf, Con! Lauf rasch!« rief Josephine. »Die Sixpence liegen auf dem . . .«

Dann fiel es ihnen ein. Es machte nichts. Sie brauchten nie mehr dafür zu sorgen, daß der Drehorgelspieler aufhörte.

Nie wieder würde ihnen befohlen werden, den Affen mit seinem Krach anderswo hinzuschicken. Nie wieder würde das laute, seltsame Gekläff zu hören sein, wenn Vater glaubte, daß sie sich nicht beeilten. Der Drehorgelspieler könnte den ganzen Tag spielen, und der Stock würde nicht aufbumsen.

Der Stock, der Stock bumst nicht mehr auf,
Der Stock, der Stock bumst nicht mehr auf,
sang die Drehorgel.

Was mochte Constantia denken? Sie lächelte so eigenartig; sie sah anders aus. Sie konnte doch nicht zu weinen anfangen?

»Jug, Jug!« sagte Constantia leise und schlug die Hände zusammen. »Weißt du auch, was für einen Tag wir heute haben? Es ist Samstag. Heute ist's eine Woche her, eine ganze Woche!«

Eine Woche, seit Vater starb,
Eine Woche, seit Vater starb,
sang die Drehorgel.

Und auch Josephine vergaß, praktisch und vernünftig zu sein; sie lächelte leise und eigenartig. Auf den indischen Teppich fiel ein hellrotes Viereck Sonnenschein; es kam und ging und kam wieder – und blieb, wurde kräftiger, bis es fast wie Gold funkelte.

»Die Sonne ist hervorgekommen!« sagte Josephine, als wäre es von der geringsten Bedeutung.

Ein wahrer Springbrunnen sprudelnder Töne entquoll der Drehorgel – wohlgerundete, helle Töne, sorglos verstreut.

Constantia hob ihre großen kalten Hände, als wollte sie die Töne einfangen, ließ sie dann wieder sinken und ging zum Kamin mit ihrem Lieblingsbuddha. Und der steinerne, vergoldete Gott, dessen Lächeln stets ein so sonderbares Gefühl bei ihr hervorrief – fast war's ein Schmerz, und doch ein angenehmer Schmerz –, schien heute nicht nur zu lächeln. Er wußte etwas; er barg ein Geheimnis. ›Ich weiß etwas, was du nicht weißt!‹ sagte ihr Buddha. Oh, was war es, was konnte es sein? Und doch, immer hatte sie gefühlt, daß da – etwas war.

Der Sonnenschein drängte sich durch die Fensterscheiben, stahl sich herein, ließ auf Möbeln und Photographien sein Licht aufblitzen. Als er zu Mutters Photographie kam, der Vergrößerung über dem Flügel, zauderte er dort – wie verblüfft, daß sowenig von ihr geblieben war, ausgenommen die wie kleine Pagoden geformten Ohrringe und eine schwarze Federboa. Warum verblaßten die Photographien Verstorbener immer so? wunderte sich Josephine. Sobald ein Mensch tot war, starb auch seine Photographie. Aber diese hier von Mutter war natürlich sehr alt. Fünfunddreißig Jahre war sie alt. Josephine erinnerte sich, daß sie einst auf einem Stuhl gestanden und Constantia die Federboa gezeigt und erklärt hatte, es sei eine Schlange, die ihre Mutter in Ceylon getötet habe ... Wäre alles anders geworden, wenn Mutter nicht gestorben wäre? Sie sah nicht recht, wie eigentlich. Tante Florence hatte bei ihnen gewohnt, bis sie mit der Schule fertig waren, und sie waren dreimal umgezogen und hatten alljährlich Ferien gehabt, und ... natürlich hatten die Dienstboten gewechselt.

Ein paar Spatzen, junge Spätzchen, wie es schien, zwitscherten auf dem Fenstersims. *Tschilp-tschelp, tschilp-tschelp.* Doch Josephine konnte sich nicht vorstellen, daß es die Spatzen waren, nicht auf dem Fensterbrett draußen. Es war in ihr, das sonderbare, feine Geschrei: *tschilp-tschilp-tschilp!* Nach wem schrie es nur, so schwach und verlassen?

Wenn Mutter am Leben geblieben wäre, hätten sie dann wohl geheiratet? Aber es war niemand dagewesen, den sie hätten heiraten können. Vaters anglo-indische Freunde, ja – bevor er sich mit ihnen zerstritt. Aber von da an hatten sie und Constantia nie einen einzigen Mann kennengelernt, ausgenommen Geistliche. Wie lernte man Männer kennen? Oder selbst wenn man welche kennenlernte, wie konnte man sie dann gut genug kennenlernen, so daß sie mehr als nur fremde Menschen waren? Man las von Frauen, die Abenteuer erlebten und denen die Männer nachliefen. Aber niemand war jemals ihr oder Constantia nachgelaufen. O doch, in jenem Jahr in Eastbourne, da war in ihrer Pension ein geheimnisvoller Mann gewesen, der einen Brief auf die Heißwasserkanne vor ihrer Tür gelegt hatte! Aber als Connie ihn fand, hatte der Dampf die Schriftzüge schon so verwischt, daß man sie nicht mehr lesen konnte: sie hatten nicht einmal erkennen können, an wen von ihnen der Brief gerichtet war. Am nächsten Tag war der Mann abgereist. Und das war alles gewesen. Der Rest hatte darin bestanden, für Vater zu sorgen und ihm gleichzeitig aus dem Wege zu gehen. Aber jetzt? Der diebische Sonnenschein berührte Josephine voller Zärtlichkeit. Sie hob das Gesicht. Die sanften Strahlen zogen sie ans Fenster . . .

Bis die Drehorgel zu spielen aufhörte, blieb Constantia vor dem Buddha stehen, verwundert, aber nicht, wie sonst, voll unbestimmter Verwunderung. Diesmal war es wie ein Sehnen. Sie erinnerte sich der Zeiten, wenn sie bei Vollmond hierhergekommen war, im Nachthemd aus dem Bett geschlichen war und mit ausgestreckten Armen wie eine Gekreuzigte auf dem Fußboden gelegen hatte. Warum? Der große, blasse Mond hatte sie dazu verlockt. Die grausigen, tanzenden Figuren auf dem geschnitzten Wandschirm hatten sie widerlich angegrinst, aber es hatte sie nicht angefochten. Sie erinnerte sich auch, wie sie, sooft sie in ein Seebad gereist waren, alleine weggegangen war, ans Meer hinunter, so nah sie nur konnte, und etwas gesungen hatte, etwas Ausgedachtes, während sie auf die ruhlosen Wasser blickte. Und daneben das andere Leben: Besorgungen machen, Sachen in Einkaufstaschen nach Hause schleppen, Sachen zur Ansicht bringen und mit Jug darüber sprechen und sie wieder zurückbringen, um noch mehr Sachen zur Ansicht zu holen, und die Tabletts mit Vaters Mahlzeiten vorbereiten und sich bemühen, Vater nicht zu ärgern. Doch alles schien sich in einer Art Tunnel abgespielt zu haben. Es war nicht wirklich. Nur wenn sie aus dem Tunnel herauskam – in den Mondschein oder ans Meer oder in ein Gewitter –, nur dann fühlte sie, daß sie wirklich sie selbst war. Was bedeutete es? Was war es, wonach sie sich immer sehnte? Wohin führte das alles? Jetzt? Jetzt?

Mit einer ihrer hilflosen Gebärden wandte sie sich von dem Buddha ab. Sie ging zu Josephine hinüber. Sie wollte Jose-

phine etwas sagen, etwas furchtbar Wichtiges, wegen – wegen der Zukunft und was nun ...
»Meinst du nicht, vielleicht ...«, begann sie.
Aber Josephine unterbrach sie. »Ich habe mich gefragt, ob jetzt ...«, murmelte sie. Beide schwiegen. Beide warteten aufeinander.
»Sprich weiter, Con!« sagte Josephine.
»Nein, nein, Jug, nach dir!« sagte Constantia.
»Nein, sag, was du sagen wolltest! *Du* hast angefangen!« sagte Josephine.
»Ich ... ich möchte lieber zuerst hören, was du sagen wolltest«, stammelte Constantia.
»Sei nicht albern, Con!«
»Wirklich, Jug!«
»Connie!«
»Oh, *Jug!*«
Sie verstummten. Dann sagte Constantia leise: »Ich kann's dir nicht sagen, was ich sagen wollte, Jug, weil ich vergessen habe, was es war ... was ich hatte sagen wollen!«
Josephine schwieg einen Augenblick. Sie starrte auf eine große Wolke, die dort stand, wo die Sonne gewesen war. Dann antwortete sie kurz: »Ich hab's auch vergessen!«

Natürlich wußte er – und niemand besser als er –, daß er nicht die geringste Chance hatte, nicht die Spur einer Chance. Schon der bloße Gedanke war hirnverbrannt. So hirnverbrannt, daß er es völlig verstehen würde, wenn ihr Vater – na, einerlei, was ihr Vater zu tun beabsichtigte, er würde es völlig verstehen. Tatsächlich hätte er, wenn nicht aus reinster Verzweiflung und weil es auf weiß Gott wie lange Zeit sein allerletzter Tag in England war, niemals den Mut aufgebracht. Und sogar jetzt noch ... Er wählte eine Schleife von denen in der Schublade, eine blauweißkarierte, und setzte sich auf die Bettkante. Angenommen, sie erwiderte: ›Was für eine Unverschämtheit!‹ – wäre er da überrascht? Nicht die Spur, dachte er, klappte den weichen Kragen hoch und schlug ihn über die Schleife. Er war darauf gefaßt, daß sie etwas dergleichen sagen würde. Ja, wenn er das Ganze sachlich überlegte, konnte er sich nicht vorstellen, was sie sonst sagen könnte.

Und da war er nun! Nervös schlang er vor dem Spiegel einen Knoten in die Schleife, strich sich mit beiden Händen das Haar glatt und zog die Klappen seiner Rocktaschen heraus. Fünf- bis sechshundert Pfund jährlich auf einer Obstfarm in – ausgerechnet! – Rhodesien zu verdienen! Kein Vermögen zu besitzen! Nicht einen Penny von sonstwoher zu erhoffen! Keine Aussicht, während der nächsten vier Jahre sein Einkommen zu erhöhen! Und was sein Aussehen und so weiter betraf, war er ein kompletter Außenseiter. Nicht mal eine erstklassige Gesundheit hatte er vorzuweisen, denn Ostafrika hatte ihn so gründlich mitgenommen, daß er sechs Monate Urlaub hatte nehmen müssen. Noch immer war er gräßlich blaß – heute nachmittag noch mehr als sonst, fand er, als er sich vorbeugte und in den Spiegel starrte. Lieber Himmel. was war denn da passiert? Sein Haar sah beinah hellgrün aus! Verflixt noch mal, grüne Haare hatte er jedenfalls nicht! Das war ein bißchen zu heftig! Und dann zitterte das Licht im Spiegel; es war bloß der Reflex von dem Baum draußen! Reggie drehte sich um, holte sein Zigarettenetui hervor, erinnerte sich aber, daß seine alte Dame es nicht leiden konnte, wenn er im Schlafzimmer rauchte, steckte das Etui wieder ein und schlenderte zur Kommode. Ach, verflixt, ihm wollte nicht ein einziger Punkt zu seinen Gunsten einfallen, sosehr er sich auch den Kopf zerbrach. Sie dagegen . . . Oh! . . . Er blieb stehen, verschränkte die Arme und stützte sich schwer auf die Kommode.

Denn trotz ihrer gesellschaftlichen Stellung und ihres Vaters Vermögen, trotz der Tatsache, daß sie das einzige Kind und bei weitem das beliebteste junge Mädchen in der Nachbarschaft war, trotz ihrer Schönheit und Klugheit – Klugheit?, ach was, es war viel mehr als das!, und trotzdem es nichts gab, was sie *nicht* tun konnte (er war felsenfest überzeugt, daß sie, falls nötig, schlechthin alles aufs genialste bewältigen könnte), und trotz der Tatsache, daß ihre Eltern sie vergötterten und sie ihre Eltern und daß sie sie eher sonstwohin lassen würden . . . trotz aller Einwände, die ihm in den Sinn kamen, war seine Liebe zu ihr doch so unbändig, daß er die Hoffnung nicht aufgeben konnte. Aber war es Hoffnung? War diese wunderliche, scheue Sehnsucht, sie zu umsorgen und darauf zu achten, daß sie alles hatte, was sie brauchte, und daß nichts an sie herankäme, was nicht vollkommen wäre, nicht einfach Liebe? Und wie er sie liebte! Er drängte sich fest an die Kommode und murmelte: »Ich liebe sie! Ich liebe sie!« Und einen kurzen Augenblick befand er sich mit ihr auf der Reise nach Umtali. Es war Nacht. Sie saß in einer Ecke und schlief. Ihr weiches Kinn war in den weichen Kragen geschmiegt, ihre goldbraunen Wimpern lagen auf ihren Wangen. Verliebt betrachtete er ihre zierliche kleine Nase, ihre wunderschönen Lippen, ihr Babyöhrchen und die goldbraune Locke, die es halb verdeckte. Sie fuhren durch den Dschungel. Es war warm und dunkel und weit weg. Dann erwachte sie und fragte: »Habe ich geschlafen?«, und er antwortete: »Ja. Sitzt du auch bequem? Warte, laß mich . . .« Und er beugte sich vor, beugte sich über sie. Es war eine solche Wonne, daß er nicht weiterträumen konnte. Aber es hatte ihm Mut eingeflößt, die Treppe hinunterzuspringen, seinen

Strohhut von der Garderobe zu reißen und sich, während er die Haustür schloß, zu sagen: »Ich muß eben mein Glück versuchen, etwas anderes gibt's nicht!«
Doch sein Glück versetzte ihm sofort – milde ausgedrückt – einen derben Knuff. Mit Chinny und Biddy, den uralten Pekinesenhündchen, promenierte seine alte Dame den Gartenweg auf und ab. Natürlich hatte Reggie seine Mutter sehr gern und all das. Sie – hm – meinte es gut, sie war fabelhaft schneidig und so weiter. Aber es ließ sich nicht leugnen, daß sie eine sehr gestrenge Frau Mama war. Bevor Onkel Aleck starb und ihm die Obstfarm vermachte, hatte es in Reggies Leben Augenblicke gegeben – und sie waren recht zahlreich gewesen –, in denen er überzeugt war, daß es keine üblere Strafe geben könne, als der einzige Sohn einer Witfrau zu sein. Daß sie buchstäblich sein ein und alles war, verschärfte die Sache nur noch. Sie war ja für ihn nicht bloß Vater und Mutter zugleich, sondern sie hatte sich auch mit all ihren eigenen Verwandten und mit denen des alten Herrn überworfen, bevor Reggie die erste lange Hose bekam. Wenn er also dort unten Heimweh hatte, so allein auf der dunklen Veranda im Sternenschimmer, während das Grammophon jammerte: ›Was ist das Leben ohne Liebe?‹, dann sah er im Geiste einzig die alte Dame, wie sie, groß und kräftig, den Gartenweg einhergerauscht kam, und Chinny und Biddy ihr auf den Fersen ...
Als die Frau Mama ihn erblickte, blieb sie mit geöffneter Gartenschere, die ein welkes Blütenköpfchen abschneiden sollte, stockstill stehen.
»Du gehst doch nicht aus, Reginald?« sagte sie, obwohl sie sah, daß er es tun wollte.
»Zum Tee bin ich wieder zurück, Mama«, antwortete Reggie kläglich und vergrub die Hände in den Rocktaschen.
›Schnipp!‹ fiel das Blütenköpfchen zu Boden. Reggie zuckte zusammen.
»Ich dachte, deinen letzten Nachmittag hättest du deiner Mutter widmen können!« sagte sie.
Schweigen, allseitiges! Die Pekinesen glotzten. Sie verstanden jedes Wort, das die alte Dame äußerte. Biddy legte sich

mit hängender Zunge auf den Bauch: sie war so fett und glatt, daß sie wie ein halb aufgelutschter Sahnebonbon aussah. Chinnys Porzellanaugen glupschten Reggie an, und er schnupperte so hochnäsig, als wäre die ganze Welt ein einziger übler Geruch. ›Schnipp!‹ machte die Schere schon wieder. Die armen kleinen Dinger – sie bekamen ihr Teil ab!

»Und wohin gehst du, falls deine Mutter fragen darf?«

Endlich war es überstanden, und Reggie verlangsamte seine Schritte erst, als das Haus außer Sicht war, und er schon den halben Weg zu Colonel Proctors Haus zurückgelegt hatte. Da erst bemerkte er, was für ein prima Nachmittag es war. Den ganzen Vormittag hatte es geregnet – ein warmer, schwerer, rascher Spätsommerregen war niedergegangen –, und jetzt war der Himmel klar, bis auf einen langen Schweif kleiner Wolken, die wie junge Entchen im Wald schwammen. Es war gerade soviel Wind, um die letzten Tropfen von den Bäumen zu schütteln, und warm zerspritzte ein Stern auf seinem Handrücken. Ping! klatschte ein andrer auf seinen Hut. Die leere Straße glänzte, Heckenrosen dufteten aus dem Gebüsch, und in den Vorgärten glühten hohe, bunte Malven. Und nun war er vor Colonel Proctors Haus angelangt – hier war es schon! Seine Hand lag auf der Gartenpforte, sein Ellbogen stieß gegen den Syringenstrauch, und Blütchen regneten auf seinen Ärmel. Aber halt! Das ging doch gar zu rasch! Er hatte vorgehabt, sich alles noch einmal zurechtzulegen. Also sachte! Aber da schritt er schon den Gartenweg hinauf, hohe Rosenbäumchen rechts und links. So sollte es eigentlich nicht sein! Doch seine Hand griff schon nach der Glocke, zog daran und rief ein so stürmisches Gebimmel hervor, als wollte er melden, das Haus stünde in Flammen. Das Mädchen war anscheinend schon in der Halle gewesen, denn die Haustür flog auf, und Reggie wurde in den leeren Salon gesperrt, bevor das verflixte Gebimmel aufgehört hatte. Als es endlich verstummte, merkte er seltsamerweise, daß der große, schattige Raum, in dem ein Sonnenschirm auf dem Flügel lag, ihm Mut einflößte – oder vielmehr, ihn aufpeitschte. Es war so still, und doch würde im nächsten Augenblick die Tür aufgehen, und sein Schicksal

würde sich entscheiden. Es war so ähnlich wie beim Zahnarzt: er kam sich geradezu verwegen vor. Doch gleichzeitig hörte er sich zu seiner größten Überraschung murmeln: »Lieber Gott, du weißt ja – bisher hast du nicht viel für mich getan!« Das gebot ihm Einhalt und machte ihm klar, wie todernst es war. Zu spät! Die Klinke wurde heruntergedrückt. Anne trat ein, kam durch den Dämmerschatten des Zimmers auf ihn zu, reichte ihm die Hand und sagte mit ihrer leisen kleinen Stimme: »Bedaure, Vater ist ausgegangen, und Mutter vergnügt sich in der Stadt, auf der Jagd nach einem Hut. Sie müssen mit mir vorlieb nehmen, Reggie!«
Reggie atmete heftig, drückte seinen Hut an seine Jackenknöpfe und stammelte: »Eigentlich bin ich bloß gekommen ... um mich zu verabschieden!«
»Oh!« rief Anne leise und trat einen Schritt zurück. Die Fünkchen in ihren grauen Augen tanzten. »Was für ein furchtbar kurzer Besuch!«
Dann, mit erhobenem Kinn, beobachtete sie ihn und lachte laut heraus, silberhell und melodisch, und lehnte sich gegen den Flügel, wo sie mit der Quaste des Sonnenschirms spielte.
»Verzeihen Sie, daß ich so lache«, sagte sie. »Ich verstehe nicht, warum ich's tue. Es ist eine schlechte Gewohnheit.« Und plötzlich stampfte sie mit dem grauen Schuh auf und zog ein Taschentuch aus ihrer weißen Wolljacke. »Ich muß mich wirklich beherrschen lernen, es ist zu töricht!«
»Um Gottes willen, Anne«, rief Reggie, »ich höre Sie schrecklich gern lachen! Ich kann mir nicht vorstellen, was mir ...«
Doch im Grunde verhielt es sich so – und sie wußten es beide –, daß sie nicht dauernd lachte: es war keine richtige Gewohnheit. Aber schon seit dem Tag, als sie sich kennengelernt hatten, ja vom allerersten Augenblick an hatte Anne aus einem seltsamen Grund heraus, den Reggie gar zu gern verstanden hätte, immer über ihn lachen müssen. Warum nur? Ganz einerlei, wo sie waren oder worüber sie sprachen! Sie konnten anfangs so ernst wie nur möglich sein, todernst – jedenfalls, was ihn betraf –, doch dann, mitten in einem Satz, schaute Anne ihn an, und ein leichtes Zucken flog über ihr Gesicht.

Ihre Lippen öffneten sich, die Fünkchen in ihren Augen tanzten, und sie fing an zu lachen.
Und was auch noch so seltsam war: Reggie schien es ganz so, als wüßte sie selber nicht, weshalb sie lachte. Er hatte gesehen, wie sie sich abwandte, die Brauen zusammenzog, die Wangen einsaugte und die Hände verkrampfte. Aber es half alles nichts. Das silberhelle, melodische Lachen klang wieder auf, noch während sie rief: »Ich weiß nicht, warum ich lache!« Es war rätselhaft.
Jetzt steckte sie ihr Taschentuch wieder ein. »Setzen Sie sich doch bitte! Wollen Sie nicht rauchen? In der kleinen Dose neben Ihnen sind Zigaretten. Ich möchte auch eine!« Er gab ihr Feuer, und als sie sich vorbeugte, sah er im Perlring, den sie trug, das Flämmchen vom Zündholz aufleuchten. »Sie wollen morgen abreisen, nicht wahr?« sagte Anne.
»Ja, morgen, leider«, sagte Reggie und stieß eine kleine Rauchfahne aus. Warum zum Kuckuck war er so nervös? Nervös war überhaupt kein Ausdruck dafür.
»Es klingt so unwahrscheinlich!« fügte er hinzu.
»Ja, wirklich!« sagte Anne leise, beugte sich vor und fuhr mit dem glimmenden Ende ihrer Zigarette rund um den grünen Aschenbecher. Wie schön sie dabei aussah – einfach wunderschön, und so zierlich in dem riesigen Lehnstuhl! Reginalds Herz barst vor Zärtlichkeit, doch was ihn geradezu erzittern ließ, das war ihre Stimme, ihre leise Stimme.
»Mir ist, als wären Sie schon seit Jahren hier«, sagte sie.
Reginald tat einen tiefen Zug aus seiner Zigarette. »Der Gedanke, dorthin zurückzugehen, ist gräßlich«, sagte er.
»Rucku-rucku!« klang es durch die Stille.
»Aber Sie sind doch gern dort unten, nicht wahr?« fragte Anne und hakte den Finger in ihre Perlenkette. »Vater hat noch neulich abend gesagt, wie glücklich Sie dran wären, so selbständig leben zu können!« Und fragend blickte sie zu ihm auf. Reginalds Lächeln war etwas matt. »Ich komme mir nicht so besonders glücklich vor«, sagte er obenhin.
»Rucku-rucku!« ertönte es wieder. Und Anne murmelte: »Weil es einsam ist, meinen Sie.«
»Ach, die Einsamkeit macht mir nichts aus«, sagte Reginald

und zerdrückte wütend seine Zigarette im grünen Aschenbecher. »Die konnte ich gut ertragen, jede Menge — mochte sie sogar gern. Aber der Gedanke, daß —« Zu seinem Entsetzen spürte er, daß er plötzlich rot wurde.
»Rucku-rucku! Rucku-rucku!«
Anne sprang auf. »Kommen Sie mit, meinen Tauben Lebwohl zu sagen!« rief sie. »Neuerdings sind sie in der Seitenveranda! Sie lieben doch Tauben, nicht wahr, Reggie?«
»Leidenschaftlich!« erklärte Reggie mit solcher Inbrunst, daß Anne, als er ihr die Glastür öffnete und beiseite trat, vorauslief und diesmal über die Tauben zu lachen schien.
Über den feinen roten Sand des Taubenhauses trippelten zwei Tauben hin und her und hin und her. Eine lief immer vor der andern her. Sie lief ein Stückchen voraus und stieß einen kleinen Ruf aus, und die andre folgte, sich fortwährend feierlich verbeugend. »Die eine, die vorausläuft, ist Frau Taube«, erklärte Anne. »Sie schaut Herrn Tauber an und lacht ein bißchen und läuft weiter, und er folgt ihr und verbeugt sich fortwährend. Und darüber muß sie wieder lachen, lacht und läuft weg, und er hinter ihr her, der arme Herr Tauber, und verbeugt sich, verbeugt sich«, sagte Anne und kauerte sich hin. »Das ist ihr ganzes Leben! Nie tun sie etwas anderes!« Sie stand auf und nahm ein paar gelbe Körner aus einem Säckchen, das auf dem Dach des Taubenhauses lag. »Wenn Sie in Rhodesien unten an die beiden denken, Reggie, können Sie sicher sein, daß sie noch immer dasselbe tun . . .«
Reggie sah nicht so aus, als habe er die Tauben eines Blicks gewürdigt oder auch nur ein Wort gehört. Augenblicklich war er sich nur der ungeheuren Anstrengung bewußt, die nötig war, seinem Herzen das Geheimnis zu entreißen und es Anne anzubieten. »Anne, glauben Sie, daß — daß Sie mich je gern haben könnten?« Jetzt war es heraus. Er hatte es hinter sich. Und in dem kurzen Schweigen, das nun folgte, sah Reggie den Garten, der sich dem Licht hingab, dem blauen, flimmernden Himmel, sah das Geflatter der Blätter an den Verandapfosten und sah Anne, wie sie die Maiskörner in ihrer Handmuschel mit der Fingerspitze umrührte. Dann

schloß sie die Hand langsam, und die neue Welt verblaßte, als sie langsam murmelte: »Nein – nicht so, wie Sie's meinen!« Aber ehe er Zeit hatte, irgend etwas zu empfinden, ging sie schon rasch weiter, und er folgte ihr die Treppe hinunter, den Gartenweg entlang, unter den Rosenbögen hindurch und über den Rasen. Dort, vor der bunten Staudenrabatte, drehte sie sich zu ihm um. »Natürlich kann ich Sie sehr gut leiden«, sagte sie, »wirklich sehr gut! Aber« – sie riß die Augen auf – »nicht so, wie man –«, ein Zucken huschte über ihr Gesicht – »wie man jemanden gern haben sollte, den –« Sie verzog die Lippen und konnte sich nicht mehr beherrschen. Sie begann zu lachen. »Da haben Sie's!« rief sie. »Es ist wegen Ihres karierten Querbinders! Sogar in einem Moment, wo man doch wahrhaftig ernst sein sollte, erinnert mich Ihr Querbinder so lächerlich an die Schleifchen, die man den Katzen in Bilderbüchern umgebunden hat. Oh, bitte verzeihen Sie mir, daß ich so scheußlich bin! Bitte!«
Reggie ergriff ihre warme kleine Hand. »Von Verzeihen kann nicht die Rede sein«, sagte er hastig. »Darum geht es nicht! Denn ich glaube, daß ich jetzt weiß, warum ich Sie immer zum Lachen bringe. Weil Sie mir in jeder Hinsicht so überlegen sind, muß ich Ihnen lächerlich erscheinen. Das verstehe ich, Anne! Aber wenn ich ...«
»Nein, nein!« Anne ließ seine Hand nicht los, sondern drückte sie heftig. »Das ist es nicht! Das stimmt überhaupt nicht! Ich bin Ihnen gar nicht überlegen. Sie sind ein viel besserer Mensch als ich. Sie sind so wunderbar selbstlos und ... und gütig und schlicht! Das bin ich alles nicht! Sie kennen mich nicht! Ich habe einen ganz widerlichen Charakter!« sagte Anne. »Nein, bitte unterbrechen Sie mich nicht! Außerdem geht es gar nicht darum. Es geht darum« – sie schüttelte den Kopf –, »daß ich unmöglich einen Mann heiraten könnte, über den ich gelacht habe. Das müssen Sie doch begreifen! Der Mann, den ich heirate –«, flüsterte sie. Dann verstummte sie. Sie entzog ihm ihre Hand und lächelte Reggie seltsam träumerisch an. »Der Mann, den ich heirate –«
Und Reggie schien es, als trete ein großer, schöner, stattlicher Mann vor ihn und nähme seinen Platz ein – ein Mann

von dem Schlag, den Anne und er oft im Theater gesehen hatten, der urplötzlich auf der Bühne erschien, die Heldin stumm in die Arme riß und sie nach einem langen, liebeglühenden Blick irgendwohin entführte . . .

Reggie beugte sich dieser Vision. »Ja, ich begreife es«, sagte er heiser.

»Wirklich?« rief Anne. »Ach, hoffentlich! Weil ich mir dabei so abscheulich vorkomme. Es ist schwer zu erklären. Ich habe nämlich nie —« Sie brach ab. Reggie schaute sie an. Sie lächelte. »Ist es nicht seltsam?« rief sie. »Ihnen kann ich alles sagen! Hab's immer gekonnt – von Anfang an!«

Er versuchte zu lächeln und ›Das freut mich!‹ zu sagen. Sie fuhr fort: »Ich bin nie jemandem begegnet, den ich so gut leiden kann wie Sie! Mit niemand hab' ich mich so glücklich gefühlt. Aber das ist doch bestimmt nicht das, was die Leute meinen, wenn sie von Liebe sprechen, von Liebe wie in den Büchern? Begreifen Sie es? Oh, wenn Sie bloß wüßten, wie scheußlich ich mir vorkomme! Aber wir wären wie . . . wie Herr Tauber und Frau Taube!«

Damit war's getan! Es erschien ihm so endgültig und so furchtbar wahr zu sein, daß er es kaum ertragen konnte. »Deutlicher brauchen Sie nicht zu werden!« sagte er, wandte sich ab und blickte über den Rasen. Dort war das Gärtnerhäuschen mit der dunklen Stechpalme daneben. Ein feuchter blauer Däumling durchsichtigen Rauchs hing über dem Schornstein. Es sah unwirklich aus. Wie ihn die Kehle schmerzte! Würde er sprechen können? Er versuchte es. »Ich muß jetzt nach Hause«, krächzte er und ging über den Rasen. Aber Anne rannte ihm nach.

»Nein, nicht! Sie können doch noch nicht gehen!« flehte sie ihn an. »Sie können unmöglich gehen, wo Ihnen so ums Herz ist!« Stirnrunzelnd blickte sie zu ihm auf und biß sich auf die Lippe.

»Ach, das macht nichts«, sagte Reggie und gab sich einen Ruck. »Ich werde wohl . . . werde wohl . . .« Und er machte eine Handbewegung, als wollte er sagen: ›wohl drüber wegkommen!‹

»Aber es ist schrecklich!« sagte Anne. Sie verkrampfte die

Hände und stellte sich vor ihn. »Sie begreifen doch sicher, wie schlimm es wäre, wenn wir heiraten würden, ja?«
»Sicher, sicher!« erwiderte Reggie und sah sie hohläugig an.
»So wie ich nun mal eingestellt bin, wäre es unrecht, wäre es schlecht von mir. Ich meine, für Herrn Tauber und Frau Taube ist es recht und gut. Aber im richtigen Leben – stellen Sie sich das mal vor!«
»Klar«, sagte Reggie und wandte sich zum Gehen.
Aber Anne hielt ihn wieder auf.
Sie zog ihn am Ärmel, und statt zu lachen, sah sie zu seiner Verwunderung jetzt wie ein kleines Mädchen aus, das gleich zu weinen anfängt.
»Wenn Sie's begreifen, warum sehen Sie dann so un-unglücklich aus?« jammerte sie. »Warum nehmen Sie sich's so zu Herzen? Warum sehen Sie so elend aus?«
Reggie schluckte, und wieder winkte er ab. »Ich kann's nicht ändern!« sagte er. »Für mich war es ein Schlag! Wenn ich jetzt schnell weggehe, wär's mir möglich ...«
»Wie können Sie bloß von schnell weggehen reden?« rief Anne verächtlich. Sie stampfte mit dem Fuß auf und wurde puterrot. »Wie können Sie bloß so grausam sein? Ich kann Sie erst weglassen, wenn ich überzeugt bin, daß Sie genauso glücklich sind wie vorhin, bevor Sie mich baten, Sie zu heiraten. Das müssen Sie doch begreifen, es ist ganz einfach!«
Aber Reginald kam es überhaupt nicht einfach vor. Es schien ihm unüberwindlich schwer zu sein.
»Selbst wenn ich Sie nicht heiraten kann, wie soll ich den Gedanken ertragen, daß Sie so weit weg sind und nur diese gräßliche Mutter haben, der Sie schreiben können, und daß Sie unglücklich sind und daß es alles meine Schuld ist?«
»Es ist nicht Ihre Schuld! Das müssen Sie nicht glauben. Es ist einfach mein Schicksal!« Reggie nahm ihre Hand, die auf seinem Ärmel lag, und küßte sie. »Sie müssen mich nicht bemitleiden, liebe kleine Anne!« sagte er sanft. Und diesmal rannte er fast unter den Rosenbögen hindurch und den Gartenweg hinab.
»Rucku-rucku! Rucku-rucku!« tönte es von der Veranda her – und »Reggie! Reggie!« klang's aus dem Garten.

Er blieb stehen und drehte sich um. Doch als sie seine scheue, verdutzte Miene sah, lachte sie leise.
»Komm zu mir, Herr Tauber!« sagte Anne. Und Reginald ging langsam über den Rasen.

In ihrem blauen Kleid, mit den leicht geröteten Wangen, den großen blauen Augen und den goldenen, wie zum erstenmal aufgesteckten Locken – aufgesteckt, um beim Flug nicht hinderlich zu sein – hätte Mrs. Raddicks Tochter geradewegs aus dem strahlenden Himmel gefallen sein können. Mrs. Raddicks schüchterner, etwas erstaunter, aber herzlich bewundernder Blick schien zu bedeuten, daß sie es ebenfalls glaubte; doch die Tochter war offenbar nicht allzu erfreut – warum sollte sie auch? –, auf der Treppe des Kasinos gelandet zu sein. Ja, sie war angeödet – so angeödet, als wäre der Himmel voller Kasinos mit schlecht gelaunten alten Heiligen als *Croupiers* und mit Glorienscheinen als Spielmarken gewesen.

»Und es macht Ihnen nichts, Hennie zu übernehmen?« sagte Mrs. Raddick zu mir. »Bestimmt nicht? Dort steht jedenfalls unser Wagen, und Sie müssen zusammen Tee trinken, und in einer Stunde sind wir wieder hier auf der Treppe – genau hier! Ich möchte eben, daß sie mit mir kommt. Sie ist noch nie drin gewesen, und es ist sehenswert. Ich finde, es wäre nicht fair an ihr gehandelt!«

»Oh, Mutter, hör schon auf!« sagte sie mürrisch. »Komm! Rede nicht soviel! Und deine Handtasche ist offen – du wirst wieder all dein Geld verlieren!«

»Verzeih, Liebling!« sagte Mrs. Raddick.

»Oh, komm jetzt endlich. Ich will was gewinnen!« sagte die ungeduldige Stimme. »Du kannst dich nicht beklagen – aber ich bin pleite!«

»Hier, Liebling! Nimm fünfzig Francs! Nimm hundert!« Ich sah, wie Mrs. Raddick ihr die Scheine in die Hand drückte, als sie durch die Drehtür gingen.

Hennie und ich standen eine Minute auf der Treppe und beobachteten die Leute. Er lachte begeistert und entzückt.

»Oh, da ist eine englische Bulldogge!« rief er. »Darf man Hunde mit hineinnehmen?«

»Nein, das darf man nicht.«

»Es ist ein Prachtkerl, nicht? Ich wünschte, ich hätte einen. Sie sind so lustig zu haben. Immer erschrecken sie die Leute, aber nie sind sie wild mit – mit den Leuten, denen sie gehören.« Plötzlich drückte er meinen Arm. »Sehen Sie sich bloß mal die alte Frau an! Wer mag das sein? Warum sieht sie so aus? Ist sie eine Glücksspielerin?«
Das uralte, verschrumpelte Geschöpf in einem grünseidenen Kleid, einem schwarzen Samtumhang und einem weißen Hut mit violetten Federn humpelte langsam und ruckweise die Treppe hinauf, als würde sie an Drähten hinaufgezogen. Sie blickte starr vor sich hin, sie lachte und nickte und kicherte; ihre Klauen umklammerten etwas, das wie ein schmutziger Schuhbeutel aussah.
Doch genau in dem Augenblick war Mrs. Raddick wieder da, mit ›ihr‹ und einer Dame, die sich im Hintergrund hielt. Mrs. Raddick stürzte auf mich zu. Sie war erhitzt und lebhaft, wie ausgewechselt. Sie glich einer Frau, die ihren Freunden auf dem Bahnsteig Lebwohl sagen will und vor der Abfahrt des Zuges keine Minute Zeit hat.
»Oh, da sind Sie noch! *Ein* Glück – Sie sind noch nicht weg! Wie gut! Ich habe einen schrecklichen Auftritt gehabt, wegen ihr!« Und sie zeigte auf ihre Tochter, die vollkommen still stand, verächtlich zu Boden blickte, mit dem Schuh über eine Stufe wischte und meilenfern war. »Sie wollten sie nicht reinlassen. Ich hab' geschworen, daß sie einundzwanzig ist, aber sie wollten mir nicht glauben. Ich hab' dem Mann meine Geldbörse gezeigt – mehr hab' ich nicht gewagt –, doch es half alles nichts. Er hat bloß verächtlich gelacht ... Und jetzt habe ich gerade Mrs. MacEwen aus New York getroffen, und sie hat gerade in der *Salle Privée* dreizehntausend gewonnen, und sie möchte, daß ich wieder mit ihr reingehe, solange sie ihre Glückssträhne hat. Aber natürlich kann ich ›sie‹ nicht allein hierlassen. Wenn Sie vielleicht so freundlich ...«
Jetzt blickte ›sie‹ auf. Unter ihrem Blick schrumpfte ihre Mutter sichtlich zusammen. »Weshalb kannst du mich nicht allein hierlassen?« fragte sie wütend. »Was für ein kompletter Unsinn! Wie kannst du bloß so ein Theater machen! Das

ist das letztemal, daß ich mit dir ausgegangen bin! Du bist wirklich ekelhaft!« Sie musterte ihre Mutter von oben bis unten. »Beruhige dich endlich!« sagte sie sehr von oben herab.
Mrs. Raddick war verzweifelt, schlechthin verzweifelt. Einerseits war sie ›scharf drauf‹, mit Mrs. MacEwen ins Kasino zu gehen, andrerseits aber ...
Ich nahm meinen ganzen Mut zusammen: »Würden sie gern – möchten Sie zum Tee mitkommen – mit uns?«
»Ja, ja, das wird sie noch so gern. Es ist genau das, was ich wollte, nicht wahr, Liebling? Mrs. MacEwen und ich ... in einer Stunde bin ich wieder hier ... vielleicht schon eher ... Ich ...«
Mrs. R. sprang die Treppe hinauf. Ich sah, daß ihre Handtasche schon wieder offen war.
Wir drei blieben also zurück. Meine Schuld war es bestimmt nicht. Auch Hennie sah bedeppert aus. Als der Wagen vorfuhr, hüllte sie sich, um jede Besudelung auszuschließen – in ihren dunklen Mantel. Selbst ihre kleinen Füße schienen es zu verschmähen, sie zu uns beiden die Stufen hinunterzutragen.
»Es tut mir schrecklich leid«, murmelte ich, als der Wagen anfuhr.
»Oh, *mir* macht es nichts aus!« sagte sie. »Ich will nicht wie einundzwanzig aussehen! Wer will das wohl, wenn man siebzehn ist? Nein, es ist die Verbohrtheit« – sie schauerte leise zusammen –, »die ich so hasse, und die Art, wie man von fetten alten Männern angestarrt wird! Biester!«
Hennie warf ihr einen raschen Blick zu, dann schaute er aus dem Fenster.
Wir hielten vor einem riesigen Palast aus weißem und rötlichem Marmor – mit Apfelsinenbäumchen in schwarzgoldenen Kübeln vor den Türen.
»Hätten Sie Lust, hineinzugehen?« schlug ich vor.
Sie zauderte, biß sich auf die Lippe und schien sich damit abzufinden. »Meinetwegen – etwas anderes gibt es anscheinend nicht«, sagte sie. »Steig aus, Hennie!«
Ich ging voran – natürlich, um einen Tisch zu suchen –, und

sie folgte. Daß wir ihren kleinen Bruder – er war zwölf – bei uns hatten, war das schlimmste für sie. So ein Kind am Schürzenzipfel zu haben, war der Gipfel.
Nur noch ein Tisch war frei. Rosa Nelken standen darauf, und rosa Teller mit kleinen blauen, wie Segel gefalteten Teeservietten.
»Wollen wir hier sitzen?«
Sie legte die Hand müde auf die Lehne eines weißen Korbsessels.
»Meinetwegen«, sagte sie. »Warum nicht?«
Hennie quetschte sich an ihr vorbei und schlängelte sich dahinter auf einen Hocker. Er fühlte sich gräßlich unerwünscht. Sie zog nicht einmal die Handschuhe aus. Sie senkte den Blick und trommelte auf den Tisch. Als eine Geige leise angestimmt wurde, zuckte sie zusammen und biß sich auf die Lippe. Schweigen.
Eine Kellnerin erschien. Ich wagte kaum zu fragen: ›Tee oder Kaffee? Chinesischen Tee – oder Eistee mit Zitrone?‹ Es war ihr gleich, wirklich! Es war ihr alles einerlei. Eigentlich wollte sie überhaupt nichts. Hennie flüsterte: »Schokolade!« Aber als die Kellnerin sich schon umdrehte, rief sie ihr gleichgültig nach: »Ach, Sie können mir auch eine Schokolade bringen!«
Während wir dasaßen und warteten, holte sie eine kleine goldene Puderdose mit einem Spiegel im Deckel hervor, schüttelte die arme kleine Quaste, als wäre sie ihr zuwider, und betupfte ihre niedliche Nase.
»Hennie«, sagte sie, »stell die Blumen weg!« Mit der Puderquaste deutete sie auf die Nelken, und ich hörte, wie sie murmelte: »Blumen auf einem Tisch kann ich nicht ausstehen!« Offenbar hatten sie ihr heftige Qualen bereitet, denn sie schloß sogar die Augen, als ich sie wegstellte.
Dann kam die Kellnerin mit Schokolade und Tee. Sie setzte die großen, schäumenden Tassen vor die beiden hin und schob mir mein durchsichtiges Glas zu. Hennie vergrub seine Nase und tauchte für die Dauer eines entsetzlichen Augenblicks mit einem zitternden kleinen Sahneklecks auf dem Nasenzipfel wieder auf, wischte ihn aber, wie ein kleiner Gentle-

man, hastig weg. Ich überlegte, ob ich es wagen dürfte, ihre Aufmerksamkeit auf die Tasse zu lenken. Sie bemerkte sie nicht — sah sie überhaupt nicht —, und plötzlich, rein zufällig, nahm sie einen Schluck. Ich sah sie besorgt an. Sie schüttelte sich kaum merklich.
»Fürchterlich süß!« sagte sie.
Ein kleiner Junge mit einem Kopf wie eine Rosine und einem Körper aus Schokolade kam mit einem Tablett winziger Kuchen herbei: viele Reihen kleiner Narreteien, kleiner Gedichte, kleiner schmelzender Träume. Er bot sie ihr an.
»Oh, ich habe überhaupt keinen Appetit! Nehmen Sie sie weg!«
Er bot sie Hennie an. Hennie warf mir einen raschen Blick zu, schien beruhigt zu sein und nahm sich einen Mohrenkopf, ein Mokka-Eclair, eine mit Kastanienpüree gefüllte Meringe und eine Blätterteigtüte mit frischen Erdbeeren. Für sie schien es ein ekelerregender Anblick zu sein. Doch gerade, als der kleine Mann sich zum Gehen wandte, hielt sie ihren Teller hoch.
»Ach, meinetwegen geben Sie mir auch *eins*!«
Die Silberzange ließ ein Stückchen fallen, ein zweites, ein drittes — und noch ein Kirschtörtchen. »Ich weiß nicht, weshalb sie mir so viele geben!« sagte sie und lächelte beinah. »Ich esse sie bestimmt nicht — könnte sie nicht schaffen.«
Mir war viel wohler. Ich trank meinen Tee, lehnte mich zurück und fragte sogar, ob ich rauchen dürfe. Sie hielt inne, die Gabel in der Hand, sah mich mit großen Augen an und lächelte nun wirklich. »Selbstverständlich«, sagte sie. »Ich bin immer darauf gefaßt!«
Doch in diesem Augenblick passierte Hennie ein tragisches Mißgeschick. Er hatte zu kräftig in sein Erdbeertütchen gestochen, es brach entzwei, und die eine Hälfte flog auf den Tisch. Wie entsetzlich! Er wurde dunkelrot. Sogar seine Ohren glühten, und beschämt stahl sich eine Hand über den Tisch, um einzusammeln, was von der Leiche noch da war.
»Du widerliches kleines Ferkel!« sagte sie.
Lieber Himmel! Ich mußte vermittelnd einspringen. Eilig rief ich: »Bleiben Sie längere Zeit im Ausland?«

Aber sie hatte Hennie schon vergessen. Mich auch. Sie versuchte, sich an etwas zu erinnern ... Sie war meilenweit weg. »Ich ... weiß ... nicht«, antwortete sie langsam, aus weiter Ferne.

»Vermutlich gefällt es Ihnen hier besser als in London? Es ist viel ... viel ...«

Als ich nicht fortfuhr, war sie wieder da und sah mich sehr verdutzt an. »Viel ...?«

»*Enfin* – amüsanter!« rief ich und schwenkte meine Zigarette.

Um das zu entscheiden, war ein ganzes Törtchen erforderlich. Selbst dann war alles, was sie sagen konnte: »Ach, ich weiß nicht ...«

Hennie hatte seinen Teller leer gegessen. Er war immer noch sehr erhitzt.

Ich griff nach der Schmetterlingsliste auf dem Tisch. »Wie wär's mit einem Eis, Hennie? Zum Beispiel Tangerine mit Ingwer? Nein, lieber etwas Kühleres! Eine Creme aus frischen Ananas?«

Hennie war ganz einverstanden. Die Kellnerin hatte uns schon beobachtet. Die Bestellung wurde entgegengenommen. Gerade da blickte sie von den letzten Krümeln auf.

»Sprachen Sie von Tangerine mit Ingwer? Ingwer mag ich. Das können Sie mir bringen!« Und rasch fuhr sie fort: »Ich wünschte, die Kapelle würde nicht lauter Sachen aus dem vorigen Jahrhundert spielen. Nach *der* Musik haben wir schon letzte Weihnachten getanzt. Furchtbar fade!«

Es war aber eine reizende Melodie. Jetzt, wo ich darauf achtete, erwärmte sie mich geradezu.

»Eigentlich finde ich's hier ganz nett. Du nicht auch, Hennie?« fragte ich ihn.

»Prima!« sagte Hennie. Er wollte es leise sagen, aber es schoß ihm wie ein sehr lautes Gequietsch heraus.

Nett? Das Café? Nett? Zum erstenmal blickte sie umher und versuchte festzustellen, was hier nett war ... Sie blinzelte. Ihre schönen Augen schauten verwundert drein. Ein sehr gut aussehender älterer Herr musterte sie durch ein Monocle an einem schwarzen Band. Doch ihn konnte sie nicht se-

hen. Wo er saß, war ein Loch in der Luft. Sie sah glatt durch ihn hindurch.
Endlich lagen die kleinen Eislöffel auf den Glastellern still. Hennie sah ziemlich erschöpft aus, sie aber zog ihre weißen Handschuhe an. Sie hatte Mühe mit ihrer mit Brillanten besetzten Armbanduhr – sie war ihr im Weg. Sie zerrte daran – versuchte das dumme kleine Ding durchzureißen – es wollte nicht! Schließlich mußte sie den Handschuh obendrüber ziehen. Danach konnte sie das Café keine Minute länger ertragen – ich sah es ihr an, und richtig, sie sprang auf und wandte sich ab, während ich die vulgäre Aufgabe übernahm, für den Schmaus zu zahlen.
Und dann waren wir wieder draußen. Es war dämmerig geworden. Der Himmel war mit kleinen Sternen übersät; die Bogenlaternen brannten. Während wir auf das Vorfahren des Autos warteten, stand sie genau wie im Anfang auf einer Treppenstufe, hatte den Blick gesenkt und zwirbelte mit ihrem Absatz hin und her.
Hennie sprang vor, um die Tür zu öffnen, und sie sank hinein – oh, mit was für einem Seufzer!
»Sag ihm«, flüsterte sie, »er soll so schnell fahren, wie er nur kann!«
Hennie grinste dem Fahrer zu, der sein Freund war. *»Allee witt!«* sagte er. Dann setzte er sich auf den Klappsitz uns gegenüber und beruhigte sich.
Die goldene Puderdose kam wieder zum Vorschein. Die arme kleine Quaste wurde wieder geschüttelt, und wieder wurde der flinke, furchtbar geheimnisträchtige Blick zwischen ihr und dem Spiegel ausgetauscht.
Wir rasten durch die schwarzgoldene Stadt wie eine Schere durch Goldbrokat. Hennie mußte sich sehr bemühen, nicht so auszusehen, als wolle er sich irgendwo anklammern.
Und als wir das Kasino erreichten, war Mrs. Raddick natürlich nicht da. Auf der Treppe war von ihr nicht die Spur zu sehen – nicht die Spur.
»Möchten Sie im Wagen bleiben, während ich hineingehe und nachschaue?«
Aber nein – das wollte sie nicht! Lieber Himmel, nein! Hen-

nie könne ja bleiben. Sie könne es nicht ertragen, in einem Auto zu sitzen. Sie wollte auf der Treppe warten.
»Aber ich möchte Sie nicht gern allein lassen«, murmelte ich. »Ich möchte Sie nicht hier auf der Treppe warten lassen!«
Bei meinen Worten warf sie den Mantel zurück, drehte sich zu mir um und sah mir ins Gesicht. Sie öffnete den Mund. »Lieber Himmel, warum nicht? Es – es macht mir gar nichts aus! Ich – ich liebe es, zu warten!« Und plötzlich überzogen sich ihre Wangen mit einer tiefen Röte, ihre Augen wurden dunkel – und einen Augenblick glaubte ich, sie würde zu weinen beginnen. »B-bitte«, stammelte sie mit herzlicher, eifriger Stimme. »Ich liebe es! Ich liebe es zu warten! Wirklich – wirklich, es ist so! Ich warte immer – an allen erdenklichen Orten! . . .«
Ihr dunkler Mantel öffnete sich, und ihre weiße Kehle – der ganze weiche junge Körper in dem blauen Kleid – war wie eine Blüte, die soeben aus ihrer dunklen Knospe hervorbricht.

Das Leben der Ma Parker

Als der schriftstellernde Herr, dessen Wohnung die alte Ma Parker jeden Dienstag reinigte, ihr an jenem Morgen die Tür aufgemacht hatte, erkundigte er sich nach ihrem Enkel. Ma Parker stand auf der Fußmatte im dunklen kleinen Flur und streckte die Hand aus, um ›ihrem Herrn‹ beim Schließen der Tür behilflich zu sein, ehe sie ihm antwortete. »Wir haben ihn gestern begraben, Sir«, sagte sie ruhig.
»O je! Das tut mir aber leid«, sagte der schriftstellernde Herr erschrocken. Er war beim Frühstück. Er trug einen sehr schäbigen Morgenrock und hielt eine zerknüllte Zeitung in der Hand. Aber er war verlegen, ohne noch etwas zu sagen – noch etwas mehr zu sagen. Dann – weil er wußte, daß solche Leute viel auf ein rechtes Begräbnis hielten – fuhr er freundlich fort: »Hoffentlich hat sich alles gut abgespielt bei der Beerdigung?«
»Wie meinen Sie, Sir?« fragte Ma Parker heiser.
Das arme alte Weibchen! Sie sah wirklich mitgenommen aus! »Hoffentlich war die Beerdigung ein – ein Erfolg?« sagte er. Ma Parker antwortete nicht. Sie ließ den Kopf sinken, humpelte in die Küche und umklammerte den alten Fischbeutel, in dem ihr Putzzeug und eine Schürze und ein Paar Filzschuhe steckten. Der schriftstellernde Herr zog die Augenbrauen in die Höhe und kehrte zu seinem Frühstück zurück. »Ganz überwältigt, scheint's!« sagte er laut und nahm sich von der Marmelade zu.
Ma Parker zog die beiden Hutnadeln mit den Jettknöpfen aus ihrem Hut und hängte ihn an die Tür. Sie hakte ihre abgetragene Jacke auf und hängte sie auch an die Tür. Dann band sie sich die Schürze um, setzte sich und wollte die Stiefel ausziehen. Das Ausziehen und Anziehen der Stiefel bereitete ihr Qualen, aber das war schon seit Jahren so gewesen. Ja, sie war schon an den Schmerz gewöhnt, daß sich ihr Gesicht schmerzlich verzerrte, noch ehe sie die Schnürsenkel auch nur geöffnet hatte. War es überstanden, dann lehnte sie sich seufzend zurück und rieb sich behutsam die Knie ...

»Oma, Oma!« Ihr kleiner Enkel stand in seinen Knöpfstiefelchen auf ihrem Schoß. Er war gerade vom Spiel auf der Straße hereingekommen.
»Sieh mal, wie du den Rock von deiner Großmutter zugerichtet hast, du schlimmer Junge!«
Aber er legte ihr die Arme um den Hals und rieb seine Wange an ihrem Gesicht.
»Oma, gib mir'n Penny!« schmeichelte er.
»Ach, zieh los! Oma hat keinen Penny!«
»Doch – hast du wohl!«
»Nein, ich hab' keinen!«
»Doch, du hast welche. Gib mir einen!«
Und schon griff sie nach der alten, verbeulten schwarzen Lederbörse.
»Da! Und was gibst du deiner Oma?«
Er stieß ein scheues kleines Lachen aus und schmiegte sich fester an sie. Sie spürte, wie sein Lid über ihre Wange zitterte. »Ich hab' nix«, murmelte er.

Die alte Frau sprang auf, hob den Wasserkessel vom Gasherd und trug ihn zum Spülstein. Das Geräusch des im Kessel brodelnden Wassers schien ihren Schmerz zu betäuben. Sie füllte auch den Eimer und das Abwaschbecken.
Um den Zustand zu beschreiben, in dem sich die Küche befand, wäre ein ganzes Buch nötig. Während der Woche ›behalf‹ sich der schriftstellernde Herr, das heißt, er leerte die Teeblättchen dann und wann in ein zu diesem Zweck bereitgestelltes Marmeladeglas, und wenn er keine sauberen Gabeln mehr hatte, wischte er sie am Rollhandtuch ab. Sein ›System‹ war, wie er seinen Freunden erklärte, ganz einfach, und er könne nicht verstehen, wieso die Leute soviel Aufhebens um das Haushaltführen machten.
»Man macht einfach alles schmutzig, was man hat, läßt einmal die Woche ein altes Weib zum Saubermachen kommen, und der Fall ist erledigt!«
Das Ergebnis war ein Riesenmüllhaufen. Sogar der Fußboden war mit Brotkrusten, Briefumschlägen und Zigarettenstummeln übersät. Aber Ma Parker nahm es ihm nicht

übel. Sie bedauerte den armen jungen Herrn, weil er niemanden hatte, der für ihn sorgte. Wenn man aus dem verschmierten kleinen Fenster blinzelte, sah man eine Unendlichkeit trübseligen Himmels, und falls mal Wolken da waren. sahen sie wie ganz zerfetzte, an den Kanten ausgefranste Wolken mit Löchern oder mit dunklen Teeflecken aus.
Während das Wasser heiß wurde, begann Ma Parker den Fußboden zu fegen. ›Ja‹, dachte sie, als der Besen gegen das Holz polterte, ›alles zusammengenommen, hab' ich mein Teil abbekommen! Ich hab' ein schweres Leben gehabt!‹
Sogar die Nachbarn sagten das von ihr. So manches Mal, wenn sie mit ihrem Fischbeutel nach Hause humpelte, hatte sie die andern gehört, die an der Ecke warteten oder sich übers Kellergeländer lehnten, wie sie untereinander sagten: »Sie hat ein schweres Leben gehabt, die alte Ma Parker!« Und es stimmte so haargenau, daß sie nicht mal stolz drauf war. Es war genauso, als hätte jemand gesagt, er wohne im Kellergeschoß Nummer 27. – Ein schweres Leben! ...

Mit sechzehn war sie aus Stratford weggegangen und hatte sich in London als Küchenmädchen verdingt. Ja, sie war in Stratford-on-Avon geboren. Shakespeare, Sir? Nein. Immer fragten die Leute nach Shakespeare. Aber von dem hatte sie nie gehört, bis sie seinen Namen am Theater angeschlagen sah.
Nichts war von Stratford geblieben, als daß man ›abends im Kaminwinkel sitzen und die Sterne den Kamin hochsehen konnte‹ und ›Mutter hat immer eine Speckseite von der Decke hängen gehabt‹. Und da war noch was – ein Strauch war's, der wuchs vor der Haustür und hat immer so gut gerochen. Aber den Strauch sah sie nur sehr undeutlich. Nur ein- oder zweimal im Krankenhaus hatte sie an ihn gedacht, als es ihr sehr schlecht ergangen war.
Ihr erster Platz – das war ein schrecklicher Platz gewesen. Ausgehen durfte sie nie. Nach oben ging sie nur zum Beten, morgens und abends. Es war wie in einem Keller. Und die Köchin war ein grausames Weibsbild. Sie nahm ihr immer die Briefe von zu Hause weg, noch ehe sie sie gelesen hatte,

und warf sie in den Kochherd, weil sie davon traurig wurde . . . Und die Schaben! Es war nicht zu glauben! Bis sie nach London gekommen war, hatte Ma Parker nie eine Küchenschabe gesehen. Hierbei mußte Ma Parker immer ein bißchen lachen, als wäre das was – nie eine Küchenschabe gesehen zu haben! Es war fast so, als sagte man, daß man nie seine Füße gesehen hätte.

Als die Familie gepfändet wurde, ging sie als ›Hilfe‹ in ein Doktorhaus, und nachdem sie zwei Jahre dort gewesen war und sich von früh bis spät die Füße abgelaufen hatte, heiratete sie ihren Mann. Er war ein Bäcker.

»Ein Bäcker, Mrs. Parker!« hatte der schriftstellernde Herr wohl mal gerufen. Denn gelegentlich legte er seine dicken Bücher beiseite und hörte wenigstens hin, was die da für ein Gebilde war, dieses *LEBEN*.

»Es muß recht nett gewesen sein, einen Bäcker zum Mann zu haben!«

Da war Mrs. Parker nicht so sicher.

»Ein sauberes Gewerbe«, sagte der Herr.

Mrs. Parker war anscheinend andrer Meinung.

»Hat es Ihnen denn nicht Spaß gemacht, den Kunden die frischen Brotlaibe zu reichen?«

»Ich war nicht sehr viel im Laden oben, Sir«, sagte Mrs. Parker. Wir haben dreizehn Kleine gehabt, und sieben davon begraben. Wenn's nicht das Krankenhaus war, war's die Krankenstube, könnt' man sagen!«

»Das kann man wirklich, Mrs. Parker!« sagte der schriftstellernde Herr schaudernd und griff wieder zur Feder.

Ja, sieben waren gestorben, und als die sechs noch klein waren, hat ihr Mann die Schwindsucht bekommen. Das Mehl war in die Lunge gegangen, hatte ihr der Doktor damals gesagt . . . Ihr Mann hatte aufrecht im Bett gesessen, das Hemd über den Kopf geschlagen, und der Doktor hat mit dem Finger einen Kreis auf dem nackten Rücken gezogen.

›Wenn wir ihn hier aufschneiden wollten, Mrs. Parker‹, hatte der Doktor gesagt, ›dann würden wir seine Lunge dick voll Mehlstaub finden. Atmen Sie mal aus, mein lieber Mann!‹ Und Ma Parker war nie ganz sicher, ob sie es gesehen oder sich eingebildet hatte, wie aus dem Mund ihres armen lieben Mannes eine lange weiße Staubfahne rausgekommen war . . .

Und dann der Kampf, den sie gehabt hatte, die sechs kleinen Kinder großzuziehen und sich nichts anmerken zu lassen! Das war furchtbar gewesen! Und als sie gerade alt genug waren, um in die Schule zu gehen, war ihres Mannes Schwester zu ihnen gezogen, um ein bißchen zu helfen, aber sie war noch keine zwei Monate dagewesen, als sie die Treppe runterfiel und sich das Rückgrat verletzte. Also hatte Ma Parker fünf Jahre lang noch ein Baby mehr, für das sie sorgen mußte — und obendrein eins, das schrie! Dann wurde die junge Maudie ein schlechtes Mädchen und nahm auch noch ihre Schwester Alice mit; die zwei Jungen wanderten aus, und der junge Jim ging zu den Soldaten und nach Indien, und Ethel, ihre Jüngste, heiratete einen Taugenichts von Kellner, der an Magengeschwüren starb — im gleichen Jahr, wo der kleine Lennie auf die Welt kam. Und jetzt ist der kleine Lennie — mein Enkelkind . . .

Ganze Stapel schmutziger Tassen und schmutziger Schüsseln waren abgewaschen und abgetrocknet. Die tintenschwarzen Messer waren mit einem Stückchen Kartoffel abgerieben und mit einem Korken blank geputzt. Der Tisch war geschrubbt, ebenso das Küchenspind und der Spülstein, in dem noch Sardinenschwänze herumgeschwommen waren . . .

Lennie war nie ein kräftiges Kind gewesen — von Anfang an nicht. Er war so eins von den hübschen Babies gewesen, die jeder für ein Mädchen gehalten hätte. Silberblonde Locken hatte er gehabt, blaue Augen — und seitlich an der Nase eine kleine Sommersprosse wie ein Karo. Was für Mühe sie und Ethel gehabt hatten, das Kind großzuziehen! Alles aus den Zeitungen hatten sie an ihm probiert. Jeden Sonntagmorgen las Ethel laut vor, während Ma Parker unterdessen die Wäsche besorgte: »›Geehrter Herr — nur eine Zeile, um Ihnen mitzuteilen, daß meine kleine Myrtil schon aufgegeben war . . . nach vier Flaschen von Ihrem . . . hat sie in neun Wochen acht Pund zugenommen und ist immer noch tüchtig dran.‹«

Danach wurde ihr ein bißchen Tinte vom Spind geholt und ein Brief geschrieben, und am nächsten Morgen auf dem Weg zur Arbeit zahlte Ma bei der Post das Geld ein. Aber es half nichts. Nichts half dem kleinen Lennie, daß er zunahm. Auch wenn sie ihn zum Friedhof mitnahm, bekam er keine Farbe; und wenn er tüchtig im Bus durchgerüttelt wurde, war sein Appetit doch nicht besser.
Aber er war Omas Junge, von Anfang an!
»Wem sein Junge bist du?« sagte die alte Ma Parker, richtete sich vom Herd auf und ging zum verschmierten Fenster rüber. Und eine kleine Stimme, so warm, so nah, daß es sie fast erstickte – als wär' sie in ihrer Brust, gleich unterm Herzen–,lachte hell heraus und sagte: »Ich bin Omas Junge!«
Auf einmal hörte sie Schritte, und der schriftstellernde Herr erschien, zum Ausgehen angezogen.
»Ich gehe weg, Mrs. Parker!«
»Ist gut, Sir.«
»Ihre zweieinhalb Shilling liegen auf dem Untersatz vom Tintenfaß.«
»Danke, Sir!«
»Ach, was ich noch sagen wollte, Mrs. Parker: Sie haben wohl keinen Kakao weggeworfen, als Sie letztesmal hier waren?« fragte der schriftstellernde Herr rasch.
»Nein, Sir.«
»*Sehr* komisch! Ich hätte schwören können, daß ich noch einen Teelöffel Kakaopulver in der Büchse gelassen hatte...« Er brach ab. Dann sagte er leise und entschieden: »Sie sagen es mir doch immer, bevor Sie etwas wegwerfen, nicht wahr, Mrs. Parker?« Und damit ging er, sehr zufrieden mit sich und fest überzeugt, Mrs. Parker bewiesen zu haben, daß er bei aller scheinbaren Achtlosigkeit so aufmerksam wie eine Hausfrau war.
Die Tür schlug zu.
Sie ging mit Besen und Lappen ins Schlafzimmer. Aber als sie anfing das Bett zu machen, und es glatt strich und zupfte und ausklopfte, wurde der Gedanke an den kleinen Lennie unerträglich. Warum hatte er so leiden müssen? Das war's, was sie nicht verstehen konnte! Warum mußte so ein Engels-

kind um seinen Atem betteln und kämpfen? Es hatte doch keinen Sinn, ein kleines Kind so leiden zu lassen ...

... Aus Lennies kleinem Brustkasten kam ein Geräusch, als ob innendrin etwas am Kochen war. Ein großer Klumpen Zeugs blubberte in seiner Brust, und den konnte er nicht rauskriegen. Wenn er hustete, trat ihm der Schweiß auf die Stirn; die Augen quollen vor, die Hände fuhren umher, und der dicke Klumpen blubberte wie eine Kartoffel im Kochtopf. Aber viel schlimmer als alles andre war es, wenn er nicht hustete: dann saß er aufrecht ans Kissen gelehnt und sprach nicht und antwortete nicht – tat nicht mal, als hätte er sie gehört. Sah bloß gekränkt aus.

»Ist doch nicht deine alte Oma, die dir das antut, mein Lämmchen«, sagte Ma Parker und strich ihm das feuchte Haar von den roten Ohren. Aber Lennie zuckte mit dem Kopf und wich ihrer Hand aus. Furchtbar gekränkt sah er sie an – und so ernst. Er ließ den Kopf sinken und schielte sie von unten an, als hätte er so was nie von seiner Oma geglaubt.

Aber am Ende ... Ma Parker schleuderte den Überwurf über das Bett. Nein, daran konnte sie einfach nicht denken! Es war zuviel – zuviel hatte sie in ihrem Leben aushalten müssen! Sie hatte es bis jetzt ausgehalten, sie hatte alles mit sich selbst abgemacht, und keiner hatte sie jemals weinen sehen. Keine Menschenseele! Nicht mal ihre eigenen Kinder hatten ihre Ma zusammenbrechen sehen. Immer hatte sie ihren Stolz gehabt. Aber jetzt? Jetzt, wo Lennie nicht mehr da war – was hatte sie da noch? Nichts hatte sie mehr. Er war alles, was ihr das Leben noch zu geben hatte, und jetzt war er ihr auch noch genommen worden. Warum mußte das alles mir zustoßen? fragte sie sich. »Was hab' ich bloß getan?« sagte die alte Ma Parker. »Was hab' ich bloß getan?«

Als sie es sagte, ließ sie plötzlich die Bürste fallen. Auf einmal stand sie in der Küche. Ihr Kummer war so entsetzlich, daß sie sich den Hut feststeckte, die Jacke anzog und wie eine Träumende aus dem Haus ging. Sie wußte nicht, was sie tat. Sie war wie jemand, der so betäubt ist von einem grauenhaften Geschehen, daß er einfach weggeht ... irgendwohin, als könnte er durch Weggehen entkommen ...

Es war kalt auf der Straße. Ein eisiger Wind wehte. Die Leute hasteten an ihr vorbei – eilig, eilig! Die Männer gingen wie Scheren; die Frauen traten wie Katzen auf. Und keiner wußte was – alle waren gleichgültig. Wenn sie zusammenbrechen würde, wenn sie nach all den Jahren schließlich doch weinen würde – ach, da sähe sie sich vielleicht gar im Kittchen!

Doch beim Gedanken an Weinen war ihr zumute, als spränge der kleine Lennie seiner Oma in die Arme. Ja, das mochte sie tun, mein Lämmchen! Oma möchte weinen. Wenn sie jetzt bloß weinen könnte, lange weinen könnte, über alles – angefangen mit ihrem ersten Platz und der grausamen Köchin, weiter zum Doktorhaus, dann die sieben Kleinen und der Tod ihres Mannes, die Kinder, die von ihr fortgingen, und all die kummervollen Jahre, die mit Lennie endeten. Aber über all das zu weinen, würde sehr lange dauern. Trotzdem, jetzt war der Augenblick gekommen. Sie mußte es tun. Sie konnte es nicht länger aufschieben; sie konnte nicht länger warten ... Wohin konnte sie gehen?

›Sie hat ein schweres Leben gehabt, die Ma Parker!‹ Ja, wahrhaftig ein schweres Leben! Ihr Kinn fing an zu zittern – es war höchste Zeit. Aber wohin? Wohin?

Nach Hause konnte sie nicht; da war Ethel. Ethel würde sich zu Tode erschrecken. Irgendwo auf eine Bank konnte sie sich auch nicht setzen; da würden Leute kommen und ihr Fragen stellen. In die Wohnung von dem Herrn konnte sie unmöglich zurück; sie hatte kein Recht, im Haus von fremden Leuten zu weinen. Wenn sie sich auf die Treppe setzte, würde ein Polizist sie wegjagen.

Ach, gab's denn nichts, wo sie sich verkriechen und für sich bleiben konnte, solange sie wollte, ohne jemand zu stören und ohne daß jemand sie störte? Gab es keinen noch so kleinen Fleck in der Welt, wo sie sich endlich ausweinen konnte? Irgendwo?

Ma Parker stand da und blickte straßauf und straßab. Der eisige Wind blies ihr die Schürze zu einem Ballon auf. Und jetzt fing es an zu regnen. – Nein, nirgends.

Marriage à la mode

Auf der Fahrt zum Bahnhof kam es William auch diesmal mit schmerzlichem Bedauern in den Sinn, daß er seinen Jungen wieder nichts mitbrachte. Die armen Bürschchen! Es war schlimm für sie! Wenn sie ihm entgegengelaufen kamen, um ihn zu begrüßen, waren ihre ersten Worte immer: »Was hast du mir mitgebracht, Daddy?« Und er hatte nichts! Er würde ihnen auf dem Bahnhof Bonbons kaufen müssen. Aber das hatte er schon vier Samstage hintereinander getan, und als sie sahen, wie er letztesmal wieder die gleichen langweiligen Schachteln hervorholte, hatten sie enttäuscht ausgesehen.

Und Paddy hatte gerufen: »Auf meiner waren schon mal rote Bänder drum!«

Und Johnny hatte gesagt: »Auf meiner sind sie immer rosa. Rosa kann ich nicht leiden!«

Aber was konnte William tun? Das Problem war nicht so einfach zu lösen. Früher wäre er natürlich einfach mit einem Taxi in ein nettes Spielzeuggeschäft gefahren und hätte in fünf Minuten etwas für sie gefunden. Doch jetzt – jetzt besaßen sie russische und französische und serbische Spielsachen – Spielsachen von Gott weiß woher. Es war jetzt über ein Jahr her, daß Isabel die alten Eselchen und Lokomotiven und so weiter weggeworfen hatte, weil sie so ›gräßlich sentimental‹ seien – und ›so wahnsinnig schädlich für die Ausbildung eines guten Geschmacks‹.

»Es ist so wichtig«, hatte die neue Isabel erklärt, »daß sie von Anfang an Geschmack an den richtigen Dingen finden. Das erspart soviel Zeit für später. Glaube mir, wenn die armen Schätzchen ihre Jugendjahre mit dem Anblick solcher Greuel verbringen müssen, kann man sich vorstellen, wie sie älter werden und in die Königliche Akademie geführt werden wollen!«

Sie hatte gerade so gesprochen, als bedeute ein Besuch in der Königlichen Akademie für jedermann den sicheren Tod ...

»Ach, ich weiß nicht«, hatte William nachdenklich geant-

wortet. »Als ich so alt war wie sie, habe ich mir immer ein altes Handtuch mit einem dicken Knoten ins Bett mitgenommen und an mich gedrückt!«
Die neue Isabel hatte ihn mit zusammengekniffenen Augen und halboffenem Mund angestarrt.
»Du lieber Mensch! Ich kann's mir gut von dir vorstellen!« lachte sie auf ihre neue Manier.
Trotzdem – es mußten wohl wieder Bonbons sein, dachte William düster und angelte in der Tasche nach Kleingeld für den Taxifahrer. Im Geiste sah er schon, wie die kleinen Jungen jedermann von ihren Schachteln anboten – sehr freigebige Bürschlein waren es –, während Isabels kostbare Freunde sich nicht genierten, tüchtig zuzulangen ...
Wie wär's denn mit Obst? William blieb vor einem Kiosk am Bahnhofseingang stehen. Für jeden eine Melone? Würden sie von der auch abgeben müssen? Oder eine Ananas für Pad und eine Melone für Johnny? Isabels Freunde würden wohl kaum zu den Mahlzeiten der Jungen ins Kinderzimmer hinaufgeschlichen kommen! Trotzdem – als er die Melone kaufte, hatte er eine greuliche Vision, wie einer von Isabels jungen Dichtern hinter der Kinderzimmertür stand und eine Scheibe aufschleckte.
Mit zwei unförmigen Paketen ging er zu seinem Zug. Der Bahnsteig war überfüllt, der Zug stand schon da. Türen wurden aufgerissen und zugeschlagen. Die Lokomotive zischte so laut, daß die vorbeihastenden Leute ganz verwirrt aussahen. William steuerte sofort auf ein Raucherabteil Erster Klasse los, verstaute seinen Koffer und seine Pakete und holte ein dickes Aktenbündel aus der Brusttasche. Dann warf er sich in seinen Eckplatz und begann zu lesen.
›Unser Klient ist außerdem überzeugt ... Wir sind geneigt, nochmals zu erwägen, ob ... Im Falle eines ...‹ Oh, das war besser! William schob sein glattgedrücktes Haar zurück und streckte die Beine aus. Das gewohnte dumpfe Nagen in seiner Brust ließ nach. ›Mit Bezug auf unsre Entscheidung ...‹ Er holte einen Blaustift hervor und strich einen Abschnitt bedächtig an.
Zwei Herren kamen ins Abteil, stiegen über seine Beine und

setzten sich in die andern beiden Ecken. Ein junger Mann hievte seine Golfstöcke ins Gepäcknetz und setzte sich ihm gegenüber. Der Zug ruckte sachte an, dann fuhren sie los. William blickte auf und sah den hellen, heißen Bahnhof davongleiten. Ein junges Mädchen mit erhitztem Gesicht raste an den Wagen entlang: die Art, wie sie winkte und rief, wirkte überspannt, ja geradezu verzweifelt. ›Hysterisches Frauenzimmer!‹ dachte William gefühllos. Am Ende des Bahnsteigs grinste ein Arbeiter mit Öl- und Rußflecken im Gesicht dem Zuge nach. Und William dachte: ›Ein elendes Leben!‹ und beschäftigte sich wieder mit seinen Papieren.
Als er das nächstemal aufsah, waren Felder da, und Rinder standen schattensuchend unter dunklen Bäumen. Ein breiter Fluß und nackte Kinder, die in der Untiefe umherplanschten, glitten in Sicht und verschwanden. Der Himmel erglänzte bleich, und hoch oben schwebte ein einzelner Vogel wie ein dunkler Fleck in einem Juwel.
›Wir haben in die Korrespondenz unsres Klienten Einblick genommen . . .‹ Der letzte Satz, den er gelesen hatte, ging ihm noch durch den Kopf. ›Wir haben in die Korrespondenz . . .‹ William klammerte sich an diesen Satz, aber es nützte nichts: mittendrin riß er ab, und die Felder, der Himmel, der dahinsegelnde Vogel und der Fluß – sie alle sagten ›Isabel!‹ So erging es ihm an jedem Samstagnachmittag. Wenn er zu Isabel fuhr, begann er sich ein Wiedersehen nach dem andern auszumalen: sie war auf dem Bahnhof, stand nur wenig abseits von allen andern – sie saß draußen vor dem Bahnhof im offenen Taxi – sie wartete an der Gartenpforte – sie schlenderte über das versengte Gras – war in der Haustür – oder gleich vornean in der Halle.
Und ihre klare, helle Stimme rief: ›Es ist William!‹ oder ›Hallo, William!‹ oder ›Bist du also da?‹ Er berührte ihre kühle Hand, ihre kühle Wange.
Wie köstlich frisch Isabel immer war! Als kleiner Junge war es seine größte Freude gewesen, nach einem Regenschauer in den Garten zu laufen und die Tropfen aus dem Rosenbäumchen über sich zu schütteln. Isabel war wie das Rosenbäumchen, blütenweich, sprühend und kühl. Und er war

noch immer der kleine Junge von einst. Doch jetzt gab's kein In-den-Garten-Laufen mehr, kein Lachen und Schütteln. Das dumpfe, beharrliche Nagen in seiner Brust fing wieder an. Er zog die Füße an, warf den Schriftenkram beiseite und schloß die Augen.

»Was ist nur, Isabel? Was ist's?« fragte er zärtlich. Sie waren im Schlafzimmer ihres neuen Hauses. Isabel saß auf einem farbigen Hocker vor dem Frisiertisch, der mit kleinen schwarzen und grünen Schachteln übersät war.

»Was soll schon sein, William?« Sie beugte sich vor, und ihr feines helles Haar fiel ihr über die Wange.

»Ach, du weißt es doch!« Er stand in der Mitte des neuen Zimmers und kam sich wie ein Fremder vor.

Daraufhin drehte sich Isabel rasch um und sah ihn an. »Oh, William!« rief sie flehend und hob die Haarbürste, »bitte, bitte sei nicht so furchtbar altmodisch und — tragisch! Immer sagst du, ich hätte mich verändert, oder du spielst darauf an und machst die entsprechende Miene dazu! Nur weil ich ein paar wirklich gleichgestimmte Menschen kennengelernt habe und häufiger ausgehe und mich brennend interessiere für alles mögliche, benimmst du dich, als hätte ich« — Isabel warf ihr Haar zurück und lachte — »unsere Liebe zerstört oder dergleichen! Es ist so furchtbar töricht und« — sie biß sich auf die Lippe —, »und es kann einen rasend machen, William! Sogar das Neue Haus und die Dienstboten gönnst du mir nicht!«

»Isabel!«

»Doch, ja, irgendwie stimmt es schon!« sagte Isabel rasch. »Du hältst es alles für ein weiteres schlechtes Zeichen! Ich weiß, daß du's tust! Ich spüre es jedesmal, wenn du die Treppe heraufkommst«, sagte sie leise. »Aber in dem winzigen Loch von einem Haus konnten wir doch nicht länger wohnen bleiben, William! Sieh es mal von der praktischen Seite an! Es war nicht mal genug Platz für die Kinder da!«

Ja, das war richtig. Jedesmal, wenn er aus der Kanzlei nach Hause gekommen war, fand er die Jungen mit Isabel im hinteren Wohnzimmer. Sie ritten auf dem Leopardenfell, das auf der Sofalehne lag, oder sie spielten Verkaufen, und Isabels Schreibtisch war die Ladentheke, oder Paddy saß auf dem Kaminvorleger und ruderte in größtem Eifer mit der Messingkohleschaufel, während Johnny mit der Feuerzange auf Piraten schoß. Jeden Abend wurden sie huckepack die schmale Treppe zu ihrer dicken alten Kinderfrau hinaufgetragen.

Ja, vermutlich war es ein winziges Loch von einem Haus gewesen. Ein kleines weißes Häuschen mit blauen Vorhängen und einem Fensterkasten mit Petunien. William hatte die Gäste bereits an der Tür überfallen: »Schon unsre Petunien gesehen? Ist doch ganz phantastisch für London, was?«

Aber das Dümmste, das geradezu Unfaßliche an der Sache war, daß er nicht die leiseste Ahnung gehabt hatte, Isabel könne nicht ebenso glücklich sein wie er! Großer Gott, so blind gewesen zu sein! Nicht der leiseste Gedanke war ihm damals gekommen, daß sie das unbequeme kleine Haus verabscheute, daß sie fand, die dicke Kinderfrau sei völlig untauglich für die Jungen, und daß sie sich entsetzlich einsam fühlte und danach sehnte, neue Menschen, neue Musik und neue Bilder kennenzulernen. Wenn sie damals nicht zu Moira Morrisons Atelierfest gegangen wären und wenn Moira Morrison nicht beim Weggehen gesagt hätte: »Ich werde Ihre Frau befreien, Sie alter Egoist! Sie ist die reizendste kleine Titania!«, und wenn Isabel dann nicht mit Moira nach Paris gefahren wäre – wenn, wenn . . .

Der Zug hielt wieder. Bettingford war es. Lieber Himmel, in zehn Minuten kämen sie an! William stopfte die Schriftstücke in seine Tasche; der junge Mann ihm gegenüber war längst ausgestiegen. Und jetzt gingen auch die beiden andern. Die späte Nachmittagssonne schien auf Frauen in Baumwollkleidern und auf braungebrannte, barfüßige Kinder. Sie prallte auf eine seidig gelbe Blume mit fleischigen Blättern, die von einer steinigen Böschung niederhingen. Die Luft, die zum Fenster hereinblies, roch nach Meer. Ob Isabel an diesem Wochenende dieselben Leute bei sich hatte, dachte William.

Und er erinnerte sich an Ferien, die sie früher verbracht hatten, nur zu viert, mit Rose, einem kleinen Bauernmädchen, die sich um die Kinder gekümmert hatte. Isabel in einer Strickjacke, das Haar in einem Zopf – sie hatte wie vierzehn ausgesehen. Gott ja, wie sich seine Nase immer geschält hatte! Und was für Berge sie vertilgt hatten, und wie wunderbar sie geschlafen hatten, in einem riesigen Federbett, die Füße ineinandergehakt . . . William mußte unwillkürlich verbittert auflachen, als er sich Isabels Entsetzen vorstellte, wenn sie um das volle Ausmaß seiner Sentimentalität gewußt hätte.

»Hallo, William!« Sie war also doch auf den Bahnhof gekommen und stand etwas abseits von den andern, genau wie er sich's vorgestellt hatte, und – Williams Herz vollführte einen Freudensprung – sie war allein!
»Hallo, Isabel!« William konnte den Blick nicht von ihr abwenden. Er fand sie so entzückend, daß er etwas sagen mußte. »Wie schön kühl du aussiehst!«
»So?« sagte Isabel. »Mir ist aber gar nicht kühl. Komm jetzt, dein dummer Zug hat Verspätung gehabt! Das Taxi steht draußen!« Als sie durch die Sperre gingen, legte sie ihm leise die Hand auf den Arm. »Wir sind alle da, um dich in Empfang zu nehmen«, sagte sie, »außer Bobby Kane. Den haben wir im Bäckerladen gelassen und müssen ihn auf dem Rückweg abholen.«
»Oh«, sagte William. Mehr konnte er im Augenblick nicht herauswürgen.
Im blendenden Licht daußen wartete das Taxi. Bill Hunt und Dennis Green waren auf der einen Seite hingefläzt, mit ins Gesicht gezogenen Hüten, während Moira Morrison mit einer Sonnenhaube wie einer Riesenerdbeere auf dem andern Sitz auf- und abhüpfte.
»Kein Eis! Kein Eis! Kein Eis!« schrie sie vergnügt.
Und unter seinem Hut hervor schloß sich Dennis an: »Nur beim Fischhändler zu haben!«
Auch Bill Hunt tauchte auf: »Mit ganzen Fischen drin!« schloß er.
»Oh, wie dumm!« jammerte Isabel. Sie erklärte William, daß die andern den ganzen Ort nach Eis abgegrast hätten, während sie am Bahnhof auf ihn gewartet hatte. »Ohne Eis

rinnt alles über die Steilkippe ins Meer hinunter, von der Butter angefangen!«
»Wir werden uns mit der Butter salben müssen«, meinte Dennis. »Möge dein Haupt nicht der Salbung ermangeln, o William!«
»Hört mal, wie sollen wir sitzen?« sagte William. »Ich wohl am besten beim Fahrer.«
»Nein, Bobby Kane sitzt beim Fahrer«, sagte Isabel. »Du mußt zwischen Moira und mir sitzen.« Das Taxi fuhr los.
»Was hast du in den geheimnisvollen Paketen?«
»Enthaupte-te Häupter!« rief Bill Hunt schaudernd unter seinem Hut hervor.
»Ah, Obst!« Isabels Stimme klang hoch erfreut. »Wie gescheit von dir, William! Eine Melone und eine Ananas! Wahnsinnig nett!«
»Nein, nein!« sagte William lächelnd, obwohl er sehr besorgt war. »Die habe ich für die Jungen mitgebracht!«
»Aber, mein Bester!« lachte Isabel und hakte sich bei ihm ein. »Die Kinder würden umkommen vor Bauchweh, wenn sie so etwas bekämen. Nein« – sie tätschelte seine Hand –, »denen kannst du das nächstemal etwas mitbringen! Ich weigere mich, auf meine Ananas zu verzichten!«
»Grausame Mutter! Laß mich mal riechen!« sagte Moira und reckte ihre flehenden Arme über William hinweg. »Oh!« Sie schien ganz mitgenommen – der Riesenerdbeerhut fiel vornüber.
»In Ananas verliebte Dame!« sagte Dennis, und das Taxi hielt vor einem kleinen Laden mit einer gestreiften Markise. Bobby Kane trat ins Freie, den Arm voll kleiner Päckchen. »Ich hoffe schwer, daß sie gut sind. Hab' sie wegen der Farben ausgesucht. Ein paar runde Dinger sind wirklich himmlisch! Und seht bloß die Nugatstückchen«, rief er hingerissen. »Seht sie bloß mal an! Ein richtiges kleines Ballett!« Doch in diesem Augenblick erschien der Ladenbesitzer. »Oh, bald hätt' ich's vergessen. Sie sind noch nicht bezahlt!« sagte Bobby und sah besorgt aus. Isabel gab dem Ladenbesitzer einen Geldschein, und Bobby strahlte wieder. »Tag, William! Ja, ich sitze neben dem Fahrer!« Und ohne Hut, ganz

in Weiß, mit bis zu den Schultern aufgekrempelten Ärmeln hüpfte er auf seinem Platz. »*Avanti!*« rief er ...

Nach dem Tee gingen die andern schwimmen, während William zu Hause blieb und mit seinen Kindern Frieden schloß. Aber dann waren Johnny und Paddy schlafen gegangen, das rosenrote Abendglühen war verblaßt, die Fledermäuse schwirrten schon umher, und die Badegäste waren noch nicht zurückgekehrt. Als William die Treppe hinabstieg, ging das Mädchen mit einer Lampe in der Hand über den Flur. Er folgte ihr ins Wohnzimmer. Es war ein langer Raum mit gelben Wänden. Auf der Wand gegenüber von William hatte jemand einen überlebensgroßen jungen Mann auf sehr wackligen Beinen gemalt, der einer jungen Dame mit einem sehr kurzen und einem sehr langen, mageren Arm eine glotzäugige Margerite überreichte. Über dem Sofa und den Sesseln hingen schwarze, wie mit Eigelb bekleckste Stoffbahnen, und wohin man auch sah, standen randvolle Aschenbecher mit Zigarettenstummeln herum. William ließ sich in einen Sessel sinken. Wenn man früher in die Sofaritzen getastet hatte, kam oft ein dreibeiniges Schaf oder eine Kuh mit nur einem Horn oder eine sehr dicke Taube aus Noahs Arche zutage. Jetzt stieß man viel eher auf eins der broschierten Gedichtbändchen mit beschmuddelten Gedichten ... Er dachte an das Briefbündel in seiner Brusttasche, aber er war zu hungrig und zu müde, um zu lesen. Die Wohnzimmertür stand auf; aus der Küche drangen Geräusche zu ihm. Die Dienstboten unterhielten sich, als wären sie allein im Haus. Plötzlich ein kreischendes Gelächter, auf das ein lautes »Scht!« folgte. Sie hatten sich offenbar erinnert, daß er da war. William stand auf und trat durch die hohe Glastür in den Garten hinaus, und während er dort im Dämmerlicht stand, hörte er die andern auf der sandigen Landstraße näher kommen. Ihre Stimmen hallten durch die Stille.

»Ich finde, Moira sollte mit ihren kleinen Tricks anrücken!«

Moira stieß einen tragischen Seufzer aus.

»Wir sollten fürs Wochenende ein Grammophon mit schmalzigen Platten haben!«

»Nein, nein!« rief Isabel. »Seid nicht so unfair zu William,

Kinder! Könnt ihr nicht nett zu ihm sein? Er bleibt ja nur bis morgen abend!«

»Überlaßt ihn mir!« rief Bobby Kane. »Ich verstehe es blendend, mich um andre Leute zu kümmern!«

Die Gartenpforte flog auf und wurde wieder geschlossen. William machte ein paar Schritte auf der Veranda; sie hatten ihn gesehen. »Hallo, William!« Und Bobby Kane begann sofort, auf dem versengten Rasen herumzuhüpfen und zu tänzeln und sein Handtuch zu schwenken. »Schade, daß du nicht gekommen bist, William! Das Wasser war gottvoll! Und nachher sind wir alle in eine kleine Kneipe gegangen und haben Schlehengin getrunken.«

Die andern waren schon vor dem Haus angelangt. »He, Isabel«, rief Bobby, »soll ich heut abend mein Nijinsky-Kostüm anziehen?«

»Nein«, entschied Isabel, »wir ziehen uns nicht um. Wir sind alle halb verhungert. William auch. Kommt mit, *mes amis*, fangen wir mit Sardinen an!«

»Ich habe die Sardinen entdeckt!« rief Moira, lief voraus und hielt eine Sardinenbüchse hoch.

»Dame mit Sardinenbüchse!« sagte Dennis feierlich.

»Erzähl mal, William, wie sieht's in London aus?« rief Bill Hunt und entkorkte eine Whiskyflasche.

»Oh, London hat sich nicht sehr verändert«, antwortete William.

»Das brave alte London!« rief Bobby sehr gerührt und spießte eine Sardine auf. Doch im nächsten Augenblick hatten sie William vergessen. Moira hätte gern gewußt, welche Farbe die Beine im Wasser hätten.

»Meine sind ganz blaß, so blaß wie Champignons!«

Bill und Dennis schlangen ungeheure Mengen Eßbares in sich hinein. Und Isabel füllte Gläser, wechselte Teller, sorgte für Zündhölzer – und lächelte beglückt. Einmal sagte sie sogar: »Ich wünschte, Bill, du würdest es malen!«

»Malen? Was?« fragte Bill laut und stopfte sich die Backentaschen voll Brot.

»Uns«, sagte Isabel. »Hier um den Tisch herum. In zwanzig Jahren wäre es hochinteressant!«

Bill kniff die Augen zusammen und kaute weiter. »Kein gutes Licht«, sagte er grob, »viel zuviel Gelb!« Immer noch kauend. Auch das schien Isabel zu entzücken.
Doch nach dem Abendessen waren alle so müde, daß sie nur noch gähnen konnten, bis es spät genug war, sich ins Bett zu begeben . . .
Erst als William am nächsten Abend auf sein Taxi wartete, war er endlich mit Isabel allein. Als er seinen Koffer in die Halle hinuntertrug, verließ sie die andern und trat zu ihm. Sie bückte sich und hob seinen Koffer auf. »Was für ein Gewicht!« sagte sie mit einem verlegenen kleinen Lachen. »Ich will ihn dir tragen! Bis zur Gartenpforte!«
»Aber warum denn?« sagte William. »Natürlich nicht! Gib ihn mir!«
»Ach bitte, laß mich doch!« sagte Isabel. »Ich möchte gern, wirklich!« Sie gingen stumm nebeneinander her. William fand, daß es nichts zu sagen gab.
»So«, sagte Isabel triumphierend, stellte den Koffer hin und spähte besorgt die sandige Landstraße entlang. »Diesmal hab' ich dich kaum gesehen«, sagte sie atemlos. »Es ist immer so kurz, nicht wahr? Mir ist, als wärst du gerade erst gekommen! Das nächstemal . . .« Das Taxi kam in Sicht. »Hoffentlich sorgt man in London gut für dich. Zu schade, daß die Jungen heute den ganzen Tag weg waren — aber Miss Neil hatte es so eingerichtet. Sie werden jammern, weil sie dich verpaßt haben! Armer William — mußt wieder nach London!« Das Taxi wendete. »Leb wohl!« Sie gab ihm einen eiligen kleinen Kuß. Dann war sie weg.
Felder und Bäume und Hecken glitten vorbei. Das Taxi ratterte durch das leere, tote Städtchen und fuhr knirschend das steile Stück zum Bahnhof hinauf. Der Zug stand schon da. William stieg sofort in ein Raucherabteil Erster Klasse und warf sich in eine Ecke, aber diesmal kümmerte er sich nicht um die mitgenommenen Schriftstücke. Er verschränkte die Arme über dem dumpfen unablässigen Nagen in seiner Brust. In Gedanken begann er einen Brief an Isabel zu schreiben.

Die Post kam spät – wie üblich. Sie saßen in Liegestühlen unter bunten Sonnenschirmen vor dem Haus. Nur Bobby Kane lag auf dem Rasen – Isabel zu Füßen. Es war trübe und drückend. Der Tag glich einer schlaff niederhängenden Fahne.

»Ob's im Himmel auch Montage gibt?« fragte Bobby kindlich.

Und Dennis murmelte: »Der Himmel wird ein einziger langer Montag sein!«

Isabel aber fragte sich, wo der Lachs hingeraten war, von dem sie gestern abend gegessen hatten. Eigentlich hatte sie heute mittag Fischmayonnaise vorsetzen wollen, und jetzt...

Moira schlief. Schlafen war ihre neueste Entdeckung. »Es ist *so* wundervoll. Man macht einfach die Augen zu – das ist alles! Es ist *so* köstlich!«

Als der alte, wettergebräunte Briefträger auf seinem Dreirad die sandige Landstraße einhergestrampelt kam, hatte man das Gefühl, daß die Griffe an seiner Lenkstange eigentlich Ruder sein müßten.

Bill Hunt ließ sein Buch sinken. »Post!« sagte er zufrieden, und alle warteten. Aber, o herzloser Briefträger, o bösartige Welt! Es war nur ein einziger Brief dabei, ein dicker, für Isabel. Nicht mal eine Zeitung!

»Und er ist bloß von William«, sagte Isabel trübselig.

»Von William? Schon?«

»Er schickt dir euren Trauschein zurück – als milde Warnung!«

»Hat man heutzutage noch Trauschein? Ich dachte, die sind bloß für Dienstboten!«

»Seiten über Seiten! Schaut sie euch an. Brieflesende Dame!« sagte Dennis.

Meine liebste, teuerste Isabel. Es waren tatsächlich Seiten über Seiten. Während Isabel las, wurde aus dem anfänglichen Staunen allmählich so etwas wie Beklemmung. Was in aller Welt mochte William bewogen haben . . . Es war äußerst seltsam... Wie konnte nur darauf... Sie war verwirrt, regte sich auf, mehr und mehr, war sogar erschrocken. Das war wieder mal ganz William! Was sonst? Es war natürlich

albern, mußte albern sein, war lächerlich! »Hahaha! Ojemine!« Was sollte sie nur tun? Sie warf sich in ihren Liegestuhl zurück und lachte, bis sie nicht mehr aufhören konnte.
»Erzähl's uns!« riefen die andern. »Du mußt es uns erzählen!«
»Noch so gern«, kicherte Isabel. Sie richtete sich auf, raffte die Briefseiten zusammen und winkte den andern damit. »Kommt bloß näher!« rief sie. »Hört zu! Es ist zu köstlich! Ein Liebesbrief!«
»Ein Liebesbrief! Nein, wie himmlisch!« *Meine liebste, teuerste Isabel!* Ihr Gelächter unterbrach sie, kaum hatte sie zu lesen begonnen.
»Weiter, Isabel! Es ist unbezahlbar!«
»Es ist ein toller Fund!«
»Oh, bitte, lies weiter, Isabel!«
Verhüte Gott, mein Liebling, daß ich deinem Glück im Wege stehe!
»Oh! Oh! Oh!«
»Scht! Scht! Scht!«
Und Isabel las weiter vor. Als sie beim Schluß angelangt war, bogen sie sich geradezu vor Lachen. Bobby wälzte sich auf dem Rasen und heulte fast.
»Den mußt du mir geben, genau wie er ist!« sagte Dennis sehr entschieden. »Für mein neues Buch: das wird ja ein ganzes Kapitel!«
»Oh, Isabel«, ächzte Moira, »die herrliche Stelle, wie er dich in seinen Armen hält!«
»Ich habe immer geglaubt, die bei Scheidungsprozessen vorgelegten Briefe wären Schwindel. Aber vor dem hier verblassen sie!«
»Gib ihn mir, du mein geliebtes Wesen!« sagte Bobby Kane. »Ich will ihn selbst lesen!«
Aber wie überrascht waren sie alle, als Isabel den Brief in ihrer Hand zerknüllte. Sie lachte nicht mehr. Sie warf einen kurzen Blick auf die andern. Sie sah erschöpft aus. »Nein, nicht jetzt! Nicht jetzt«, stammelte sie.
Und ehe sie sich von ihrer Verblüffung erholt hatten, war Isabel ins Haus gerannt – durch die Halle – die Treppe hin-

auf in ihr Schlafzimmer. Sie ließ sich auf die Bettkante fallen. »Wie häßlich, wie scheußlich, wie gemein, wie ordinär!« murrte Isabel. Sie drückte die Knöchel auf die Augen und schwankte hin und her. Sie sah sie wieder vor sich, jedoch nicht vier, sondern eher vierzig, wie sie lachten, höhnten, spotteten und die Hände nach dem Brief ausstreckten, aus dem sie ihnen vorlas. Williams Brief! Oh, wie schändlich! Wie hatte sie es nur tun können? *Verhüte Gott, mein Liebling, daß ich deinem Glück im Wege stehe.* William! Isabel drückte ihr Gesicht ins Kissen. Sie wußte, daß sogar das stille Schlafzimmer sie durchschaut hatte als das, was sie war: ein oberflächliches, verspieltes, eitles Geschöpf! . . .
Vom Garten klangen Stimmen herauf.
»Isabel, wir gehen baden! Komm mit!«
»Komm, du teuerstes Weib deines William!«
»Ruft sie noch einmal, bevor wir scheiden, oh, ruft sie noch einmal!«
Isabel richtete sich auf. Jetzt war es soweit, jetzt mußte sie sich entscheiden! Sollte sie mit ihnen gehen – oder hierbleiben und an William schreiben? Was sollte sie nur tun? ›Ich muß einen Entschluß fassen!‹ Aber konnte es da noch Zweifel geben? Natürlich würde sie hierbleiben und schreiben.
»Titania?« flötete Moira.
»Isa-bel?«
Nein, es war zu schwierig! ›Ich – ich geh einfach mit und schreibe William später! Ein andermal. Nicht jetzt. Aber schreiben tu' ich bestimmt!‹ dachte sie rasch.
Und, auf ihre neue Manier lachend, lief sie die Treppe hinunter.

— — — — — — — — — — — — — — —

Der Dampfer nach Picton sollte fahrplanmäßig um halb zwölf abfahren. Es war eine schöne Nacht, milde und sternklar, doch als sie aus dem Wagen stiegen und den Alten Pier entlanggingen, der in den Hafen vorstieß, wehte ein leichter Wind übers Wasser her und stieß gegen Fenellas Hut, so daß sie ihn festhalten mußte. Es war dunkel auf dem Alten Pier, stockdunkel; die Wollschuppen, die Viehwagen, die hoch aufragenden Kräne und die plumpe kleine Lokomotive schienen wie aus der Finsternis herausgeschnitten. Hier und da hing an einem runden Holzstoß, der wie ein riesiger schwarzer Pilz aussah, eine Laterne, die sich anscheinend fürchtete, ihr scheues, zitterndes Flämmchen in soviel Schwärze hinauszuschicken. Sie brannte leise vor sich hin, wie für sich allein. Fenellas Vater strebte mit raschen, weit ausholenden Schritten voran. Neben ihm trippelte ihre Großmutter in einem raschelnden schwarzen Mantel: beide gingen so schnell, daß Fenella von Zeit zu Zeit einen kleinen, nicht gerade würdevollen Hopser einschalten mußte, um nicht nachzubleiben. Außer ihren eigenen Sachen, die zu einer säuberlichen Wurst zusammengerollt waren, trug sie, fest an sich gepreßt, Großmutters Schirm, und der Griff, der ein Schwanenkopf war, pickte dauernd und ziemlich heftig auf ihre Schulter, als wolle auch er sie zur Eile antreiben ... Männer mit in die Stirn gezogenen Mützen und hochgestelltem Kragen schaukelten vorbei; ein paar ganz eingemummelte Frauen beeilten sich, und ein sehr kleiner Junge, von dem nur seine schwarzen Ärmchen und Beinchen aus einem weißen Wolltuch hervorschauten, wurde zwischen Vater und Mutter ärgerlich weitergezerrt: er sah wie ein Fliegenkind aus, das in die Sahne gefallen war.

Dann plötzlich – so plötzlich, daß Fenella und ihre Großmutter beide zusammenzuckten – dröhnte es hinter dem größten Wollschuppen, über dem eine Rauchfahne hing, wie ein lautes ›Mi-au!‹

»Das erste Signal!« sagte ihr Vater kurz, und in dem Augenblick sahen sie auch schon den Dampfer. Er lag am dunklen Pier, fest vertäut und über und über mit runden goldenen Lichtern bestickt, gerade, als wollte er viel lieber zu den Sternen hinauffahren statt übers kalte Meer. Die Leute drängten sich auf den Laufsteg. Zuerst ging die Großmutter hinauf, dann kam der Vater und hinter ihm Fenella. Aufs Deck hinunter mußte man einen großen Schritt machen, aber ein danebenstehender alter Matrose in einem Jersey streckte ihr seine trockne, harte Hand hin. Und nun waren sie da! Sie machten den vorbeihastenden Leuten Platz und stellten sich unter eine kleine Eisentreppe, die zum Oberdeck führte. Dort begannen sie sich zu verabschieden.

»Hier ist dein Gepäck, Mutter!« sagte Fenellas Vater und gab der Großmutter eine zweite zusammengeschnallte Wurst.

»Danke, Frank!«

»Hast du die Kabinenkarten gut verwahrt?«

»Ja, die habe ich!«

»Und eure Fahrkarten?«

Die Großmutter tastete in ihrem Handschuh nach ihnen und ließ ihn einen Zipfel sehen.

»Dann ist's gut!«

Es klang streng, doch Fenella, die ihn scharf beobachtete, fand, daß er müde und traurig aussähe. *Mi-au!* Das zweite Signal jaulte genau über ihren Köpfen, und eine Stimme – fast ein Aufschrei – brüllte: »Besucher von Bord!«

Fenella sah, wie ihres Vaters Lippen sagten: »Und bestelle Vater schöne Grüße von mir!« Und ihre Großmama antwortete ganz aufgeregt: »Natürlich, mein Junge! Aber geh jetzt! Sonst bleibst du an Bord! Geh jetzt, Frank, geh!«

»Laß nur, Mutter! Ich habe noch drei Minuten Zeit!« Sehr überrascht sah Fenella, daß ihr Vater den Hut abnahm. Er umarmte die Großmutter und drückte sie an sich. »Gott behüte dich, Mutter!« hörte sie ihn sagen.

Und Großmama legte ihm die Hand mit dem schwarzen Zwirnhandschuh, der über dem Ringfinger durchgewetzt war, auf die Wange und schluchzte: »Gott behüte dich, mein lieber, tapferer Junge!«

Das war so schrecklich für Fenella, daß sie ihnen den Rükken kehrte, ein paarmal schluckte und mit finsterem Stirnrunzeln zu einem kleinen grünen Stern auf einer Mastspitze aufblickte. Aber sie mußte sich wieder umdrehen, denn ihr Vater wollte gehen.

»Auf Wiedersehen, Fenella! Sei ein braves kleines Mädchen!« Sein feuchter, kühler Schnurrbart streifte ihre Wange. Doch sie packte seine Rockaufschläge.

»Wie lange muß ich wegbleiben?« flüsterte sie ängstlich. Er sah sie nicht an. Er schob sie sanft weg und antwortete sanft: »Wir werden's sehen! Komm, gib mal deine Hand her!« Er steckte ihr etwas in die Hand. »Da hast du einen Shilling – falls du mal etwas brauchst!«

Ein ganzer Shilling? Da mußte sie wohl für immer fort? »Vater!« schrie sie, aber er war schon weg. Er war der letzte, der von Bord ging. Die Matrosen stemmten ihre Schultern gegen den Laufsteg. Ein dickes Tau flog wie eine riesige Schlange durch die Luft und schlug – plumps! – auf den Pier. Eine Glocke bimmelte; eine Pfeife schrillte. Lautlos begann der dunkle Pier wegzugleiten, wegzuschlittern und von ihnen abzurücken. Dann strudelte Wasser zwischen ihnen auf. Fenella strengte sich mächtig an, etwas zu erkennen. »War das Vater, der sich eben umgedreht hat?« – Oder winkte er? Oder stand er allein – oder ging er, allein? Der Wasserstreifen wurde breiter und dunkler. Jetzt begann der Dampfer sich sachte zu drehen und mit dem Bug aufs Meer zu zeigen. Es hatte keinen Zweck, noch länger Ausschau zu halten. Nichts war zu sehen als ein paar Lichter und das Zifferblatt der Uhr auf dem Stadthaus, das in der Luft schwebte, und noch mehr Lichter, kleine Spritzer nur, auf den dunklen Hügeln.

Der auffrischende Wind zerrte an Fenellas Kleidern; sie ging zu ihrer Großmutter zurück. Wie erleichtert war sie, daß Großmama nicht länger traurig zu sein schien. Sie hatte die eine Gepäckwurst auf die andre gelegt und sich mit gefalteten Händen, den Kopf ein bißchen schief, obendrauf gesetzt. Ihr Gesicht zeigte einen gespannten, frohen Ausdruck. Dann sah Fenella, daß sie die Lippen bewegte, und sie erriet, daß sie betete. Doch die alte Frau nickte ihr fröhlich zu, wie um anzudeuten, daß ihr Gebet gleich zu Ende sei. Sie ließ die Hände sinken, seufzte, faltete sie wieder, beugte sich vor und gab sich schließlich einen kleinen Ruck.

»Und jetzt, mein Kind«, sagte sie und griff an die Schleife ihrer Haubenbänder, »müssen wir uns nach unsrer Kabine umsehen! Bleib dicht bei mir und paß auf, daß du nicht ausrutschst!«

»Ja, Großmama!«

»Und gib acht, daß sich der Schirm nicht im Treppengeländer verfängt! Auf der Herfahrt hab' ich mitangesehen, wie ein schöner Schirm auf die Art halb durchbrach!«

»Ja, Großmama!«

Dunkle Männergestalten lehnten sich an die Reling. Beim Aufglimmen ihrer Pfeife war bald eine Nase, bald der Schirm einer Mütze oder auch ein Paar erstaunter Augenbrauen zu sehen. Fenella blickte empor. Hoch in Lüften stand eine kleine Gestalt, hatte die Hände in die Taschen der kurzen Jacke gebohrt und starrte aufs Meer hinaus. Das Schiff schaukelte nur ganz, ganz sacht, und Fenella meinte, daß auch die Sterne schaukelten. Und jetzt trat ein bleicher Steward in einer Leinenjacke, der hoch oben auf seiner Handfläche ein Tablett balancierte, aus einer hellen Tür und streifte sie beide. Durch diese Tür gingen sie nun vorsichtig über die hohe, messingbeschlagene Schwelle auf die Gummimatte und dann eine so schrecklich steile Treppe hinunter, daß die Großmutter immer beide Füße auf jede Stufe aufsetzen mußte; Fenella aber klammerte sich an das feuchtkalte Messinggeländer und dachte gar nicht mehr an den Schirm mit dem Schwanenhals. Am Ende der Treppe blieb die Großmutter stehen; Fenella fürchtete fast, sie könne wieder zu beten anfangen. Aber nein, sie suchte nur die Kabinenkarten hervor. Sie waren jetzt im Salon. Hier war es blendend hell und erstickend heiß. Die Luft roch nach Farbe und verbrannten Rippchen und Gummi. Fenella wünschte, ihre Großmama würde weitergehen, aber die alte Frau ließ sich Zeit. Ihr Blick war auf einen riesigen Korb mit Schinkensandwiches gefallen. Sie ging darauf zu und berührte das oberste leicht mit dem Finger.

»Wieviel kosten sie?« fragte sie.

»Zwei Pence!« schrie ein grober Steward und warf Messer und Gabel vor sie hin.
Großmama konnte es kaum glauben.
»Zwei Pence für *eins*?« fragte sie.
»Stimmt«, sagte der Steward und zwinkerte seinen Kollegen zu.
Großmama machte ein spitzes, erstauntes Gesicht. Dann flüsterte sie Fenella hochmütig zu: »So eine Unverschämtheit!«
Sie segelten durch die andre Tür hinaus und einen Durchgang entlang, an dem sich zu beiden Seiten Kabinen befanden. Eine furchtbar nette Stewardeß kam auf sie zu. Sie war ganz in Blau gekleidet, und Kragen und Manschetten waren mit großen Messingknöpfen geschlossen. Sie schien Fenellas Großmutter gut zu kennen.
»So, Mrs. Crane, da wären Sie ja wieder bei uns«, sagte sie und klappte das Waschbecken herunter. »Es kommt nicht oft vor, daß Sie sich eine Kabine gönnen!«
»Das ist wahr«, sagte Großmama, »aber dank der Fürsorge meines lieben Sohnes kann ich diesmal . . .«
»Ich hoffe, daß . . .«, begann die Stewardeß, drehte sich um und überflog mit einem langen, traurigen Blick Großmamas tiefes Schwarz und Fenellas schwarzes Kostüm, die schwarze Bluse und den Hut mit der Krepprose.
Die Großmutter nickte. »Es war Gottes Wille«, sagte sie.
Die Stewardeß preßte die Lippen zusammen, aber nach einem tiefen Atemzug schien sie aus sich herauszugehen.
»Ich sage immer«, erklärte sie, als wäre es ihre eigene Entdeckung, »früher oder später muß jeder von uns hinüber, das ist nun mal Tatsache.« Sie überlegte. »Kann ich Ihnen irgend etwas bringen, Mrs. Crane? Eine Tasse Tee? Ich weiß ja, daß es keinen Zweck hat, Ihnen ein bißchen was Extras anzubieten, das die Kälte abhält.«
Die Großmutter schüttelte den Kopf. »Nein, danke! Wir haben ein paar Zwieback, und Fenella hat eine feine Banane!«
»Dann komm' ich später noch mal nachschauen«, sagte die Stewardeß und schloß die Tür.
Was für eine winzig kleine Kabine es war! Als wäre sie mit Großmama in eine Kiste eingesperrt, dachte Fenella. Das

dunkle runde Auge über dem Waschbecken blinkte sie trübe an. Fenella war es beklommen zumute. Sie stand an der Tür und umklammerte noch immer ihr Gepäck und den Schirm. Sollten sie sich hier drin ausziehen? Die Großmutter hatte schon ihren Kapotthut abgenommen, rollte die Bänder auf und befestigte jedes mit einer Nadel am Futter, ehe sie sie aufhängte. Ihr weißes Haar leuchtete wie Seide; der kleine Dutt im Nacken war mit einem schwarzen Netz bedeckt. Fenella hatte ihre Großmama kaum jemals mit bloßem Kopf gesehen; sie sah fremd aus.

»Ich werde mir den wollenen Kopfschal umbinden, den deine liebe Mutter mir gehäkelt hat«, sagte die Großmutter, schnallte die ›Wurst‹ auf, nahm den Kopfschal heraus und wand ihn sich um den Kopf; die grauen Bommeln tanzten über ihren Augenbrauen, als sie Fenella lieb und traurig zulächelte. Dann öffnete sie die Taille, und etwas darunter, und noch etwas darunter. Dann schien es einen kurzen, heftigen Kampf zu geben, und Großmama wurde ein bißchen rot. Schnipp-schnapp! Sie hatte ihr Korsett geöffnet! Mit einem Seufzer der Erleichterung setzte sie sich auf das Plüschsofa, zog langsam und sorgfältig die Stiefel mit den Gummieinsätzen aus und stellte sie nebeneinander hin. Bis Fenella Jacke und Rock ausgezogen und ihr Flanellnachthemd angelegt hatte, war die Großmutter schon fix und fertig.

»Muß ich meine Stiefel ausziehen, Großmama? Sie sind zum Schnüren!«

Die Großmutter dachte sehr ernsthaft darüber nach. Dann sagte sie: »Ohne sie wird's dir sehr viel wohler sein, Kind.« Sie küßte Fenella. »Vergiß nicht zu beten! Der liebe Gott ist uns auf dem Meer noch sehr viel näher, als wenn wir auf dem festen Land sind. Und weil ich eine Reisende mit Erfahrung bin«, fuhr sie munter fort, »nehme ich das Oberbett!«

»Aber Großmama, wie willst du bloß da raufkommen?« Fenella sah nichts als eine spinnenbeinige Leiter mit drei Sprossen. Die alte Frau stieß ein leises, kurzes Lachen aus, ehe sie behende hinaufkletterte, und dann spähte sie von der hohen Koje auf Fenella hinunter.

»Du hättest wohl nicht gedacht, daß deine Großmama so etwas kann, nicht wahr?« sagte sie. Und als sie sich zurücksinken ließ, hörte Fenella wieder das leise Lachen.

Die harte braune Seife wollte nicht schäumen, und das Wasser in der Glaskaraffe wackelte wie bläuliches Gallert. Und wie schwer sich die steifen Leintücher zurückschlagen ließen: man mußte sich förmlich dazwischenbohren! Wenn alles anders gewesen wäre, hätte Fenella vielleicht einen Lachkrampf bekommen ... Endlich war sie drin, und als sie laut atmend dalag, hörte sie es über sich lange und leise wispern – als ob jemand ganz, ganz behutsam mit Seidenpapier raschelte und etwas suchte. Es war Großmama, die betete ...

Eine lange Zeit verging. Dann kam die Stewardeß wieder herein. Sie trat leise auf und legte die Hand auf die Koje der Großmutter.

»Wir fahren gerade in die Meerenge ein«, sagte sie.

»Oh!«

»Es ist eine schöne Nacht, aber wir sind ziemlich oberlastig. Vielleicht wird das Schiff ein bißchen stampfen!«

Und tatsächlich wurde der Dampfer in diesem Augenblick hoch und immer höher gehoben und blieb gerade so lange in der Luft hängen, um sich ein bißchen zu schütteln, und dann sank er wieder hinab, und man konnte hören, wie die schweren Seen gegen die Schiffswände klatschten. Fenella erinnerte sich, daß sie den Schwanenhalsschirm auf dem kleinen Sofa stehengelassen hatte. Wenn er hinfiel, würde er dann zerbrechen? Aber auch die Großmutter hatte gleichzeitig daran gedacht.

»Würden Sie so gut sein, Stewardeß, und meinen Schirm hinlegen?« flüsterte sie.

»Gern, Mrs. Crane!« Dann kam sie wieder zu Großmama hinüber und flüsterte: »Ihre kleine Enkelin liegt im schönsten Schlaf!«

»Gott sei Lob und Dank!« sagte Großmama.

»Das arme, mutterlose Würmchen!« sagte die Stewardeß. Und während Großmama ihr alles berichtete, was geschehen war, schlief Fenella ein.

Aber sie hatte nicht lange genug geschlafen, um zu träumen,

als sie schon wieder aufwachte und in der Luft über ihrem Kopf etwas hin und her baumeln sah. Was war denn das? Was konnte es bloß sein? Es war ein kleiner grauer Fuß! Jetzt kam ein zweiter hinzu. Sie schienen umherzutasten; dann wurde ein Seufzer ausgestoßen.
»Ich bin wach, Großmama!« sagte Fenella.
»Ach, Kind, bin ich an der Leiter?« fragte die Großmutter. »Ich dachte, sie wäre hier, an diesem Ende?«
»Nein, Großmama, am andern Ende. Wart, ich stelle deinen Fuß drauf! Sind wir da?« fragte Fenella.
»Im Hafen«, sagte die Großmutter. »Wir müssen aufstehen, Kind! Du solltest lieber einen Zwieback essen, damit du etwas im Magen hast, bevor du aufstehst!«
Aber Fenella war schon aus ihrer Koje gehüpft. Die Lampe brannte noch, doch die Nacht war vorbei, und es war kalt. Als sie durch das runde Auge hinausspähte, konnte sie in der Ferne ein paar Felsen erkennen. Jetzt waren sie schaumbedeckt – jetzt schoß eine Möwe vorbei – und jetzt kam ein langer Streifen richtigen Landes.
»Land, Großmama!« rief Fenella so überrascht, als wären sie wochenlang miteinander auf dem Meer gewesen. Sie umschlang sich mit beiden Armen; sie stand auf einem Bein und rieb mit den Zehen des andern Fußes darüber; sie zitterte. Ach, es war alles so traurig gewesen in der letzten Zeit! Ob es jetzt anders würde? Aber ihre Großmama sagte nur: »Beeil dich, Kind! Die schöne Banane würde ich der Stewardeß hierlassen, da du sie nicht gegessen hast!« Und Fenella zog wieder ihre schwarzen Sachen an, und von einem ihrer Handschuhe sprang ein Knopf ab und rollte weg, wo sie ihn nicht erreichen konnte. Dann gingen sie an Deck.
War es schon in der Kabine kalt gewesen, dann war es an Deck eisig. Die Sonne war noch nicht aufgegangen, doch die Sterne waren trübe, und der Himmel hing bleich und kalt über dem bleichen, kalten Meer. Über dem Land waberte ein weißer Nebel auf und ab. Jetzt konnten sie ganz deutlich den dunklen Buschwald erkennen. Sogar die Umrisse der Schirmfarne zeichneten sich ab, und die seltsamen, silbrig verwitterten Bäume, die wie Skelette aussahen ... Jetzt konn-

te sie den Landesteg sehen, und ein paar kleine, ebenfalls bleiche Häuser, die sich aneinanderschmiegten wie Muscheln auf dem Deckel einer Schachtel. Die andern Fahrgäste stampften auf und ab, jedoch weniger munter als am Abend vorher, und sie blickten trübselig drein.

Und jetzt kam der Landesteg ihnen entgegen. Langsam schwamm er zum Dampfer, und ein Mann, der eine Taurolle hielt, kam ebenfalls, und ein Wagen mit einem Pferdchen, das den Kopf hängen ließ, und ein Mann, der auf dem Trittbrett saß, näherten sich auch.

»Da ist Mr. Penreddy, Fenella, der uns abholen kommt«, sagte die Großmutter. Sie schien sich zu freuen. Ihre wachsweißen Wangen waren blau vor Kälte, und ihr Kinn zitterte, und dauernd mußte sie sich die Augen und die kleine rote Nase wischen.

»Hast du meinen ...?«

»Ja, Großmama!« Und sie zeigte ihn ihr.

Das Tau kam durch die Luft geflogen, und ›peng!‹ klatschte es aufs Deck. Der Laufsteg wurde heruntergelassen. Wieder ging Fenella hinter ihrer Großmama hinunter auf den Landsteg und hinüber zu dem kleinen Wagen, und eine Minute später ruckelten sie schon von dannen. Die Hufe des kleinen Pferdchens trommelten über die Holzbohlen und sanken dann leise in den Sand der Straße. Keine Menschenseele war zu sehen – nicht einmal eine Rauchfahne. Der Nebel waberte auf und ab, und das Meer, das sich leise am Ufer überschlug, klang noch immer verschlafen.

»Gestern habe ich Mr. Crane gesehen«, berichtete Mr. Penreddy. »Hat ordentlich ausgesehen. Meine Alte hat ihm vorige Woche einen Schub Rosinenbrötchen gebacken.«

Und jetzt blieb das Pferdchen vor einem der ›Muschelhäuser‹ stehen. Sie stiegen aus. Fenella legte ihre Hand auf die Gartenpforte, und dicke, zitternde Tautropfen weichten die Fingerspitzen ihrer Handschuhe auf. Sie gingen einen kleinen, mit runden weißen Kieseln bestreuten Pfad entlang, der auf beiden Seiten von tauschweren, schlafenden Blüten besäumt war. Großmamas zarte weiße Federnelken waren so mit Tau angefüllt, daß sie am Boden lagen, aber ihr süßer

Duft war ein Teil des kalten Morgens. Die Markisen des kleinen Hauses waren heruntergelassen. Sie gingen die Verandatreppe hinauf. Ein Paar alte Schnürstiefel standen neben der Tür, und eine große rote Gießkanne auf der andern Seite.

»Je-je! Dein Großvater!« sagte die Großmutter kopfschüttelnd. Sie drückte auf die Klinke. Kein Laut. Sie rief: »Walter!« Und sofort antwortete eine tiefe, halb erstickt klingende Stimme: »Bist du's, Mary?«

»Warte, Kindchen!« sagte die Großmutter zu ihr. »Geh hier hinein!« Sie schob Fenella sanft in ein kleines, dämmeriges Wohnzimmer.

Vom Tisch erhob sich eine weiße Katze, die wie ein Kamel mit umgeknickten Füßen dagelegen hatte; sie streckte sich, gähnte und hüpfte dann auf die Pfötchen. Fenella vergrub ihre kalte Hand in dem warmen weißen Fell und lächelte schüchtern, während sie es streichelte und auf die sanfte Stimme ihrer Großmutter und das warme Gebrumm des Großvaters horchte.

Dann knarrte eine Tür.

»Komm her, liebes Kind!« Die alte Frau winkte ihr, und Fenella gehorchte. Auf der einen Seite eines riesengroßen Bettes lag er – ihr Großvater! Nur sein Kopf mit dem weißen Haarschopf und sein rosiges Gesicht und ein langer silberner Bart schauten aus der Steppdecke heraus. Er glich einem sehr alten, sehr munteren Vogel.

»Komm her, mein Kind!« sagte der Großvater. »Gib mir einen Kuß!« Fenella küßte ihn, und der Großvater sagte: »Puh! Ihr Näschen ist so kalt wie ein Knopf! Und was hat sie denn da in der Hand? Großmamas Schirm?«

Fenella lächelte und hängte den Schwanenhals über das Fußende vom Bett. Über dem Bett hing in einem tiefschwarzen Rahmen ein mit großen Buchstaben gemalter Spruch:

Verloren die goldene Stunde,
besetzt mit sechzig diamantnen Minuten!
Finderlohn wird nicht versprochen,
denn sie ist AUF EWIG VERLOREN!

»Das hat deine Großmama gemalt, sagte der Großvater. Und er fuhr sich durch seinen weißen Haarschopf und blickte Fenella dabei so vergnügt an, daß sie fast meinte, er zwinkere ihr zu.

Obwohl das Wetter strahlend schön war – der blaue Himmel goldbestäubt und große Lichtflecke wie Weißwein über die *Jardins Publiques* gespritzt –, war Miss Brill doch froh, daß sie sich für ihre Pelzboa entschieden hatte. Es war windstill, aber wenn man den Mund öffnete, spürte man ein leichtes Frösteln, wie man es spürt, ehe man an einem Glas Eiswasser nippt, und dann und wann kam ein Blatt angesegelt – von irgendwoher aus dem Himmel. Miss Brill hob die Hand und berührte ihre Boa. Das liebe kleine Tier! Wie schön, es wieder anzufühlen! Am Nachmittag hatte sie es aus der Schachtel genommen, hatte das Mottenpulver herausgeschüttelt, es tüchtig gebürstet und dann wieder Leben in die matten kleinen Augen gerieben. ›Was ist mir nur zugestoßen?‹ hatten die traurigen kleinen Augen gefragt. Oh, wie niedlich sie wieder von der roten Daunendecke zu ihr aufblitzten! ... Aber die Nase, die aus einem schwarzen Material bestand, war gar nicht mehr fest. Sie mußte irgendwann einen Stoß abbekommen haben. Einerlei! Wenn es nötig würde, genügte ein Kleckschen schwarzer Siegellack ... erst dann, wenn es unbedingt nötig war ... Der kleine Racker! Ja, sie empfand es wirklich so. Ein kleiner Racker, der sich in den Schwanz biß – dicht an ihrem linken Ohr. Am liebsten hätte sie ihn abgenommen, auf ihren Schoß gelegt und gestreichelt. In den Händen und Armen verspürte sie ein leichtes Kribbeln, aber das kam vermutlich vom Gehen. Und wenn sie atmete, schien sich etwas Leichtes und Trauriges – nein, nicht richtig Trauriges, etwas Sanftes in ihrer Brust zu regen. Am heutigen Nachmittag waren viele Leute im Freien, viel mehr als am letzten Sonntag. Und die Kapelle spielte lauter und fröhlicher. Das war, weil die Saison begonnen hatte. Denn obgleich die Kapelle an den Sonntagen das ganze Jahr über spielte, war es außerhalb der Saison nie dasselbe. Es war, wie wenn jemand nur für seine Familie als Zuhörerschaft spielte. Wenn keine Fremden da waren, war es der Kapelle gleichgültig, wie sie spielten. Und trug nicht auch der

Kapellmeister einen neuen Rock? Sie war überzeugt, daß er neu war. Er scharrte mit dem Fuß und schwenkte seine Arme genau wie ein Gockelhahn, bevor er kräht, und die Musikanten, die in der grünen Rotunde saßen, bließen die Bakken auf und starrten auf die Noten. Jetzt kam eine kleine Flötenpassage – sehr hübsch! Eine kleine Kette glänzender Tropfen. Sie war sicher, daß es wiederholt werden würde – und es wurde wiederholt! Sie hob den Kopf und lächelte.

Nur zwei Leute teilten ihren Lieblingsplatz mit ihr: ein schmucker alter Mann in einer Samtjacke, dessen Hände auf einem wuchtigen geschnitzten Spazierstock lagen, und eine dicke alte Frau, die sich gerade hielt und ein Strickzeug auf ihrer gestrickten Schürze liegen hatte. Sie sprachen nicht. Das war enttäuschend, denn Miss Brill freute sich immer auf eine Unterhaltung. Sie fand, daß sie es darin schon zu einer ziemlichen Fertigkeit gebracht hatte: zuzuhören, als höre sie nicht zu, und für eine kurze Minute in andrer Leute Leben zu sitzen, wenn um sie her gesprochen wurde.

Sie streifte das alte Paar mit einem Seitenblick. Vielleicht gingen sie sogar bald wieder. Auch der vorige Sonntag war nicht so interessant wie sonst oft gewesen. Da war's ein Engländer mit seiner Frau – er mit einem scheußlichen Panamahut und sie mit Knopfstiefeln! Und die ganze Zeit hatte sie darüber geredet, daß sie eine Brille haben müsse, daß sie wisse, sie brauche eine, daß es jedoch nicht sinnvoll wäre, eine zu kaufen, denn sie würde bestimmt zerbrechen und nie gut sitzen. Er schlug alles Mögliche vor: eine goldene Fassung, Bügel, die sich um die Ohren bogen, oder einen kleinen Belag unter dem Steg. Nein, nichts war ihr recht gewesen. »Sie wird mir doch bloß die Nase herunterrutschen!« Miss Brill hätte sie am liebsten geschüttelt.

Die alten Leute saßen so still wie Statuen auf der Bank. Einerlei, ihr blieb immer noch die Menschenmenge, die sie beobachten konnte. Hin und her, vor den Blumenbeeten und um die Rotunde wandelten sie in Paaren und Gruppen, blieben stehen, um zu plaudern, sich zu begrüßen oder eine Hand voll Blumen von einem alten Bettler zu kaufen, der seine Auslage am Gitter befestigt hatte. Kleine Kinder rann-

ten zwischen ihnen umher, jachterten und lachten; kleine Jungen hatten große weiße Seidenschleifen unter dem Kinn; kleine Mädchen waren wie französische Puppen in Samt und Spitzen herausstaffiert. Und manchmal kam ein winziger Knirps unter den Bäumen hervor ins Freie gewackelt, blieb stehen, staunte und plumpste genauso unvermittelt hin, bis seine kleine Mama auf hohen Absätzen und wie eine Glucke scheltend zu seiner Rettung angestürzt kam. Andere Leute saßen auf Bänken und grünen Stühlen, aber das waren Sonntag für Sonntag fast immer dieselben, und Miss Brill hatte oft bemerkt, daß fast allen etwas Komisches anhaftete. Sie waren wunderlich, schweigsam, fast alle alt, und nach der ganzen Art, wie sie vor sich hinstarrten, hätte man glauben können, sie kämen gerade aus dunklen kleinen Kammern – oder gar Kabuffs!
Hinter der Rotunde reckten sich schlanke Bäume mit niederhängenden gelben Blättern, und zwischen ihnen als feine Linie das Meer, und dahinter der blaue Himmel mit den goldgeäderten Wolken.
Tumm-tumm-tumm ta-ta-tumm! Ta-ta-tumm! Tumm-didel-dumm! blies die Kapelle.
Zwei junge Mädchen in Rot schlenderten vorbei, und zwei junge Soldaten stießen zu ihnen, und sie lachten und gingen paarweise Arm in Arm weiter. Zwei Bäuerinnen in komischen Strohhüten gingen ernst vorbei und führten zwei schöne rauchgraue Esel am Zaum. Eine schöne Dame kam einher und ließ ihren Veilchenstrauß fallen, und ein kleiner Junge rannte ihr nach, um sie ihr zu geben, und sie nahm sie und warf sie weg, als seien sie vergiftet. Lieber Himmel! Miss Brill wußte nicht, ob sie es bewundern sollte oder nicht. Und jetzt, genau vor ihr, begegneten sich eine Hermelintoque und ein Herr in Grau. Er war groß und steif und würdevoll, und sie trug die Hermelinkappe, die sie gekauft hatte, als ihr Haar noch blond war. Jetzt hatte alles – ihr Haar, ihr Gesicht und sogar ihre Augen – dieselbe Farbe wie der schäbige Hermelin, und die Hand in den gereinigten Handschuhen, die sie hob, um ihre Lippe zu betupfen, war eine winzige gelbliche Klaue. Oh, sie war so erfreut, ihn

zu sehen, geradezu entzückt! Sie hatte beinah angenommen, daß sie sich heute nachmittag begegnen würden. Sie erzählte, wo sie gewesen war, überall, hier und dort und am Meer. Ein so bezaubernder Tag – fand er nicht auch? Und würde er vielleicht . . .? Aber er schüttelte den Kopf, zündete sich eine Zigarette an, blies ihr langsam eine große Rauchwolke ins Gesicht und warf, während er noch sprach und lachte, das Zündholz weg und ging weiter! Die Hermelintoque war allein; sie lächelte strahlender denn je. Aber sogar die Kapelle schien zu wissen, wie ihr zumute war, und spielte weich, spielte zärtlich, und die Trommel hämmerte wieder und immer wieder: ›Der Lümmel! Der Lümmel!‹ Was würde sie jetzt tun? Was würde geschehen? Doch während Miss Brill sich noch Gedanken machte, drehte die Hermelintoque sich um, als hätte sie drüben jemand anderen gesehen, einen viel Netteren, und tippelte davon. Und die Kapelle spielte wieder anders, spielte schneller, spielte fröhlicher denn je, und das alte Paar auf Miss Brills Bank stand auf und zog ab, und ein sehr ulkiger alter Mann mit einem langen Bakkenbart humpelte im Takt zur Musik vorbei und wäre beinah von vier Arm in Arm gehenden Mädchen über den Haufen gerannt worden.

Oh, wie interessant es war! Wie sie es genoß! Wie sie es liebte, hier zu sitzen und alles zu beobachten! Es war wie im Theater, genau wie eine Theatervorstellung. Wer konnte es glauben, daß der Himmel dort hinten nicht ein gemalter Hintergrund war? Doch erst, als ein kleiner brauner Hund ehrpusselig einhergetrabt kam und dann langsam wegtrapste wie ein Theaterhündchen, ein Hündchen, das ein Spritze bekommen hatte – erst da fand Miss Brill heraus, warum alles so aufregend war. Es kam daher, weil *sie alle* auf der Bühne waren. Sie waren nicht nur Publikum und schauten nicht nur zu, sondern sie spielten mit! Auch sie hatte ihre Rolle und kam jeden Sonntag. Bestimmt wäre es jemandem aufgefallen, wenn sie einmal nicht hier gessessen hätte: sie gehörte schließlich auch zur Vorstellung! Wie merkwürdig, daß sie es niemals so betrachtet hatte! Und doch erklärte es, weshalb sie darauf bedacht war, jede Woche zur genau gleichen Zeit von zu Hause aufzubrechen: um ihren Auftritt nicht zu verpassen! Und es erklärte auch, weshalb sie eine wunderliche Scheu empfand, ihren Englisch-Schülern zu erzählen, wie sie ihre Sonntagnachmittage verlebte. Kein Wunder! Miss Brill hätte beinah laut aufgelacht. Sie gehörte auf die Bühne! Sie dachte an den kränklichen alten Herrn, dem sie an vier Nachmittagen der Woche aus der Zeitung vorlas, während er im Garten sein Nickerchen hielt. Sie hatte sich ganz an den gebrechlichen Kopf auf dem Baumwollkissen gewöhnt, an die tiefliegenden Augen, den offenen Mund und die scharf hervortretende, schmale Nase. Wäre er tot gewesen, hätte sie es vielleicht wochenlang nicht gemerkt – es wäre ihr gar nicht aufgefallen! Doch plötzlich erfuhr er, daß ihm die Zeitung von einer Schauspielerin vorgelesen wurde! »Von einer Schauspielerin?« Der alte Kopf hob sich; in den alten Augen glommen zwei Lichtfunken auf. »Sie? Eine Schauspielerin?« Und Miss Brill glättete die Zeitung, als wäre sie ihr Rollenheft, und erwiderte sanft: »Ja, ich war lange Zeit Schauspielerin!«

Die Musikkapelle hatte eine Pause gehabt. Jetzt begannen sie wieder. Und was sie spielten, war warm und sonnig, und doch klang ein leichtes Erschauern mit, irgendein – was war es nur? – etwa Traurigkeit? Nein, nicht Traurigkeit, sondern etwas, was zum Singen anregte. Die Melodie schwang sich auf, hoch hinauf, und das Licht glänzte; Miss Brill glaubte, im nächsten Augenblick würden alle, die ganze Gesellschaft, zu singen anfangen. Die Jungen, die Lachenden, die zusammen umhergingen, würden anfangen, und dann würden die Männer entschlossen und kräftig mit ihren Stimmen einsetzen. Und dann auch sie, auch sie, und die andern auf all den Bänken würden einfallen, eine Art Begleitung anstimmen – etwas Leises, das kaum anstieg oder sank, etwas so Schönes, Ergreifendes ... Und Miss Brills Augen füllten sich mit Tränen, und lächelnd blickte sie auf all die Mitglieder ihrer Truppe. Ja, wir verstehen, wir verstehen, dachte sie – doch was sie verstanden, das wußte sie nicht.

Gerade in diesem Augenblick kamen ein junger Mann und ein junges Mädchen und setzten sich dorthin, wo das alte

Paar gesessen hatte. Sie waren wundervoll angezogen, und sie waren verliebt. Natürlich! Held und Heldin, soeben von ihrer Jacht eingetroffen! Und Miss Brill – noch immer lautlos singend, noch immer mit dem zitternden Lächeln – war bereit zu lauschen.

»Nein, nicht jetzt«, sagte das Mädchen. »Nicht hier! Ich kann nicht!«

»Aber warum nicht? Wegen der dummen Alten auf der andern Ecke? Warum kommt die überhaupt her? Wer will sie? Warum läßt sie ihre dumme alte Fratze nicht zu Hause?«

»Ihr Pelz ist so ko-komisch«, kicherte das Mädchen. Er sieht genauso aus wie'n gebratener Weißfisch!«

»Ach, hör schon auf damit!« flüsterte er ärgerlich. Dann: »Aber sag mir, *ma petite chère ...*«

»Nein, nicht hier«, sagte das Mädchen. »*Noch* nicht!«

Auf dem Heimweg kaufte sich Miss Brill meistens eine Scheibe Honigkuchen beim Bäcker. Es war der sonntägliche Lekkerbissen. Manchmal war eine Mandel in ihrem Stück, und manchmal auch nicht. Das spielte eine besondere Rolle. Wenn eine Mandel drin war, dann war es, als trüge man ein kleines Geschenk heim, eine Überraschung, etwas, das ebensogut nicht hätte dabeisein können. An den Mandelsonntagen beeilte sie sich und zündete das Streichholz für den Teekessel geradezu mit Schwung an.

Doch heute ging sie am Bäckerladen vorbei, erklomm die Treppe, betrat das kleine dunkle Zimmerchen – ihr Kabuff – und setzte sich auf die rote Steppdecke. Lange saß sie dort. Die Schachtel, aus der die Pelzboa gekommen war, stand am Fußende. Schnell öffnete sie die Schließe; schnell, ohne hinzusehen, legte sie den Pelz hinein. Aber als sie den Deckel drüberstülpte, glaubte sie, etwas weinen zu hören.

Ihr erster Ball

Leila hätte nur schwer sagen können, wann genau der Ball begann. Vielleicht war ihr erster Partner schon die Droschke gewesen. Es hatte nichts zu bedeuten, daß sie die Droschke mit den Sheridan-Mädchen und deren Bruder teilte. Sie lehnte sich in ihr eigenes kleines Eckchen, und das Armpolster, auf dem ihre Hand lag, fühlte sich wie der Frackärmel eines unbekannten jungen Mannes an – und sie flogen dahin, an walzenden Laternenpfählen und Häusern und Zäunen und Bäumen vorbei.

»Bist du wirklich noch nie auf einem Ball gewesen, Leila? Aber Kind, das ist ja wahnsinnig ulkig!« riefen die Sheridan-Mädchen.

»Unser nächster Nachbar wohnt fünfzehn Meilen weit weg«, sagte Leila leise, und behutsam öffnete und schloß sie ihren Fächer.

O je, wie schwer es war, so gleichgültig wie die andern zu tun! Sie bemühte sich, nicht zu sehr zu lächeln, und sie bemühte sich, sich nicht so aufzuregen. Und doch war einfach alles so neu und aufregend: Megs Tuberosen, Joses lange Bernsteinkette, Lauras dunkles Köpfchen, das sich aus ihrem weißen Pelz wie eine Blume aus dem Schnee reckte. Sie würde es nie vergessen! Es gab ihr sogar einen Stich, als ihr Cousin Laurie die Blättchen Seidenpapier wegwarf, nachdem er sie von den Knöpfen seiner neuen Handschuhe entfernt hatte. Sie hätte die Papierblättchen gern als Andenken behalten, zur Erinnerung. Laurie beugte sich vor und legte Laura die Hand aufs Knie.

»Hör mal, Schwesterchen«, sagte er. »Den Dritten und den Neunten, wie immer – kapiert?«

Oh, wie wundervoll, einen Bruder zu haben! In ihrer Aufregung meinte Leila, daß sie, wenn sie Zeit gehabt hätte und wenn es nicht so unmöglich gewesen wäre, unweigerlich hätte losheulen müssen, weil sie ein einziges Kind war und keinen Bruder hatte, der ›kapiert?‹ zu ihr sagte, und keine Schwester, die sagen würde – wie Meg jetzt eben zu Jose:

»Noch nie war dein Haar so schwungvoll aufwärts frisiert wie heute abend!«
Aber natürlich war keine Zeit für so etwas. Sie waren schon bei der Turnhalle. Vor ihnen waren Wagen, und hinter ihnen waren Wagen. Auf beiden Seiten war die Straße von einem weiterziehenden, fächerartigen Lichterspiel erhellt, und auf dem Bürgersteig schienen fröhliche Paare förmlich durch die Luft zu schweben, und kleine Atlasschuhe jagten einander wie Vögel.
»Halt dich an mir fest, Leila«, sagte Laura, »sonst verlieren wir dich!«
»Los, los, Kinder, wollen uns hineinstürzen!« sagte Laurie. Leila legte zwei Finger auf Lauras rosa Samtumhang, und irgendwie wurden sie an dem großen goldenen Kandelaber vorbeigeschoben, den Korridor entlanggeschwemmt und in das kleine Zimmer mit dem Schild DAMEN getragen. Hier war das Gedränge so groß, daß sie kaum Platz hatten, ihre Überkleider abzulegen; der Lärm war ohrenbetäubend. Die beiden Bänke zu beiden Seiten waren überhäuft mit Umhängen. Zwei alte Frauen in weißen Schürzen liefen hin und her, um immer noch einen neuen Armvoll draufzuwerfen. Und jeder drängte weiter, um an den kleinen Frisiertisch und den Spiegel am andern Ende zu gelangen.
Eine große zitternde Gasflamme beleuchtete die Damengarderobe. Auch die konnte nicht warten, auch die tanzte bereits. Als die Tür wieder aufflog, und aus der Halle das Stimmen der Instrumente herdrang, hüpfte die Flamme fast bis zur Decke hinauf.
Dunkelhaarige Mädchen und blonde Mädchen zupften an ihren Frisuren, banden Schleifen neu, steckten sich Taschentüchlein in den Kleiderausschnitt und strichen marmorweiße Handschuhe glatt. Und weil sie alle lachten, kamen sie Leila alle wunderschön vor.
»Sind nicht irgendwo unsichtbare Haarnadeln?« rief eine Stimme. »Ist ja erstaunlich! Ich kann keine einzige unsichtbare Haarnadel sehen!«
»Bitte, pudere meinen Rücken, sei so lieb!« rief eine andre.
»Aber ich muß unbedingt Nadel und Faden haben!« jam-

merte eine dritte. »Ich hab' mir ein meilenlanges Ende von meinem Volant abgerissen!«
Dann hieß es: »Weitergeben! Weitergeben!« Das Körbchen mit den Tanzkarten ging von Hand zu Hand. Süße, kleine, rosasilberne Tanzkarten mit rosa Bleistift und flauschigen Quasten. Leilas Finger zitterten, als sie eine aus dem Körbchen nahm. Am liebsten hätte sie jemand gefragt: ›Ist eine davon für mich bestimmt?‹, aber sie hatte nur Zeit, um zu lesen: 3. Walzer: ›Ich und du im Kanu‹, 4. Polka: ›Daß die Federn fliegen!‹, da rief Meg schon: »Fertig, Leila?«, und sie zwängten sich durch das Gedränge im Korridor zu den großen Flügeltüren des Saals.
Es wurde noch nicht getanzt, aber die Kapelle hatte mit dem Stimmen aufgehört, und das allgemeine Stimmengewirr war so stark, daß man glauben konnte, man würde die Musik überhaupt nicht hören, wenn sie einmal anfinge. Leila hielt sich dicht an Meg, blickte ihr über die Schulter und dachte, daß sogar die flatternden bunten Wimpel, die quer über den Saal gespannt waren, miteinander schwatzten. Sie vergaß ganz, scheu zu sein, und dann fiel ihr ein, wie sie sich zu Hause beim Ankleiden aufs Bett gesetzt hatte, mit nur einem Schuh an, und ihre Mutter angefleht hatte, die Kusinen anzurufen und zu sagen, sie könne nun doch nicht mitkommen. Und vergessen war der glühende Wunsch, auf der Veranda ihres einsamen Landhauses zu sitzen und den Eulenbabies zuzuhören, wenn sie im Mondschein ›Horch, horch!‹ riefen – vergessen und umgewandelt in einen so glühenden Überschwang von Freude, daß es allein kaum zu ertragen war. Sie umklammerte ihren Fächer, und während sie auf die schimmernde, goldene Tanzfläche blickte und auf die Azaleen und Laternen, auf das Podium mit dem roten Teppich und den vergoldeten Stühlen am Ende des Saals und auf die Kapelle in einer Ecke, dachte sie: ›Wie himmlisch! Einfach himmlisch!‹ Die Mädchen standen alle in einer Gruppe links von den Flügeltüren, die Herren rechts davon, und die Anstandswauwaus in ihren dunklen Kleidern gingen töricht lächelnd mit kleinen, zaghaften Schrittchen über den gebohnerten Boden und zum Podium.

»Das hier ist Leila, meine kleine Kusine vom Land. Sei nett zu ihr! Besorge ihr Tänzer! Sie steht unter meinen Fittichen!« sagte Meg und stellte sie einem Mädchen nach dem andern vor.

Fremde Gesichter lächelten Leila an – liebenswürdig und gedankenlos. Fremde Stimmen antworteten: »Natürlich, gerne!« Aber Leila kam es so vor, als sähen die Mädchen sie gar nicht. Sie blickten alle zu den Herren hinüber. Warum setzten die Herren sich nicht in Bewegung? Worauf warteten sie? Sie standen da drüben herum, zogen ihre Handschuhe glatt, betupften ihr glänzendes Haar und lächelten untereinander. Dann plötzlich, als wäre ihnen soeben in den Sinn gekommen, was sie längst hätten tun sollen, glitten sie übers Parkett heran. Auf der Mädchenseite entstand ein fröhliches Geflatter. Ein großer blonder Herr eilte auf Meg zu, griff nach ihrer Tanzkarte und kritzelte etwas hinein; Meg reichte ihn an Leila weiter. »Darf ich um das Vergnügen bitten?« Er dienerte und lächelte. Ein dunkelhaariger Mann mit einem Monokel kam, dann Leilas Cousin Laurie mit einem Freund und Laura mit einem sommersprossigen jungen Bürschlein, dessen weiße Halsbinde verrutscht war. Dann erschien ein ziemlich alter Herr, ein dicker, mit einer großen kahlen Stelle auf dem Kopf, nahm ihre Tanzkarte und murmelte: »Woll'n mal nachsehen! Woll'n mal nachsehen!« Und er brauchte eine Ewigkeit, um seine Karte, die schon schwarz von all den Namen war, mit der ihren zu vergleichen. Es schien ihm so viel Mühe zu machen, daß Leila ganz beschämt war. »Oh, lassen Sie doch!« sagte sie hilfsbereit. Aber statt einer Antwort trug der Herr sich ein und sah dann zu ihr auf. »Erkenne ich's, das strahlende Gesichtchen?« sagte er weich. »Ist's mir von einstens nicht bekannt?« Im gleichen Augenblick setzte die Kapelle ein, und der dicke Herr war weg. Er wurde von einer großen Woge Musik fortgespült, die über das schimmernde Parkett flutete und die Gruppen in Paare aufspaltete und sie zerstreute und herumkreiselte.

Leila hatte im Schulheim tanzen gelernt. Jeden Samstagnachmittag wurden die Heimschülerinnen in den kleinen, mit

Wellblech gedeckten Missionssaal geführt, wo Miss Eccles (aus London, bitte!) ihren ›exklusiven‹ Tanzunterricht erteilte. Doch der Unterschied zwischen dem verstaubt riechenden Missionssaal – wo Bibelsprüche an den Wänden hingen und ein verängstigtes, armes Weiblein in brauner Samttoque mit Kaninchenohren das eiskalte Klavier bearbeitete und Miss Eccles mit ihrem langen weißen Zeigestock gegen die Mädchenfüße stieß – und dem Saal hier war so ungeheuer, daß Leila glaubte, sie würde mindestens sterben oder ohnmächtig werden oder die Arme heben und durch eins der dunklen Fenster vor dem Sternhimmel fliegen, falls ihr Tanzpartner nicht käme und sie ganz allein die wundervolle Musik anhören und den andern Mädchen zuschauen müßte, die über den goldenen Fußboden schwebten und glitten.

»Ich glaube, das ist unser Tanz . . .« Jemand verbeugte sich, lächelte und bot ihr seinen Arm: sie brauchte also nicht zu sterben! Eine Hand hielt ihre Taille, und sie schwebte von dannen wie eine Blüte, die in einen Teich geworfen wurde.

»Ganz nette Tanzfläche, nicht?« näselte eine leise Stimme nah an ihrem Ohr.

»Wundervoll glitschig«, sagte Leila.

»Wie bitte?« Die leise Stimme war anscheinend überrascht. Leila wiederholte es, und eine kleine Pause entstand, ehe die Stimme bestätigte: »Hm, ja«, und sie wieder herumgeschwungen wurde.

Er konnte großartig führen. Das war der große Unterschied, wenn man mit Herren tanzte, dachte Leila. Mädchen stießen immer gegen andre, oder sie traten einander auf die Füße, und das Mädchen, das als Herr tanzte, packte einen viel zu fest.

Die Azaleen waren nicht länger einzelne Blüten: sie waren zu rosa und weißen Flaggen geworden, die an einem vorbeiströmten.

»Waren Sie vorige Woche bei den Bells?« fragte die Stimme wieder. Sie klang müde. Leila überlegte, ob sie ihm anbieten solle, lieber aufzuhören.

»Nein – das ist hier mein erster Ball«, sagte sie.

Ihr Partner stieß ein unterdrücktes kleines Lachen aus. »Nein, so etwas!« protestierte er.
»Doch, es ist wirklich der erste Ball, den ich jemals mitgemacht habe!« beteuerte Leila eifrig. Sie empfand es wie eine Erlösung, es jemand erzählen zu können. »Ich habe nämlich bis jetzt mein ganzes Leben auf dem Lande gewohnt . . .«
Die Musik brach ab, und sie setzten sich auf zwei Stühle an der Wand. Leila zog ihre rosa Atlasschuhe unter den Sitz und fächelte sich, während sie glückselig den andern Paaren nachsah, die vorbeigingen oder zwischen den Flügeltüren verschwanden.
»Gefällt es dir, Leila?« fragte Jose und nickte Leila mit ihrem goldblonden Kopf zu.
Auch Laura kam vorbei und zwinkerte ihr ein ganz klein wenig zu, so daß Leila sich einen Augenblick fragte, ob sie schon richtig erwachsen sei. Ihr Tanzpartner sagte bestimmt nicht viel. Er hustete, steckte sein Taschentuch weg, zog an seiner Weste und nahm ein winziges Fädchen von seinem Ärmel. Aber es machte nichts. Die Musik setzte fast sofort wieder ein, und ihr nächster Partner schien geradezu vom Himmel gefallen zu sein.
»Ganz nette Tanzfläche, nicht?« sagte die neue Stimme. Fingen sie immer mit dem Fußboden an? Und schon ging es weiter: »Waren Sie am Dienstag bei den Neaves?« Und wieder erklärte es Leila. Vielleicht war es ein bißchen seltsam, daß ihre Partner es nicht interessant fanden. Denn es war doch so aufregend! Ihr erster Ball! Sie stand erst am Anfang von allem, was folgen würde. Ihr kam es so vor, als hätte sie nie gewußt, wie die Nacht eigentlich war. Bis jetzt war sie dunkel und stumm gewesen, oft sehr schön, o ja, aber auch etwas traurig. Feierlich. So würde die Nacht nie wieder sein: sie hatte sich in ihrer strahlenden Helle gezeigt.
»Möchten Sie ein Eis?« fragte ihr Partner. Sie gingen durch die Drehtüren, den Korridor entlang und zum Buffet. Ihre Wangen glühten; sie war furchtbar durstig. Wie reizend das Eis auf den kleinen Glastellern aussah, und wie kalt der angelaufene Löffel aussah – wie geeist! Und als sie in den Tanzsaal zurückkehrten, stand der dicke Mann an der Tür

und wartete schon auf sie. Es gab ihr einen richtigen Schock, als sie wieder sah, wie alt er war. Er hätte bei den Vätern und Müttern auf dem Podium sitzen sollen. Als Leila ihn mit ihren andern Tanzpartnern verglich, sah er geradezu schäbig aus. Seine Weste war zerknüllt, an seinem Handschuh fehlte ein Knopf, und sein Frack sah wie von Talkpuder bestäubt aus.

»Kommen Sie, kleine Dame!« sagte der Dicke. Er bemühte sich kaum, sie festzuhalten, und sie bewegten sich so traumhaft, es war eher ein Gehen als ein Tanzen. Doch vom Fußboden sagte er kein Wort. »Ihr erster Ball, nicht wahr?« murmelte er.

»Woher wissen Sie das?«

»Ach«, sagte der Dicke, »das kommt davon, wenn man alt ist.« Er schnaufte ein bißchen, als er sie an einem ungeschickten Paar vorbeisteuerte. »So etwas wie das hier habe ich nämlich schon seit dreißig Jahren getan.«

»Seit dreißig Jahren?« rief Leila. Das war zwölf Jahre, bevor sie geboren war!

»Ein fast unerträglicher Gedanke, nicht wahr?« meinte der dicke Mann düster. Leila blickte auf seinen kahlen Kopf, und sie empfand aufrichtiges Mitleid.

»Ich finde es bewundernswert, daß Sie immer noch auf der Höhe sind!« sagte sie freundlich.

»Sehr gütig, kleine Dame«, erwiderte er, drückte sie etwas fester an sich und summte einen Walzertakt mit. »Sie allerdings«, fuhr er fort, »dürfen nicht erwarten, daß Sie auch nur halbwegs so lange durchhalten! Nein, schon lange vorher werden Sie in Ihrem guten Schwarzsamtenen da oben auf dem Podium sitzen und zuschauen. Ihre schönen Arme werden sich in kurze, dicke Arme verwandelt haben, und wenn Sie den Takt mitschlagen, dann mit einem ganz andern Fächer: mit einem aus schwarzem Ebenholz!« Er schien zu erschauern. »Und Sie werden andauernd lächeln, wie die armen, guten Seelen da oben, und auf Ihre Tochter deuten und der ältlichen Dame neben Ihnen erzählen, daß ein abscheulicher Mann auf dem Klubball sie küssen wollte. Und Ihnen wird ganz weh ums Herz, ganz weh« — der dicke Mann

drückte sie noch fester an sich, als bemitleide er das arme Herz –, »weil jetzt niemand mehr Sie küssen will. Und Sie werden sagen, wie unangenehm es sich auf den gebohnerten Böden gehen läßt, und wie gefährlich sie sind. Stimmt's, Mademoiselle Leichtfuß?« fragte er weich.
Leila lachte ein bißchen, aber es war ihr gar nicht nach Lachen zumute. War das, was er da sagte, wahr? Konnte es wahr sein? Es klang schrecklich wahr. War also ihr erster Ball im Grunde nur der Anfang zu ihrem letzten Ball? Auf einmal schien die Musik anders zu klingen – sie klang traurig, sehr traurig, sie schien zu einem großen Seufzer anzusetzen. Oh, wie schnell sich alles ändern konnte! Warum dauerte das Glück nicht ewig? Ewig war durchaus nicht zu lange.
»Ich möchte aufhören!« sagte sie mit erstickter Stimme. Der dicke Mann führte sie an die Tür.
»Nein«, sagte sie, »ich will nicht hinausgehen. Ich will mich auch nicht setzen. Ich möchte einfach hier stehen, danke!« Sie lehnte sich an die Wand, stampfte mit dem Fuß auf, zog die Handschuhe hoch und versuchte zu lächeln. Doch im innersten Herzen warf sich ein kleines Mädchen die Schürze über den Kopf und weinte jämmerlich. Weshalb hatte er alles verdorben?
»Aber hören Sie mal, kleine Dame«, sagte der dicke Mann, »Sie müssen mich doch nicht ernstnehmen!«
»Tu ich ja gar nicht!« erwiderte Leila, warf ihr dunkles Köpfchen auf und nagte an ihrer Unterlippe ...
Wieder promenierten die Paare an ihr vorbei. Die Drehtüren flogen auf und zu. Jetzt verteilte der Kapellmeister neue Noten. Aber Leila mochte nicht mehr tanzen. Sie sehnte sich, zu Hause zu sein und auf der Veranda zu sitzen und den Eulenbabies zuzuhören. Als sie durch die dunklen Fenster zu den Sternen aufblickte, hatten sie lange Strahlen – wie Flügel ...
Aber dann begann eine sanfte, schmelzende, betörende Melodie, und ein junger Mann mit krausem Haar verbeugte sich vor ihr. Aus Höflichkeit würde sie tanzen müssen, wenigstens, bis sie Meg fand.

Sehr steif ging sie bis in die Saalmitte; sehr hochmütig legte sie ihre Hand auf seinen Ärmel. Aber schon nach einer Minute, nach einer Drehung, schwebten ihre Füße nur so dahin. Die Lichter, die Azaleen, die Kleider, die rosigen Gesichter, die Samtsessel – alles wurde zu einem einzigen, herrlich kreiselnden Rad. Und als ihr nächster Tanzpartner mit ihr gegen den dicken Mann stieß, der daraufhin »Pardon!« sagte, lächelte sie strahlender denn je zu ihm hinüber. Sie erkannte ihn nicht einmal.

Die Singstunde

Voller Verzweiflung – voll grimmiger, kalter Verzweiflung, die sie wie ein niederträchtiges Messer tief im Herzen vergraben hatte, ging Miss Meadows in Barett und Talar, in der Hand einen kleinen Stab, durch die kalten Korridore, die zum Musiksaal führten. Mädchen aller Altersstufen hasteten, hüpften und liefen an ihr vorbei, Mädchen mit von der Luft geröteten Wangen, übersprudelnd von der fröhlichen Erregung, die das rasche Zurschulegehen an einem schönen Herbstmorgen verursacht; aus den hallenden Klassenzimmern drang ein lärmendes Stimmengeschnatter; eine Klingel schrillte; eine Stimme piepste wie ein Vogel: »Muriel!« Und dann kam von der Treppe her ein fürchterliches Gepolter: ›Bum-bum-bum-bum!‹ Jemand hatte eine Hantel fallen lassen.

Die Naturgeschichtslehrerin vertrat Miss Meadows den Weg. »Gu-ten Morgen!« rief sie mit ihrer süßlich näselnden, gezierten Stimme. »Wie kalt es ist, nicht wahr? Wie im Winter!«

Miss Meadows, das Messer im Herzen, starrte die Naturgeschichtslehrerin voller Abscheu an. Alles an ihr war süßlich und blaß – wie Honig! Man wäre nicht verwundert gewesen, hätte man eine Biene gesehen, die sich in dem Gewirr honiggelber Haare verfangen hatte.

»Ja, etwas frisch«, antwortete Miss Meadows unnachgiebig. Die andere Lehrerin lächelte ihr zuckersüßes Lächeln.

»Sie sehen ver-froren aus!« sagte sie. Ihre blauen Augen wurden größer, und spöttische Funken blitzten in ihnen auf. (›Hatte sie etwas gemerkt?‹)

»Ach, so schlimm ist es auch wieder nicht«, sagte Miss Meadows, bedachte die andere, zum Dank für ihr Lächeln, mit einer kleinen Grimasse und ging rasch weiter ...

Im Musiksaal waren die vierte, die fünfte und die sechste Klasse versammelt. Der Lärm war ohrenbetäubend. Auf dem Podium neben dem Flügel stand Mary Beazley, Miss Meadows Lieblingsschülerin, die immer die Begleitung spielte.

Sie drehte den Klavierhocker höher. Als sie Miss Meadows sah, rief sie laut und warnend: »Ru-he! Scht!«, und Miss Meadows, die Hände in den Talarärmeln, den Taktstock unter den Arm geklemmt, schritt durch den Mittelgang, stieg die Stufen hinauf, drehte sich heftig um, packte den Messingnotenständer, pflanzte ihn vor sich auf und klopfte, Ruhe heischend, zweimal kräftig mit dem Stöckchen auf.
»Ruhe bitte! Sofort!«, und ohne jemand ins Auge zu fassen, glitt ihr Blick über das Meer bunter Flanellblusen, die auf- und abhüpfenden rosigen Gesichter und Hände, das Geflatter der Schmetterlingshaarschleifen und die geöffneten Notenhefte. Sie wußte genau, was sie alle dachten: ›Meady ist heut in Fahrt!‹ Mochten sie! Ihre Augenlider zitterten, und sie warf trotzig den Kopf in den Nacken. Was konnten die Gedanken dieser Kinder jemandem bedeuten, der mit blutendem Herzen dastand, zu Tode getroffen, mitten ins Herz getroffen von so einem Brief: › . . . ich spüre immer mehr, daß unsre Heirat ein Irrtum wäre! Nicht etwa, daß ich dich nicht liebe – ich liebe dich, so sehr es mir überhaupt möglich ist, eine Frau zu lieben –, aber offen gestanden bin ich zu der Überzeugung gekommen, daß ich nicht zum Ehemann tauge, und der Gedanke, mich zu binden, erfüllt mich mit nichts als –‹, das Wort ›Widerwillen‹ war flüchtig ausradiert, und ›Reue‹ war drübergeschrieben.
Basil! Miss Meadows ging steifbeinig zum Flügel hinüber. Und Mary Beazley, die auf diesen Moment gewartet hatte, beugte sich vor. Die Locken fielen ihr über die Wangen, während sie »Guten Morgen, Miss Meadows!« flüsterte und ihrer Lehrerin eine wunderschöne gelbe Chrysantheme nicht gerade überreichte, sondern eher darauf hinwies. Das kleine Blumenritual war schon ewig lange ausgeübt worden – fast seit anderthalb Semestern. Es gehörte ebenso zur Unterrichtsstunde wie das Öffnen des Flügels. Doch heute – statt die Blume zu nehmen, sie sich in den Gürtel zu stecken und Mary zuzuflüstern: ›Danke, Mary! Wie reizend! Schlage Seite zweiunddreißig auf!‹ – heute übersah Miss Meadows zu Marys Entsetzen die Chrysantheme absichtlich und grüßte auch nicht, sondern sagte nur mit eisiger Stimme: »Bitte Sei-

te vierzehn, und achte auf die Akzentzeichen!« Es war ein erschütternder Augenblick! Mary wurde rot, und die Tränen schossen ihr in die Augen, Miss Meadows aber war zum Notenpult zurückgegangen, und ihre Stimme schallte durch den Musiksaal.

»Seite vierzehn. Wir fangen mit Seite vierzehn an. ›Eine Klage‹. Ihr solltet es jetzt schon gut können. Wir wollen es einmal durchgehen – alle zusammen, noch nicht mehrstimmig. Und ohne Ausdruck. Also ganz schlicht, und mit der Linken den Takt angebend.« Sie hob den Taktstock; sie schlug ihn zweimal gegen das Notenpult. Schon sanken Marys Hände nieder, um den ersten Akkord anzuschlagen, schon sanken all die linken Hände, den Takt angebend, nieder, und nun fielen die jungen, klagenden Stimmen ein:

Rasch wie die Rosen vergehn unsre Freuden,
Bald weicht der Herbst vor des Winters Macht.
Traurig, ach traurig, wenn Herzen sich scheiden,
Fröhliche Klänge versinken in Nacht.

Großer Gott, was konnte tragischer sein als dieses Klagelied! Jede Note war ein Seufzen, ein Schluchzen, ein Aufstöhnen in furchtbarer Traurigkeit. Miss Meadows hob die Arme in dem weiten Talar und begann mit beiden Händen zu dirigieren. ›. . . ich spüre immer mehr, daß unsre Heirat ein Irrtum wäre . . .‹, sagten ihre Hände. Und die Stimmen jammerten: *traurig, ach traurig!* Was konnte nur in ihn gefahren sein, so einen Brief zu schreiben? Was konnte den Anstoß gegeben haben? Nichts! Er kam aus heiterem Himmel. Sein letzter Brief hatte nur von einem Bücherschrank in Mooreiche gehandelt, den er für ›unsere‹ Bücher gekauft hatte, und von einem ›schmucken kleinen Garderobenständer‹, den er gesehen hatte, ›ein sehr praktisches Ding mit einer geschnitzten Eule auf einer Konsole, die drei Hutbürsten in ihren Fängen hält‹. Wie sie darüber gelächelt hatte! Zu glauben, daß man mehr als eine Hutbürste brauchen könne, sah einem Mann so ähnlich! *Versinken in Nacht*, sangen die Stimmen.

»Noch einmal!« gebot Miss Meadows. »Doch diesmal mehrstimmig! Auch wieder ohne Ausdruck!« *Rasch wie die Rosen* ... Sowie die dunklen Altstimmen mitsangen, überlief es einen kalt. *Vergehn unsre Freuden.* Als Basil sie das letztemal besuchte, hatte er eine Rose im Knopfloch getragen. Wie hübsch er in dem hellen blauen Anzug mit der dunkelroten Rose ausgesehen hatte! Aber er wußte es auch, mußte es ja wohl wissen. Zuerst strich er sich übers Haar, dann über den Schnurrbart. Wenn er lächelte, blitzten seine Zähne.

»Die Frau unsres Schulvorstehers lädt mich ständig zum Essen ein. Allmählich wird es mir lästig. Ich habe nie mehr einen Abend für mich.«

»Kannst du denn nicht ablehnen?«

»Bei meiner Stellung im Schulheim darf ich mich nicht unbeliebt machen, verstehst du?«

Wenn Herzen sich scheiden, klagten die Stimmen. Die Weiden vor den hohen, schmalen Fenstern wehten im Wind. Sie hatten ihre Blätter schon zur Hälfte verloren. Die kleineren Blättchen, die sich noch anklammerten, zappelten wie Fische an der Angel. ›... daß ich nicht zum Ehemann tauge ...‹ Die Stimmen verstummten; der Flügel wartete.

»Ziemlich gut«, sagte Miss Meadows, aber noch immer mit einer so seltsamen, versteinerten Stimme, daß die jüngeren Mädchen es buchstäblich mit der Angst bekamen. »Jetzt, wo wir wir es kennen, wollen wir es mit Ausdruck singen. Soviel Ausdruck ihr irgend hineinlegen könnt! Denkt an die Worte, Kinder! Beweist, daß ihr Phantasie habt! *Rasch wie die Rosen vergehn unsre Freuden!«* rief Miss Meadows. »Das sollte in einem lauten, betonten *forte* aufklingen in einer Klage! Und dann in der zweiten Zeile *vor des Winters Macht* – das muß so tönen, als pfiffe ein eisiger Wind hindurch!« *Wi-in-ters* sprach sie so unheimlich aus, daß es Mary Beazley auf ihrem Klavierhocker kalt das Rückgrat hinunterlief. Die dritte Zeile sollte ein einziges Crescendo sein. *Traurig, ach traurig, wenn Herzen sich scheiden.* Nach den ersten beiden Worten *Fröhliche Klänge* müßt ihr pausieren. Und dann, beim Wort *versinken*, müssen die Stimmen leiser werden, ersterben ... bis das *in Nacht* nur noch ein Hauch ist.

Die letzte Zeile könnt ihr langsamer nehmen, beinah so langsam wie ihr wollt. Also bitte!«
Wieder zwei leichte Schläge mit dem Taktstock; wieder hob sie die Arme. ... *vergehn unsre Freuden.* › ... und der Gedanke, mich zu binden, erfüllt mich mit nichts als Widerwillen.‹ Doch, Widerwillen hatte er geschrieben. Das war ja genauso, als hätte er gesagt, die Verlobung sei endgültig aufgehoben! Aufgehoben! Ihre Verlobung! Die Leute hatten schon genug gestaunt, als sie sich verlobt hatte. Die Naturgeschichtslehrerin wollte es zuerst überhaupt nicht glauben. Aber niemand hätte erstaunter sein können als sie selbst. Sie war dreißig. Basil war fünfundzwanzig. Es war ein Wunder gewesen, das reinste Wunder, ihn an jenem dunklen Abend, als sie von der Kirche nach Hause gingen, sagen zu hören: ›Ich weiß nicht, wieso, aber ich habe Sie von Tag zu Tag lieber!‹ Und dabei hatte er den Zipfel ihrer Straußfederboa festgehalten. *Versinken ... in ... Nacht.*
»Noch einmal, von vorn, von vorn!« rief Miss Meadows. »Mehr Ausdruck, Kinder! Noch einmal!«
Rasch wie die Rosen vergehn unsre Freuden ... Die älteren Mädchen waren rot geworden; von den jüngeren waren einige dem Weinen nahe. Der Regen klatschte in dicken Tropfen gegen die Fensterscheiben, und die Weidenzweige schienen zu tuscheln: › ... nicht etwa, daß ich dich nicht liebe ...‹
›Ach, mein Liebster, wenn du mich liebst‹, dachte Miss Meadows, ›ist's mir einerlei, wie sehr du mich liebst. Liebe mich, soviel oder sowenig du magst!‹ Aber sie wußte, daß er sie nicht liebte. Er hatte sich nicht einmal bemüht, das Wörtchen ›Widerwillen‹ wenigstens so gründlich auszuradieren, daß sie es nicht mehr lesen konnte. *Bald weicht der Herbst vor des Winters Macht.* Sie würde von der Schule abgehen müssen! Wurde es einmal bekannt, dann konnte sie der Naturgeschichtslehrerin oder den Mädchen bestimmt nicht mehr ins Gesicht blicken. Sie würde irgendwo untertauchen müssen. *Versinken ... in Nacht.* Die Stimmen wurden leiser, erstarben — waren nur noch ein Hauch ...
Plötzlich ging die Tür auf. Ein kleines Mädchen in Blau kam zimperlich den Mittelgang herauf, ließ den Kopf hängen,

biß sich auf die Lippe und drehte das silberne Armband an ihrem kleinen roten Handgelenk herum. Sie klomm die Stufen hinauf und stellte sich vor Miss Meadows hin.
»Oh, Monica! Was gibt's denn?«
»Miss Meadows, bitte«, leierte die Kleine atemlos hervor, »Sie möchten zu Miss Wyatt ins Zimmer der Vorsteherin kommen!«
»Ja, gut«, sagte Miss Meadows. Und den Mädchen rief sie zu: »Ich verlasse mich auf euren Anstand, daß ihr leise sprecht, solange ich abwesend bin.« Aber sie waren zu bedrückt, um überhaupt etwas zu sagen. Die meisten putzten sich geräuschvoll die Nase.
In den Korridoren war es still und kalt; sie hallten von Miss Meadows eiligen Schritten wider. Die Schulvorsteherin saß an ihrem Schreibtisch. Sie blickte nicht gleich auf. Ihre Brille hatte sich, wie meistens, in ihrem Spitzenjabot verheddert. Dann sagte sie sehr freundlich: »Nehmen Sie Platz, Miss Meadows!« Sie hob einen länglichen Umschlag von ihrer Schreibunterlage auf. »Ich habe Sie rufen lassen, weil das Telegramm hier für Sie eingetroffen ist!«
»Ein Telegramm ... für mich, Miss Wyatt?«
›Basil! Er hatte Selbstmord begangen‹, war Miss Meadows erster Gedanke. Schnell streckte sie die Hand aus, aber Miss Wyatt behielt das Telegramm noch einen Augenblick in der Hand. »Hoffentlich sind es keine schlechten Nachrichten«, sagte sie nicht weniger freundlich. Dann riß Miss Meadows den Umschlag auf.

›Beachte den Brief nicht muß verrückt gewesen sein habe heute Flurgarderobe gekauft Basil.‹

Sie verschlang das Telegramm mit den Augen.
»Hoffentlich ist es nichts Ernstes?« fragte Miss Wyatt und beugte sich vor.
»O nein, vielen Dank, Miss Wyatt«, stammelte Miss Meadows, »im Gegenteil. Es ist« – Wie zur Entschuldigung stieß sie ein kleines Lachen aus. »Es ist von meinem Verlobten, und er sagt, daß er ... daß er ...« Eine hörbare Pause ent-

stand. »Ach sooo!« sagte Miss Wyatt. Noch eine Pause. Dann sagte sie: »Sie haben noch eine Viertelstunde zu unterrichten, nicht wahr, Miss Meadows?«
»Ja, Miss Wyatt.« Sie sprang auf. Sie rannte fast und war schon an der Tür.
»Oh, eine Minute, Miss Meadows«, sagte Miss Wyatt. »Ich möchte doch betonen, daß ich es nicht gern sehe, wenn meine Lehrerinnen während der Unterrichtsstunden Telegramme erhalten, es sei denn im Falle von sehr schlechten Nachrichten, wie einem Todesfall«, erklärte Miss Wyatt, oder bei sehr ernsten Unfällen und dergleichen. Gute Nachrichten können nämlich warten, Miss Meadows!«
Auf Flügeln der Hoffnung, der Liebe, der Freude eilte Miss Meadows in den Musiksaal zurück, durch den Mittelgang, und die Stufen hinauf und zum Flügel.
»Seite zweiunddreißig, Mary«, sagte sie, »Seite zweiunddreißig«, und nun hob sie die gelbe Chrysantheme auf und hielt sie an die Lippen, um ihr Lächeln zu verbergen. Dann wandte sie sich zu den Mädchen um und klopfte mit ihrem Taktstock: »Seite zweiunddreißig, Kinder! Seite zweiunddreißig!«

»Wir kommen heut her, mit Blumen beladen,
mit Körben voll Obst und mit Bändern bunt,
um Glück zu wünschen der ...«

»Halt! Halt!« rief Miss Meadows. »Ist ja gräßlich! Ist ja furchtbar!« Und sie lachte die Mädchen strahlend an. »Was ist nur los mit euch, Kinder? Denkt doch, denkt, was ihr da singt! Strengt eure Phantasie an! *Mit Blumen beladen! Mit Körben voll Obst und mit Bändern bunt!* Und dann noch: *Um Glück zu wünschen* ... Miss Meadows unterbrach sich. »Schaut nicht so trübselig drein, Kinder! Es muß warm und fröhlich und beschwingt klingen! *Um Glück zu wünschen!* Noch mal! Rasch! Alle zusammen! Jetzt!«
Und diesmal übertönte Miss Meadows Stimme alle andern Stimmen – leidenschaftlich und innig und mit glühender Wärme im Ausdruck.

Der kleinen Schar auf dem Pier schien es, als würde sich der Überseedampfer nie mehr von der Stelle rühren. Da lag er, riesig und unbeweglich, auf dem grauen, leicht aufgerauhten Wasser, einen Rauchring über sich und einen dichten Schwarm kreischender Möwen ums Heck, die nach Abfällen aus der Kombüse herabstießen. Man konnte gerade noch die promenierenden kleinen Paare erkennen, Fliegen, die an der Schüssel auf dem grauen, aufgerauhten Tischtuch hin und her liefen. Andere Fliegen scharten sich zusammen und schwärmten um die Reling. Dann ein weißer Fleck auf dem unteren Deck – vielleicht die Schürze des Kochs oder der Stewardeß. Und jetzt sauste eine winzige schwarze Spinne die Treppe zur Kommandobrücke hinauf.

Ganz vorn in der Menge marschierte ein kräftig aussehender Mann mittleren Alters auf und ab, sehr gut angezogen, in einem gut sitzenden grauen Mantel, mit grauem Seidenschal, warmen Handschuhen und dunklem Filzhut, und schwenkte seinen zusammengerollten Schirm. Er wirkte wie der Anführer der kleinen Schar auf dem Pier, schien sie aber gleichzeitig auch zusammenzuhalten. Er war wie ein Mittelding zwischen Schäferhund und Schäfer.

Doch was für ein Dummkopf, was für ein unglaublicher Dummkopf war er gewesen, kein Fernglas mitzubringen! Nicht einer von ihnen allen hatte ein Fernglas bei sich.

»Sonderbar, Mr. Scott, daß keiner von uns an ein Fernglas gedacht hat! Wir hätten sie ein bißchen aufmöbeln können! Hätten vielleicht einen kleinen Signaldienst zustande gebracht: *Zögert nicht mit der Landung. Eingeborene harmlos.* Oder: *Herzlicher Empfang erwartet euch. Alles verziehen!* Das wäre doch was! Wie?«

Mr. Hammonds lebhafter, aufmerksamer Blick, so unruhig und doch so freundlich und arglos, umfaßt alle auf dem Pier, und umschloß sogar die alten Burschen, die an den Laufstegen herumlungerten. Sie wußten alle bis auf den letzten Mann, daß Mrs. Hammond auf dem Schiff dort hinten war,

und so furchtbar aufgeregt war er, daß es ihm gar nicht in den Sinn kam, Zweifel zu hegen, ob die wunderbare Tatsache auch ihnen etwas bedeute. Ihm wurde warm ums Herz, wenn er dachte, was für nette Leute es doch waren – auch die alten Knaben an den Laufstegen, wackere, brave alte Knaben! Und was für Brustkästen – Donnerwetter! Gleich steckte er seinen eigenen Brustkorb heraus, versenkte die dick behandschuhten Hände in den Taschen und wippte von den Fersen auf die Fußspitzen.
»Ja, meine Frau ist die letzten zehn Monate in Europa gewesen. Hat unsre älteste Tochter besucht, die sich voriges Jahr verheiratet hat. Ich hatte sie selbst hergebracht, hierher nach Crawford, und darum fand ich, daß ich sie auch von hier abholen sollte. Ja, so ist das.« Die klugen grauen Augen blinzelten wieder und suchten hastig und besorgt das reglos daliegende Schiff ab. Wieder wurde der Mantel geöffnet, wieder kam die flache, buttergelbe Uhr zum Vorschein, und zum zwanzigsten-, fünfzigsten-, hundertstenmal stellte er seine Berechnungen an.
»Wollen mal sehen! Es war zwei Uhr fünfzehn, als die Barkasse des Doktors abfuhr. Jetzt ist es genau achtundzwanzig Minuten nach vier. Das bedeutet, daß der Doktor seit zwei Stunden und dreizehn Minuten an Bord ist. Zwei Stunden und dreizehn Minuten! Uiiuuh!« Er stieß einen wunderlichen kleinen Pfiff aus und klappte seine Uhr wieder zu. »Ich finde aber, man hätte uns benachrichtigen sollen, wenn etwas passiert wäre – finden Sie nicht auch, Mr. Gaven?«
»Bestimmt, Mr. Hammond; ich glaube allerdings nicht, daß irgend etwas – hm – Besorgniserregendes passiert ist«, sagte Mr. Gaven und klopfte seine Pfeife am Schuhabsatz aus. »Andrerseits ...«
»Sehr richtig! Sehr richtig!« rief Mr. Hammond. »Verdammt unangenehm!« Er ging rasch auf und ab und kehrte dann wieder auf seinen alten Standplatz zwischen Mr. Gaven und Mr. und Mrs. Scott zurück. »Es wird auch schon ziemlich dunkel!« Er schwenkte seinen zusammengerollten Schirm, als hätte wenigstens die Dämmerung den Anstand besitzen können, sich noch ein Weilchen fernzuhalten. Aber sie kam,

kam langsam und breitete sich wie ein träger dunkler Fleck auf dem Wasser aus. Die kleine Jean Scott zerrte ihre Mutter an der Hand.
»Ich will meinen Tee, Mammi!« quarrte sie.
»Ich glaub's dir gern«, sagte Mr. Hammond. »Ich glaube, all die Damen hier möchten gern ihren Tee haben.« Und sein freundlicher, aufgebrachter, fast mitleidiger Blick umfaßte sie wieder alle. Er fragte sich, ob Janey da draußen im Salon wohl eine letzte Tasse Tee tränke. Er hoffte es, aber er glaubte es nicht. Wie er sie kannte, würde sie das Deck nicht verlassen. In dem Falle würde ihr der Decksteward eine Tasse heraufbringen. Wenn er an Bord wäre, würde er sie ihr verschafft haben – irgendwie. Und für die Dauer eines Augenblicks sah er sich an Deck, über sie gebeugt, und sah ihr zu, wie sich ihre kleine Hand um die Tasse legte, wie sie es immer tat, während sie die einzige Tasse Tee trank, die an Bord aufzutreiben war ... Doch jetzt war er wieder hier an Land, und Gott allein mochte wissen, wann der verflixte Kapitän aufhören würde, in der Fahrrinne herumzuzaudern. Er nahm seine Wanderung von neuem auf, hin und her, hin und her. Er ging bis zum Droschkenstand, um sich zu vergewissern, daß sein Kutscher noch da war, und kehrte wieder um, zurück zu der kleinen Schar, die sich im Schutz der Bananenharasse zusammendrängte. Die kleine Jean wollte noch immer ihren Tee haben. Das arme Würmchen! Er wünschte, er hätte ein bißchen Schokolade bei sich.
»Hör mal, Jean!« rief er. »Soll ich dich hochheben?« Und leicht und behutsam setzte er das kleine Mädchen auf ein hohes Faß. Sie dort festzuhalten und zu stützen, tat ihm wunderbar wohl und erleichterte ihm das Herz.
»Sitz schön still!« sagte er und legte den Arm um sie.
»Oh, bemühen Sie sich doch nicht um *Jean*, Mr. Hammond«, sagte Mrs. Scott.
»Ist schon recht, Mrs. Scott. Keine Mühe. Das reinste Vergnügen! Jean ist meine kleine Freundin, was, Jean?«
»Ja, Mr. Hammond«, sagte Jean und fuhr mit dem Finger in die Kerbe seines Filzhutes.
Aber auf einmal riß sie ihn am Ohr und stieß einen lauten

Schrei aus. »Oh, Mr. Hammond! Jetzt bewegt es sich! Jetzt kommt es her!«
Tatsächlich, es stimmte! Endlich. Langsam, langsam drehte der Dampfer bei. Eine Glocke hallte weit übers Wasser hin, und ein dicker Dampfstrahl zischte in die Luft. Die Möwen flogen auf, und wie weiße Papierschnipsel flatterten sie davon. Und ob das dumpfe Pochen von den Schiffsmaschinen oder von seinem Herzen kam, konnte Mr. Hammond nicht sagen. Einerlei, was es war, er mußte sich zusammenreißen, um es zu ertragen. Im gleichen Augenblick kam Captain Johnson, der alte Hafenmeister, den Pier entlang, unter dem Arm eine lederne Aktentasche.
»Jean steht ganz gut«, sagte Mr. Scott. »Ich halte sie!« Gerade noch rechtzeitig! Mr. Hammond hatte Jean nämlich vergessen und stürzte vor, um den alten Captain Johnson zu begrüßen.
»Haben Sie endlich Mitleid mit uns bekommen, Captain?« rief die aufgeregte, besorgte Stimme.
»Mir können Sie keine Schuld geben, Mr. Hammond«, schnaufte der alte Captain Johnson und starrte auf den Ozeandampfer. »Sie haben Mrs. Hammond an Bord, was?«
»Ja«, erwiderte Hammond und hielt sich an der Seite des Hafenmeisters. »Meine Frau ist oben! Hal-lo! Jetzt kann's nicht mehr lange dauern!«
Das Schiffstelefon schrillte und schrillte, das Gebrumm der Schiffsschrauben pochte durch die Luft, und der große Ozeanriese hielt auf sie zu und schnitt scharf durch das dunkle Wasser, so daß es sich zu beiden Seiten wie weiße Späne aufwärts kräuselte. Hammond und der Hafenmeister gingen voraus. Hammond nahm den Hut ab; er musterte die Decks; sie waren überfüllt mit Passagieren. Er schwenkte seinen Hut und schrie ein lautes, seltsames ›Ha-llo!‹ übers Wasser, und dann drehte er sich um, lachte laut heraus und sagte etwas – oder nichts – zum alten Captain Johnson.
»Haben Sie sie gesehen?« fragte der Hafenmeister.
»Nein, noch nicht! Langsam – wart mal!« Und plötzlich – zwischen zwei großen, ungeschickten Idioten hindurch – »Geht doch aus dem Weg!« drohte er ihnen mit seinem Schirm –,

sah er eine erhobene Hand und einen weißen Handschuh, der ein Taschentuch schwenkte. Noch ein Augenblick – und ja, Gott sei Dank, Gott sei Dank, sie war's! Da war Janey – da war Mrs. Hammond – ja, ja, ja! – stand an der Reling und lächelte und nickte und schwenkte ihr Taschentuch.
»Also das ist großartig – einfach großartig! Well, well, well!« Er stampfte fast mit den Füßen auf. Blitzschnell zog er sein Zigarrenetui und bot dem alten Captain Johnson davon an. »Nehmen Sie eine Zigarre, Captain. Sie sind nicht übel! Greifen Sie tüchtig zu! Hier!« – und er drängte dem Hafenmeister alle Zigarren auf, die im Etui waren. »Ich hab' noch ein paar Kistchen im Hotel oben!«
»Besten Dank, Mr. Hammond!« schnaufte der alte Captain. Hammond stopfte das Zigarrenetui weg. Seine Hände zitterten, aber er fing sich wieder. Er war fähig, Janey gegenüberzutreten. Dort stand sie, lehnte sich an die Reling, sprach mit einer Frau und schaute gleichzeitig zu ihm her, war für ihn da. Während die wässerige Kluft zwischen ihnen sich schloß, fiel ihm auf, wie klein sie auf dem Riesenkasten aussah. Sein Herz krampfte sich so zusammen, daß er hätte schreien können. Wie klein sie aussah – und hatte die ganze lange Reise hin und zurück allein gemacht! Aber das sah ihr ähnlich! Typisch Jane! Sie hatte die Courage eines ... Und jetzt war die Schiffsmannschaft vorgetreten und drängte die Passagiere auf die Seite. Die Reling wurde beiseite geschoben, um Platz für die Laufstege zu schaffen.
Die Stimmen an Land und die Stimmen an Bord flogen hin und her, sich zu begrüßen.
»Alles wohlauf?«
»Alles wohlauf!«
»Wie geht's Mutter?«
»Viel besser!«
»Hallo, Jean!«
»Hallo, Tante Emily!«
»Gute Überfahrt gehabt?«
»Glänzend!«
»Jetzt dauert's nicht mehr lange.«
»Nein, nicht mehr lange!«

Die Schiffsmaschinen stoppten. Langsam rückte das Schiff längsseits an den Pier.
»Platz gemacht! – Platz gemacht! – Platz gemacht!« Die Hafenarbeiter schleppten in flottem Trab die schweren Laufstege an, Hammond machte Janey ein Zeichen zu bleiben, wo sie war. Der alte Hafenmeister ging als erster hinauf; Hammond folgte ihm. So etwas wie ›Ladies first‹ oder ähnlicher Mumpitz kam ihm gar nicht in den Sinn.
»Nach Ihnen, Captain!« rief er freundlich und schritt, dem alten Mann dicht auf den Fersen, den Laufsteg hinauf an Deck und schnurstracks zu Janey; er riß sie in seine Arme.
»Na also! Na also! Da bist du ja endlich!« stammelte er. Das war alles, was er sagen konnte. Und Janey tauchte aus seiner Umarmung auf, und ihre kühle kleine Stimme – für ihn die einzige auf der Welt – sagte: »Ja, Liebster! Hast du lange warten müssen?«
Nein, nicht lange. Oder vielmehr: es war egal. Es war jetzt vorbei. Die Frage war nur – er hatte am Ende vom Pier eine Droschke warten lassen – war Janey fertig? Konnte sie gleich mitkommen? War ihr Gepäck bereit? In dem Fall konnten sie sich sofort mit ihren Kabinenkoffern auf den Weg machen und das große Gepäck auf morgen verschieben. Er beugte sich über sie, und sie blickte mit ihrem vertrauten halben Lächeln zu ihm auf. Sie war genau wie immer. Nicht um einen Tag gealtert. Genauso, wie er sie von jeher gekannt hatte. Sie legte ihre kleine Hand auf seinen Ärmel.
»Wie geht's den Kindern, John?«
(Zum Teufel mit den Kindern!) »Ausgezeichnet, 's ist ihnen nie im Leben besser gegangen!«
»Haben sie dir keine Briefe für mich gegeben?«
»Doch, doch – natürlich! Ich hab' sie im Hotel gelassen, damit du sie später verdauen kannst!«
»Gar so schnell können wir nicht weggehen!« sagte sie. »Ich muß mich von einigen Leuten verabschieden – auch vom Kapitän!« Als er ein langes Gesicht machte, drückte sie verständnisinnig seinen Arm. »Wenn der Kapitän von der Kommandobrücke herunterkommt, mußt du dich bei ihm bedanken, daß er sich so reizend um deine Frau gekümmert hat.« –

Na gut – jedenfalls hatte er sie. Wenn sie noch zehn Minuten brauchte ... Als er beiseite trat, wurde sie umringt. Anscheinend wollte sich die ganze Erste Klasse von Janey verabschieden.

»Leben Sie wohl, liebe Mrs. Hammond! Und wenn Sie nächstesmal in Sydney sind, *erwarte* ich Sie!«

»Liebste Mrs. Hammond! Sie vergessen doch nicht, mir zu schreiben, nicht wahr?«

»Ach, Mrs. Hammond, was wäre das Schiff ohne Sie gewesen!«

Es war sonnenklar, daß sie die bei weitem beliebteste Frau an Bord war. Und sie nahm es alles hin – ganz wie immer. Unerschüttert. Ganz sie selbst – ganz seine kleine Janey, wie sie jetzt dastand und ihren Schleier zurückgeschlagen hatte. Hammond merkte nie, was für Kleider seine Frau anhatte. Ihm war es völlig egal, was sie trug. Doch heute fiel es ihm auf, daß sie ein schwarzes ›Kostüm‹ trug – so nannte man das doch? – mit weißen Rüschen, als Aufputz vermutlich, am Hals und an den Ärmeln. Er sah es alles, während Janey ihn ›herumreichte‹.

»John, bitte!« Und dann: »Ich möchte dich gern bekannt machen mit ...«

Endlich konnten sie sich retten, und sie brachte ihn zu ihrer Kabine. Ganz seltsam kam es ihm vor, Janey durch den Gang zu folgen, den sie so gut kennen mußte, und nach ihr die grünen Vorhänge auseinanderzuschlagen und in die Kabine zu treten, in der sie geatmet hatte, überwältigte ihn fast vor Glück. Aber – zum Kuckuck! – da kauerte die Stewardeß auf dem Boden und schnallte die Plaidriemen um die Reisedecken.

»Das ist das letzte, Mrs. Hammond«, sagte die Stewardeß, stand auf und zog sich die Manschetten herunter.

Er wurde wieder vorgestellt, und dann verschwanden Janey und die Stewardeß im Gang. Er hörte Geflüster. Sie erledigte die Sache mit dem Trinkgeld, dachte er. Er setzte sich auf das gestreifte Sofa und nahm seinen Hut ab. Das waren die Reisedecken, die sie von hier mitgenommen hatte; sie sahen wie neu aus. Ihr ganzes Gepäck sah neu und tadellos

aus. Die Anhänger waren mit ihrer schönen, zierlichen, deutlichen Handschrift beschrieben: ›Mrs. John Hammond‹.
›Mrs. John Hammond!‹ Er stieß einen langen, zufriedenen Seufzer aus, lehnte sich an und verschränkte die Arme. Die Anspannung war vorbei. Ihm war zumute, als hätte er ewig so sitzen und erleichtert seufzen können – erleichtert, weil er endlich das abscheuliche Ziehen und Zerren los war, das sein Herz umklammert hatte. Die Gefahr war überstanden. So ein Gefühl hatte er jetzt. Sie waren wieder auf festem Boden.
Aber in diesem Augenblick steckte Janey den Kopf um die Ecke.
»Liebster – macht's dir nichts aus? – Ich muß schnell noch zum Schiffsarzt und mich von ihm verabschieden.«
Hammond fuhr auf. »Ich komme mit!«
»Nein, nein«, sagte sie. »Mach dir nicht die Mühe. Es ist mir lieber so – ich bin gleich wieder da!«
Und noch ehe er antworten konnte, war sie verschwunden. Er wäre ihr ganz gern nachgelaufen; doch dann setzte er sich wieder.
Ob sie wirklich nicht lange wegbliebe? Wie spät war es jetzt? Die Uhr kam hervor: er starrte mit leerem Blick darauf. Eigentlich war es sehr seltsam von Janey, was? Weshalb hatte sie nicht die Stewardeß beauftragt, es für sie zu erledigen? Warum lief sie dem Schiffsarzt nach? Sie hätte ihm auch vom Hotel aus ein paar Zeilen schicken können, falls es so wichtig war! Wichtig? Bedeutete es – konnte es etwa bedeuten, daß sie während der Überfahrt krank gewesen war? Daß sie ihm etwas verheimlichte? Das mußte es sein! Er griff nach seinem Hut. Er würde sich den Menschen suchen und um jeden Preis die Wahrheit aus ihm herausquetschen. Er meinte, doch *irgend* etwas bemerkt zu haben. Sie war einfach eine Spur zu ruhig, zu gefaßt. Ja, vom ersten Augenblick an . . .
Die Vorhänge sirrten. Janey war wieder da. Er sprang auf.
»Janey, bist du unterwegs krank gewesen? Sicher warst du krank!«
»Krank?« Ihre unbeschwerte kleine Stimme verspottete ihn.

Sie stieg über die Reisedecken, kam nah an ihn heran, legte ihm die Hand auf die Brust und blickte zu ihm auf.
»Liebster«, sagte sie, »jag mir keinen Schreck ein! Natürlich war ich nicht krank! Wie kommst du nur auf solche Gedanken? Seh' ich etwa krank aus?«
Aber Hammond sah es nicht. Er spürte nur, daß sie zu ihm aufblickte und daß es nicht nötig war, sich auch nur irgendwie Gedanken zu machen. Sie war da und würde sich um alles kümmern. Alles war in Ordnung. Alles war gut.
Der leise Druck ihrer Hand war so beruhigend, daß er seine Hand darüberlegte, um sie dort festzuhalten. Und sie sagte: »Steh still! Ich muß dich anschauen! Ich hab' dich noch nicht richtig angesehen! Du hast dir deinen Bart wunderbar stutzen lassen, und du siehst – warte mal, ja, du siehst jünger aus, und bestimmt auch schlanker! Das Junggesellenleben bekommt dir!«
»Bekommt mir?« Er stöhnte verliebt und umarmte sie wieder. Und wieder, wie jedesmal, hatte er das Gefühl, als hielte er etwas, das nie gänzlich ihm gehörte. Nie ganz und gar. Etwas zu Zartes, zu Kostbares, das wegfliegen würde, wenn er es losließe.
»Laß uns um Gottes willen zum Hotel fahren, damit wir für uns sind!« Und er drückte ungestüm auf die Klingel, damit jemand sofort das Gepäck abholte ...

Als sie den Pier entlanggingen, nahm sie seinen Arm. Er hatte sie wieder am Arm! Und wie anders das jetzt war – hinter Janey in die Droschke zu steigen, die rot und gelb gestreifte Decke über sie beide zu breiten und dem Kutscher zu sagen, er solle sich beeilen, weil sie beide noch keinen Tee gehabt hatten. Kein Tag mehr ohne seinen Tee – nie mehr ihn sich selbst einschenken müssen! Sie war wieder da! Er wandte sich ihr zu, drückte ihr die Hand und fragte zärtlich und neckend in dem ›besonderen‹ Tonfall, den er nur für sie hatte: »Bist du froh, wieder zu Haus zu sein, Liebste?« Sie lächelte; sie bemühte sich gar nicht erst, zu antworten. Doch als sie in die heller erleuchteten Straßen kamen, schob sie seine Hand sanft beiseite.

»Wir haben das beste Zimmer vom Hotel«, sagte er. »Mit einem andern habe ich mich nicht abspeisen lassen. Und ich habe das Zimmermädchen gebeten, ein kleines Feuerchen im Kamin zu machen, falls dir fröstelig ist. Sie ist eine nette, aufmerksame Person. Und ich dachte, wo mir nun mal hier sind, brauchten wir nicht gleich morgen nach Hause zu fahren, sondern sollten einen Tag hier verbringen und uns umschauen und erst übermorgen aufbrechen. Paßt dir das? Es eilt ja wirklich nicht. Die Kinder haben dich noch früh genug. Ich fand, ein Tag mit dem Anschauen von Sehenswürdigkeiten wäre mal eine Abwechslung für dich nach der Fahrt, Janey?«

»Hast du schon die Fahrkarten für übermorgen?« fragte sie.

»Das wollt' ich meinen!« Er knöpfte seinen Mantel auf und nahm seine dicke Brieftasche heraus. »Da haben wir sie! Ich habe ein Erste-Klasse-Abteil nach Salisbury reserviert. Da sieh: Mr. *und* Mrs. John Hammond! Ich fand, wir könnten's uns behaglich machen – wollen doch nicht, daß dauernd fremde Leute reinplatzen, nicht? Aber falls du noch länger bleiben möchtest?«

»O nein!« rief Janey rasch. »Keinen einzigen Tag länger! Also dann übermorgen. Und die Kinder ...«

Aber da waren sie vor dem Hotel angelangt. Der Direktor stand im breiten, strahlend erleuchteten Eingang. Er ging hinunter, um sie zu begrüßen. Ein Hausbursche kam aus der Halle herbei und bemächtigte sich des Gepäcks.

»Hier ist also Mrs. Hammond endlich, Mr. Arnold!«

Der Direktor führte sie persönlich durch die Halle und drückte auf den Klingelknopf am Lift. Hammond wußte, daß Geschäftsfreunde von ihm an den kleinen Tischchen in der Halle saßen und vor dem Abendessen einen Drink nahmen. Doch er wollte es nicht auf eine Unterbrechung ankommen lassen; er sah weder nach rechts noch nach links. Mochten sie denken, was sie wollten! Wenn sie's nicht begriffen, waren sie schön dumm – und er stieg aus dem Lift, schloß die Tür zu ihrem Zimmer auf und ließ Janey eintreten. Die Tür war zu! Endlich waren sie jetzt beide allein! Er schaltete das Licht an. Die Vorhänge waren zugezogen; im Kamin brann-

te das Feuer mit heller Flamme. Er schleuderte seinen Hut aufs Bett und trat auf sie zu.
Aber sollte man es für möglich halten? Sie wurden wieder unterbrochen! Diesmal war es der Hausbursche mit dem Gepäck. Er mußte zweimal gehen, ließ zwischendurch die Tür offenstehen, pfiff auf dem Korridor durch die Zähne und nahm sich Zeit. Hammond ging im Zimmer auf und ab, riß sich die Handschuhe von den Fingern und den Schal vom Hals. Zu guter Letzt schleuderte er seinen Mantel aufs Bett.
Endlich war der Tropf gegangen. Die Tür klickte ins Schloß. Jetzt waren sie wirklich allein. Hammond sagte: »Mir ist, als hätte ich dich nie mehr für mich allein! Diese verdammten Leute! Janey —« Aufgeregt und ungeduldig blickte er sie an. »Laß uns hier oben essen! Wenn wir ins Restaurant hinuntergehen, werden wir belästigt, und dann ist da auch noch die verdammte Musik« (die Musik, die er gestern abend bis in den siebenten Himmel gelobt und so laut beklatscht hatte!). »Wir würden unser eigenes Wort nicht verstehen! Laß uns hier am Kamin etwas essen! Für den Tee ist's ohnehin zu spät. Ich werde ein kleines Souper bestellen, ja? Wie gefällt dir der Vorschlag?«
»Tu's, Liebster. Und während du weg bist — die Briefe von den Kindern ...«
»Ach, das hat doch Zeit bis später!« sagte Hammond.
»Dann haben wir's hinter uns«, sagte Janey. »Und zuerst möchte ich genug Zeit haben, um ...«
»Oh, ich brauche nicht nach unten zu gehen«, erklärte Hammond. »Ich läute einfach und bestelle ... Oder willst du mich wegschicken?«
Janey schüttelte den Kopf und lächelte.
»Aber du denkst an etwas anderes! Du sorgst dich um etwas«, sagte Hammond. »Was ist's? Komm und setz dich her — komm ans Feuer und setz dich auf meine Knie!«
»Ich will nur noch meinen Hut abnehmen!« sagte Janey und ging zum Frisiertisch. »Oh!« schrie sie auf.
»Was gibt's?«
»Nichts weiter, Liebster. Ich habe die Briefe von den Kindern gefunden. Dann ist's ja gut. Sie bleiben uns. Jetzt eilt es

nicht mehr!« Sie drehte sich, die Briefe in der Hand, zu ihm um und steckte sie in ihre rüschenbesetzte Bluse. Hastig und heiter rief sie: »Wie bezeichnend der Frisiertisch für dich ist!«

»Warum? Was ist denn dran?«

»Wenn er frei durch die Ewigkeit schwebte, würde ich ›John‹ sagen«, lachte sie und blickte auf die große Flasche Haarwasser, den umflochtenen Flakon Eau de Cologne, die zwei Haarbürsten und ein Dutzend neue, mit rosa Bändchen zusammengebundene Kragen. »Ist das dein ganzes Gepäck?«

»Ach, hol der Kuckuck mein Gepäck!« sagte Hammond. Aber er ließ sich trotzdem gern von Janey auslachen. »Erzählen wir uns was! Sprechen wir von der Hauptsache! Sag mir«, fragte er die auf seinen Knien sitzende Janey, lehnte sich zurück und zog sie mit sich in den häßlichen, tiefen Sessel hinein, »sag mir, ob du dich wirklich freust, wieder hier zu sein, Janey!«

»Ja, Liebster, ich freue mich«, sagte Janey.

Aber so, wie Hammond, wenn er sie umarmte, das unsichere Gefühl hatte, sie könne ihm davonfliegen, so hatte er jetzt das unsichere Gefühl, nicht zu wissen, ob sie sich genauso freue wie er. Er konnte es nicht mit völliger Gewißheit wissen. Würde er es jemals wissen? Würde er immer dieses Verlangen spüren – diesen Drang, der irgendwie dem Hunger glich –, Janey so sehr zu einem Teil seiner selbst zu machen, daß nichts von ihr bliebe, was entfliehen könnte? Er wollte jeden beseitigen – jeden und alles! Er wünschte, er hätte das Licht ausgeschaltet – dadurch wäre sie ihm vielleicht näher gewesen. Und nun noch die Briefe von den Kindern, die in ihrer Bluse knisterten. Er hätte sie ins Feuer werfen mögen.

»Janey!« flüsterte er.

»Ja, Liebster?« Sie lag an seiner Brust, aber so schwerelos, so fern. Nur ihre Atemzüge fielen zusammen.

»Janey?«

»Was ist?«

»Schau mich an!« flüsterte er. Eine tiefe Röte breitete sich allmählich auf seiner Stirn aus. »Küß mich, Janey! Küß *du* mich!«

Er glaubte, eine winzige Pause feststellen zu können – die aber lang genug war, daß er Qualen ausstand –, bevor ihre Lippen die seinen berührten, entschlossen und leicht, wie sie ihn immer geküßt hatte: als sollte der Kuß – wie konnte er es nur beschreiben – einfach das bestätigen, was die Lippen gesagt hatten: einen Vertrag besiegeln! Aber das war es nicht, was er wollte, das war keineswegs, wonach ihn dürstete. Er fühlte sich auf einmal furchtbar müde.

»Wenn du wüßtest«, sagte er und schlug die Augen auf, »wie das heute für mich gewesen ist – die ganze Warterei! Ich dachte, das Schiff würde niemals einlaufen! Wir standen da und lungerten herum. Was hat euch nur so lange aufgehalten?«

Sie gab ihm keine Antwort. Sie blickte an ihm vorbei ins Feuer. Die Flammen züngelten, züngelten eilig über die Kohlen, flackerten und sanken in sich zusammen.

»Du schläfst doch nicht?« fragte er und ließ sie auf und ab hopsen.

»Nein«, sagte sie. Und dann: »Laß das, Liebster! Nein, ich habe nur an etwas gedacht. Letzte Nacht ist nämlich ein Passagier gestorben«, sagte sie, »ein Mann. Das hat uns aufgehalten. Wir haben ihn mit hergebracht ... ich meine, er wurde nicht auf See bestattet. Und deshalb mußten natürlich der Schiffsarzt und der Hafenarzt ...«

»Woran ist er gestorben?« fragte Hammond unruhig. Es war ihm verhaßt, vom Tod zu hören. Es war ihm gräßlich, daß es hatte geschehen müssen. Auf eine schrullige Art war es etwa so, als wären er und Janey auf ihrer Fahrt zum Hotel einem Leichenzug begegnet.

»Oh, es war überhaupt nichts Ansteckendes!« sagte Janey. Ihr Geflüster war wie ein Hauch. »Es war das *Herz!*« Sie verstummte. »Der arme Mensch!« sagte sie dann. »Er war noch so jung!« Und sie starrte in das Spiel der Flammen. »Er ist in meinen Armen gestorben«, sagte Janey.

Der Schlag kam so unerwartet, daß Hammond sich einer Ohnmacht nahe fühlte. Er konnte sich nicht bewegen; er konnte nicht atmen. Er hatte ein Gefühl, als flösse all seine Kraft fort, als flösse sie in den großen dunklen Sessel, und

der große dunkle Sessel hielt ihn fest, hielt ihn eisern fest und zwang ihn, es zu ertragen.
»Was?« fragte er dumpf. »Was hast du da gesagt?«
»Das Ende war ganz friedlich«, sagte die kleine Stimme. »Zuletzt hat er einfach« – und Hammond sah sie sacht die Hand heben – »sein Leben ausgehaucht.« Und ihre Hand sank.
»Wer war – sonst noch dabei?« würgte er hervor.
»Niemand. Ich war allein mit ihm.«
Großer Gott, was sagte sie da? Was tat sie ihm an? Das würde er nicht überleben! Und dabei sprach sie immer weiter: »Ich sah, wie die Veränderung über ihn kam, und schickte den Steward zum Arzt. Aber der Arzt kam zu spät. Er hätte ohnehin nichts tun können.«
»Aber warum *du*, warum *du*?« ächzte Hammond.
Daraufhin drehte sich Janey rasch um und forschte rasch in seinem Gesicht.
»Es trifft dich doch nicht, John, nicht wahr?« fragte sie. »Du kannst nicht – es hat nichts mit dir und mir zu tun!«
Irgendwie gelang es ihm, den Kopf zu schütteln und zu lächeln. Irgendwie konnte er hervorstottern: »Nein. Aber weiter – erzähl weiter! Ich möchte, daß du's mir erzählst!«
»So hör doch, Liebster ...«
»Erzähle, Janey!«
»Es gibt nichts zu erzählen«, sagte sie verwundert. »Er war einer von den Passagieren der Ersten Klasse. Als er an Bord kam, sah ich schon, daß er sehr krank war ... Doch es schien ihm immer besserzugehen – bis gestern. Am Nachmittag hatte er einen schweren Anfall – von der Aufregung oder aus Nervosität, vermute ich, wegen der Ankunft. Und davon hat er sich nicht mehr erholt.«
»Aber warum hat nicht die Stewardeß ...«
»Nein, Liebster – die Stewardeß!« sagte Janey. »Wie wäre ihm da zumute gewesen? Und vielleicht ... hätte er eine Nachricht hinterlassen wollen ... für ...«
»Hat er?« stammelte Hammond. »Hat er etwas gesagt?«
»Nein, Liebster, nicht ein Wort!« Sie schüttelte leise den Kopf. Die ganze Zeit, die ich bei ihm war, war er zu schwach... Er war zu schwach, auch nur einen Finger zu rühren ...«

Janey schwieg. Aber ihre Worte, die leichten, leisen, kühlen Worte, schienen in der Luft zu schweben und wie Schnee in sein Herz zu sinken.

Das Feuer war nur noch rote Glut. Jetzt fiel es mit einem jähen Geräusch in sich zusammen, und das Zimmer wurde kühl. Die Kälte kroch ihm die Arme hinauf. Das Zimmer war riesig, grenzenlos, unfaßbar. Es füllte seine ganze Welt. Dort war das große blinde Bett mit seinem daraufgeschleuderten Mantel, der wie ein Mann ohne Kopf seine Gebete hersagte. Dort war das Gepäck, bereit, weggetragen zu werden, irgendwohin, in Züge geworfen, auf Schiffe gekarrt zu werden.

»... Er war zu schwach. Er war zu schwach, auch nur einen Finger zu rühren ...« Und doch war er in Janeys Armen gestorben. Sie, die nie – niemals in all den Jahren – nie bei der kleinsten, geringsten Gelegenheit ...

Nein! Er durfte nicht daran denken. Daran denken führte zum Wahnsinn. Nein, er wollte sich nicht damit auseinandersetzen. Er konnte es nicht aushalten. Es ging über seine Kräfte!

Und jetzt berührte Janey seinen Querbinder mit ihren Fingern. Sie drückte die beiden Enden der Schleife zusammen.

»Du bist – es tut dir doch nicht leid, daß ich's dir erzählt habe, liebster John? Es hat dich doch nicht traurig gemacht? Es hat doch nicht unseren Abend verdorben – unser Alleinsein?«

Da mußte er sein Gesicht verstecken. Er vergrub es an ihrer Brust, und seine Arme umschlangen sie.

Den Abend verdorben? Das Alleinsein verdorben? Nie wieder wären sie miteinander allein.

— — — — — — — — — — — — — — —

Ein stämmiger Mann mit rotem Gesicht trägt eine schmuddelige weiße Flanellhose, eine blaue Jacke mit einem roten Taschentuch in der Brusttasche und einen Strohhut, der viel zu klein für ihn ist und ihm auf dem Hinterkopf thront. Er spielt Gitarre. Ein kleiner Bursche in weißen Stoffschuhen, das Gesicht unter einem Filzhut versteckt, der ihm wie ein gebrochener Flügel herunterhängt, haucht in eine Flöte; und ein hoch aufgeschossener, magerer junger Mann mit aufgeplatzten Knopfstiefeln reiferen Jahrgangs holt aus einer Fiedel Tonbänder – lange, gewundene, flatternde Tonbänder. Ohne zu lächeln, aber nicht ernst stehen sie im hellen Sonnenschein gegenüber vom Obstladen; die rote Spinnenhand schlägt auf die Gitarre ein, der kleine Handstumpen mit dem messingnen Türkisring quält die widerstrebende Flöte, und der Arm des Fiedlers versucht die Geige in zwei Stücke zu zersägen.

Eine Menschenmenge sammelt sich an, ißt Orangen und Bananen, zieht die Schale ab, teilt und verteilt. Ein junges Mädchen hat sogar ein Körbchen Erdbeeren, aber sie ißt sie nicht. »Sind sie nicht wonnig?« Sie blickt auf die kleinen, zugespitzten Früchte, als hätte sie Angst vor ihnen. Der australische Soldat lacht. »Los, mach zu, 's ist nicht mehr als ein Mundvoll!« Aber dann will er doch nicht, daß sie die Erdbeeren ißt. Es freut ihn, ihr kleines, erschrockenes Gesicht und die verwirrt zu ihm aufblickenden Augen zu beobachten. »Sind sie nicht der Gipfel?« Er wirft sich in die Brust und grinst. Dicke alte Frauen in Samttaillen – verstaubte alte ›Nadelkissen‹; hagere alte Hexen, dürr wie ausgeleierte Regenschirme mit einer wackligen Haube obendrauf; junge Frauen in Musslinkleidchen mit Hüten, die auf Hecken erblüht sein können, und mit hochhackigen, spitzen Schuhen; Männer in Khakiuniform, Matrosen, armselige Bürolisten, junge Juden in feinen Tuchanzügen mit wattierten Schultern und weiten Hosenbeinen, ›Weisenhausjungen‹ von Christ's Hospital in Blau – die Sonne entdeckt sie, die

laute, dreiste Musik rafft sie für einen Augenblick in einem einzigen Klumpen zusammen. Die Jugend albert herum, stößt sich vom Bürgersteig herunter, weicht aus und schubst sich; die Alten schwatzen: »Drum hab' ich gesagt, wenn du durchaus den Doktor willst, hol ihn, hab' ich gesagt.«
»Und als sie endlich gar waren, da waren's nicht mal so viele, wie man in eine Hand nehmen kann!«
Die einzigen, die schweigen, sind die zerlumpten Kinder. Sie stehen so nah bei den Musikanten, wie sie nur können, haben die Hände auf dem Rücken und machen große Augen. Gelegentlich hopst ein Bein, wedelt ein Arm. Ein winzig kleines Watschelkind dreht sich zweimal hingerissen um sich selbst, setzt sich mit feierlicher Miene hin und steht wieder auf.
»Ist es nicht wunderschön?« flüstert ein kleines Mädchen hinter der vorgehaltenen Hand.
Und die Musik bricht in strahlende Klänge auseinander und vereinigt sich wieder und löst sich auf, und die Menge zerstreut sich und rückt langsam hügelan.
An der Straßenecke beginnen die Buden.
»*Tickler!* Zwei Pence ein *Tickler!* Wer will einen? Los, Boys, kitzelt sie!« – Kleine weiche Wedel an Drahtstielen. Von den Soldaten werden sie eifrig gekauft.
»Kauft *Golliwogs!* Zwei Pence ein *Golliwog!*«
»Kauft meine hopsenden Esel! Springlebendig!«
»Erstklassiger Kaugummi! Kauft, Boys, kauft! Dann habt ihr was zu tun!«
»Kauft Rosen! Schenk ihr 'ne Rose, Boy! Rosen, die Dame?«
»Federn! Federn!« Da kann niemand widerstehen! Herrlich flatternde Federn, smaragdgrün, scharlachrot, grellblau, kanariengelb! Sogar den Babies werden Federn in die Mützchen gesteckt.
Und eine alte Frau mit einem Dreispitz aus Papier ruft, als wäre es ihr letzter Rat vor dem Auseinandergehen, die einzige Rettung oder die einzige Möglichkeit, ihn oder sie zur Vernunft zu bringen: »Kauf einen Dreispitz, mein Schatz, und setz ihn dir auf!«
Es ist flatterhaftes Wetter, halb Sonne, halb Wind. Wenn die

Sonne verschwindet, fliegt ein Schatten vorbei; wenn sie wieder hervorkommt, ist sie feurig. Die Männer und Frauen spüren, wie sie ihnen auf den Rücken und die Brust und die Arme brennt; sie spüren, wie ihr Körper sich dreht und lebendig wird . . . so daß sie schwungvolle Gesten vollführen, die Arme hochwerfen, einfach so, und sich, vor Lachen platzend, ein Mädchen greifen.
Limonade! Ein ganzer Glaskübel steht, mit einem Tuch bedeckt, auf einem Tisch, und Zitronen tauchen wie stumme Fische in der gelben Flüssigkeit auf. In den dickwandigen Gläsern sieht sie fest aus, wie Gallert. Warum können die Leute sie nicht trinken, ohne sie zu verschütten? Jeder verschüttet etwas, und ehe sie das Glas zurückgeben, werden die letzten Tropfen herumgespritzt. Um den Eiscremewagen mit dem gestreiften Zeltdach und dem blanken Messingdeckel drängen sich die Kinder. Kleine Zungen lecken, lekken rund um die Cremetüten, rund um die Becher. Der Dekkel wird abgehoben, der Plastiklöffel taucht hinein – man schließt die Augen, um es zu spüren, leicht knirschend.
»Meine Vögelchen können die Zukunft verkünden!« Sie steht neben dem Käfig – eine verschrumpelte Italienerin undefinierbaren Alters –, und ihre dunklen Krallen verkrampfen und öffnen sich – rastlos. Ihr Gesicht, eine Kostbarkeit edelster Schnitzkunst, wird von einem grüngoldenen Tuch umrahmt. Und die Sittiche in ihrem Gefängnis flattern zu den Papierröllchen im Futternapf.
»Sie besitzen einen sehr starken Charakter! Sie heiraten einen rothaarigen Mann und bekommen drei Kinder! Hüten Sie sich vor einer Blondine! Obacht! Obacht! Ein Auto mit einem dicken Fahrer kommt den Berg heruntergebraust. Drin sitzt eine Blondine, macht ein böses Gesicht, beugt sich vor, rast durch ihr Leben – hüten Sie sich! Hüten Sie sich!«
»Meine Damen und Herren, ich bin Auktionator von Beruf, und wenn das, was ich Ihnen sage, nicht die Wahrheit ist, wird mir die Lizenz entzogen, und ich bekomme eine schwere Gefängnisstrafe!« Er hält seine Lizenz hoch, hält sie quer vor die Brust, der Schweiß rinnt ihm vom Gesicht in den

Papierkragen; seine Augen starren glasig. Als er den Hut abnimmt, sieht man auf seiner Stirn eine dicke Falte zornigen Fleisches. Niemand kauft seine Uhren.
Schaut jetzt dorthin! Eine riesige Kalesche kommt die Anhöhe herab, drin sitzen zwei uralte Leutchen. Sie hält einen Sonnenschirm aus Spitze steif über sich, er nuckelt am Knauf seines Spazierstocks, und die dicken alten Körper wackeln gegeneinander, wenn der Schwingtrog schaukelt, und der dampfende Gaul hinterläßt eine Mistspur, während er bergab zottelt. Unter einem Baum steht Professor Leonhard in Barett und Talar neben seiner Reklametafel. Er ist ›nur für einen Tag‹ von der Ausstellung in London, Paris und Brüssel hergereist, um dir deine Zukunft vom Gesicht abzulesen. Und er steht da und lächelt so ermutigend wie ein ungeschickter Zahnarzt. Wenn die großen Männer, die noch einen Augenblick zuvor gelärmt und geflucht haben, ihm ihre Sixpence reichen und vor ihm stehen, sind sie plötzlich ernst, blöde und schüchtern und werden beinah rot, wenn die schnelle Hand des Professors die vorgedruckte Karte knipst. Wie kleine Kinder sind sie auf einmal, die beim Spiel in einem verbotenen Garten vom Eigentümer erwischt werden, der hinter einem Baum hervorkommt.
Endlich auf der Anhöhe oben. Wie heiß es ist! Wie schön es ist! Die Wirtschaft ist offen, und die Menge drängelt hinein. Draußen auf der Bordschwelle sitzt Mutter mit dem Baby, und Vater bringt ihr ein Glas dunkles, bräunliches Zeugs und schafft sich dann, wild die Ellbogen gebrauchend, von neuem den Weg hinein. Aus der Wirtschaft schwebt Biergestank und lautes Geklapper und Stimmengeschnatter.
Der Wind flaut ab, und die Sonne brennt glühender denn je. Vor den beiden Drehtüren hängen Kinder in Scharen – wie Fliegen an der Tülle eines Sirupkruges. Und bergauf, immer wieder bergauf strömt die Menschenmenge mit *Ticklern* und *Golliwogs* und Rosen und Federn. Bergauf, bergauf strömen sie, brüllend, lachend, quietschend, bergauf ins Licht und in die Hitze, als würden sie von jemand weiter unten bergauf gestoßen und weit voraus von der Sonne in den vollen, grellen, blendenden Glanz gezogen – wohin?

Als der alte Mr. Neave sich an jenem Abend durch die Drehtür schob und die drei breiten Stufen zum Bürgersteig hinunterging, spürte er zum erstenmal in seinem Leben, daß er für den Frühling zu alt war. Der Frühling war da – warm und übermütig und unruhig wartete er mit seinem goldenen Licht auf ihn, bereit, vor aller Welt auf ihn zuzuspringen, ihn an seinem weißen Bart zu ziehen und sich anmutig bei ihm einzuhängen. Aber einer Begegnung mit ihm fühlte sich Mr. Neave nicht gewachsen, nein – er konnte sich nicht noch einmal anpassen und übermütig wie ein junger Mann seiner Wege gehen. Er war müde, und obwohl die Nachmittagssonne noch schien, fröstelte es ihn, und am ganzen Körper war ihm merkwürdig benommen. Und auf einmal hatte er nicht mehr die Spannkraft, hatte den Mut nicht mehr, der Freude und dem heiteren Treiben noch länger standzuhalten; es verwirrte ihn. Er wollte stehenbleiben, wollte es mit dem Stock wegscheuchen und sagen: ›Schert euch fort!‹ Auf einmal war es eine große Anstrengung geworden, all die Leute, die er kannte – Freunde, Bekannte, Ladenbesitzer, Briefträger und Kutscher –, wie üblich zu grüßen, indem er mit dem Stock an seinen Schlapphut tippte. Und den fröhlichen Blick, der die Geste begleitete, das freundliche Blinzeln, das zu sagen schien: ›Was ihr könnt, kann ich allemal!‹ – das konnte der alte Mr. Neave überhaupt nicht mehr fertigbringen. Er stapfte weiter und hob die Knie, als schritte er durch Luft, die irgendwie schwer und fest wie Wasser geworden war. Und die heimwärts strebende Menge eilte an ihm vorbei, die Straßenbahnen rasselten, die leichten Karren klapperten, und die großen, schaukelnden Droschken rollten mit einer rücksichtslosen, frechen Unbekümmertheit dahin, wie man sie nur aus Träumen kennt...

Im Büro war es ein Tag wie jeder andere gewesen. Nichts Besonderes hatte sich ereignet. Harold war allerdings erst kurz vor vier vom Mittagessen zurückgekommen. Wo war er gewesen? Was hatte er angestellt? Er wollte es seinem Vater nicht erzählen. Der alte Mr. Neave war zufällig im Vestibül gewesen, um einen Besucher zu verabschieden, als Harold angebummelt kam, wie immer tadellos angezogen, kühl, verbindlich und mit dem gewissen feinen Lächeln, das die Frauen so bezaubernd fanden.

Ach ja, Harold war zu hübsch, viel zu hübsch: das war der alte Kummer. Kein Mann hatte das Recht auf solche Augen, solche Wimpern und solche Lippen; es war unheimlich. Was seine Mutter, die Schwestern und die Dienstboten betraf, so konnte man getrost behaupten, daß sie ihn vergötterten; sie verehrten ihn, sie verziehen ihm alles – und Verzeihung hatte er weiß Gott immer nötig gehabt, schon seit er als Dreizehnjähriger die Geldbörse seiner Mutter gestohlen, das Geld herausgenommen und die Börse im Schlafzimmer der Köchin versteckt hatte. Der alte Mr. Neave schlug heftig mit seinem Stock gegen die Kante der Bordschwelle. Es war jedoch nicht nur seine eigene Familie, die Harold verwöhnte, sondern es war jedermann, dachte er: er brauche sie nur anzusehen und zu lächeln, und schon lagen sie vor ihm auf den Knien. Daher war es vielleicht nicht verwunderlich, daß Harold erwartete, diese nette Tradition würde auch im Geschäft aufrechterhalten werden. Hm, hm! Das ging doch nicht an. Kein Unternehmen, nicht einmal ein erfolgreicher, gut eingeführter, großer und rentabler Konzern durfte als Spielerei betrieben werden. Ein Mann mußte sich entweder mit Leib und Seele fürs Geschäft einsetzen, oder es ging vor seinen Augen vor die Hunde ...

Und dabei drängten ihn Charlotte und seine Töchter ständig, Harold das Ganze zu übergeben, sich zurückzuziehen und sein Leben zu genießen. Sein Leben genießen! Der alte Mr. Neave blieb plötzlich unter einer Gruppe uralter Kohlpalmen vor dem Regierungsgebäude stehen. Der Abendwind schüttelte die dunklen Wedel, so daß sie hohl und phantastisch losschnatterten. Zu Hause sitzen, Daumen drehen, die ganze Zeit wissen, daß sein Lebenswerk zerfiel und hinschwand und durch Harolds feine Finger glitt, während Harold lächelte ...

»Warum willst du so unvernünftig sein, Vater? Es ist ganz unnötig, daß du ins Büro gehst! Und für uns ist es sehr peinlich, wenn die Leute dauernd sagen, wie müde du aussiehst. Hier ist das große Haus und der Garten – hier könntest du dich bestimmt glücklich fühlen, wenn du es zur Abwechslung mal genießt. Oder du könntest dir irgendein Hobby zulegen!«
Und Lola, das Nesthäkchen, hatte sich anmaßend eingemischt: »Alle Männer sollten ein Hobby haben! Wenn sie keins haben, ist das Leben mit ihnen unmöglich!«
So, so! Unwillkürlich mußte er grimmig lächeln, als er mühsam die Anhöhe zu erklimmen begann, die zur Harcourt Avenue führte. Wo würden Lola und ihre Schwestern und Charlotte heute sein, wenn er sich auf Hobbies eingelassen hätte? Das sollten sie mal bedenken! Hobbies konnten nicht für ihr Stadthaus und den Bungalow am Meer zahlen, nicht für ihre Reitpferde und ihr Golfspielen, nicht für das Sechzig-Guineen-Grammophon im Musikzimmer, zu dessen Klängen sie tanzten. Nicht etwa, daß er ihnen das alles mißgönnt hätte! Keinesfalls! Es waren elegante, hübsche Mädchen, und Charlotte war eine beachtliche Frau, daher war es nur natürlich für sie, überall mitzumachen. Tatsächlich war kein anderes Haus in der Stadt so beliebt wie das ihre, keine andere Familie gab so viele Gesellschaften. Und wie oft hatte der alte Mr. Neave, wenn er nach dem Essen im Rauchzimmer einem Gast die Zigarrenkiste zuschob, Lobeshymnen auf seine Frau und die Töchter gehört, ja sogar auf sich selbst!
»Wirklich, eine ideale Familie, Sir! Eine ideale Familie! So ungefähr, wie man's in Büchern liest oder auf der Bühne sieht!«
»Was Sie nicht sagen, mein Junge!« pflegte der alte Mr. Neave dann zu erwidern. »Versuchen Sie mal eine von denen da – ich glaube, sie wird Ihnen schmecken. Falls Sie gern im Garten rauchen wollen, so finden Sie die Mädchen wahrscheinlich auf dem Rasenplatz.«
Deshalb hätten die Mädchen nie geheiratet, sagten die Leute: sie hätten heiraten können, wen sie wollten, aber sie hatten es zu Hause zu nett. Sie waren glücklich miteinander,

die Mädchen und Charlotte. Hm, hm! Na ja. Es mochte so sein ...
Inzwischen hatte er die vornehme Harcourt Avenue in ihrer ganzen Länge durchmessen und das Eckhaus erreicht, sein Haus. Das Tor für die Wageneinfahrt stand offen; im Kies waren frische Räderspuren. Und dann wandte er sein Gesicht dem großen, weiß gestrichenen Haus zu, den weit offenen Fenstern, deren Tüllgardinen im Wind flatterten, und den blauen Hyazinthenschalen auf den breiten Fenstersimsen. Zu beiden Seiten der Wageneinfahrt begannen die in der ganzen Stadt berühmten Hortensien zu blühen; die rosa und hellblauen Blütendolden leuchteten üppig über den saftigen Blättern. Und dem alten Mr. Neave kam es so vor, als sagten das Haus und die Blumen und sogar die frischen Wagenspuren in der Zufahrt: ›Hier ist junges Leben! Hier sind Mädchen ...‹ Die Halle war dämmerig, wie immer, und auf den Eichentruhen türmten sich Umhänge und Schirme und Handschuhe. Im Musikzimmer erklang überstürzt und laut und ungeduldig der große Flügel. Durch die offenstehende Salontür drangen Stimmen zu ihm her.
»Und hat es Eis gegeben?« fragte Charlotte, und ihr Schaukelstuhl knarrte.
»Aber was für Eis!« rief Ethel. »Noch nie im Leben hast du solch ein Eis gesehen, Mutter! Bloß zwei Sorten. Das eine war ein gewöhnliches Erdbeereis, wie man's im Laden bekommt, in einer aufgeweichten Papierkrause!«
»Das Essen war überhaupt schaurig«, rief Marion.
»Immerhin ist's noch ziemlich früh für Eis«, säuselte Charlotte.
»Aber wenn es einem schon vorgesetzt wird, warum ...«, empörte sich Ethel.
»Ja, sicher, Liebling«, säuselte Charlotte.
Plötzlich flog die Tür des Musikzimmers auf, und Lola stürzte heraus. Sie fuhr zurück und hätte beinah aufgeschrien, als sie den alten Mr. Neave sah.
»Meine Güte, Vater! Was du mir für einen Schreck eingejagt hast! Bist du gerade eben nach Hause gekommen? Warum ist Charles nicht hier und nimmt dir den Mantel ab?«

Ihre Wangen glühten vom Klavierspiel, ihre Augen glänzten, das Haar fiel ihr in die Stirn, und sie atmete so rasch, als wäre sie im Dunkeln gerannt und fürchte sich. Der alte Mr. Neave blickte seine jüngste Tochter an; ihm war, als habe er sie noch nie gesehen. So, so, das war also Lola? Sie aber schien ihren Vater vergessen zu haben: nicht auf ihn hatte sie hier gewartet. Jetzt nahm sie den Zipfel ihres zerknüllten Taschentuchs zwischen die Zähne und zerrte ärgerlich daran. Das Telefon läutete! A-ah! Lola stieß einen Schrei aus, der sich wie ein Aufschluchzen anhörte, und sauste an ihm vorbei. Die Tür der Kammer mit dem Telephon schlug zu, und nun rief Charlotte: »Bist du's, Vater?«
Vorwurfsvoll rief sie: »Du bist wieder müde!«, unterbrach ihr Geschaukel und bot ihm ihre warme, pflaumenhafte Wange. Die hellblonde Ethel streifte seinen Bart, und Marions Lippen glitten an seinem Ohr vorbei.
»Bist du zu Fuß gekommen, Vater?« fragte Charlotte.
»Ja, ich bin zu Fuß gegangen«, sagte der alte Mr. Neave und sank in einen der tiefen Salonsessel.
»Warum hast du keinen Wagen genommen?« fragte Ethel.
»Um diese Zeit sind sie zu Hunderten auf der Straße!«
»Aber Ethel«, rief Marion, »wenn Vater sich durchaus ermüden will, sehe ich keinen Grund, daß wir uns einmischen!«
»Kinder! Kinder!« bat Charlotte beschwichtigend.
Doch Marion wollte nicht aufhören. »Nein, Mutter, du verwöhnst Vater, und das ist nicht gut! Du müßtest strenger mit ihm sein. Er ist nicht brav!« Sie lachte ihr hartes, helles Lachen, während sie vor dem Spiegel stand und an ihrer Frisur zupfte. Seltsam! Als kleines Kind hatte sie eine so sanfte, scheue Stimme gehabt, sie hatte sogar etwas gestottert, doch wenn sie jetzt etwas sagte, und wär's auch nur: ›Die Marmelade, bitte‹, klang es, als stünde sie auf der Bühne.
»Ist Harold vor dir weggegangen?« fragte Charlotte und begann wieder zu schaukeln.
»Ich könnt's nicht sagen«, erwiderte der alte Mr. Neave. »Ich könnt's nicht sagen. Nach vier Uhr habe ich ihn nicht mehr gesehen.«
»Er sagte mir . . .«, begann Charlotte.

Aber in diesem Augenblick lief Ethel, die hastig die Seiten einer Zeitschrift umgeblättert hatte, zu ihrer Mutter und sank neben dem Schaukelstuhl in die Knie.
»Hier, sieh mal, Mummy!« rief sie. »Das habe ich gemeint. Gelb, mit feinem Silbermuster. Mußt du mir nicht recht geben?«
»Zeig es her, Kind!« sagte Charlotte. Sie suchte nach ihrer Schildpattbrille, fand sie und setzte sie auf. Mit ihren dicken kleinen Fingern stieß sie gegen das Blatt und betrachtete es mit leicht gespitztem Mund. »Sehr süß«, säuselte sie gleichmütig und blickte Ethel über die Brille hinweg an, »aber die Schleppe würde ich weglassen!«
»Keine Schleppe!« jammerte Ethel enttäuscht. »Aber auf die Schleppe kommt es ja vor allem an!«
»Zeig mal, Mutter! Laß mich Schiedsrichter sein!« rief Marion scherzend und riß ihrer Mutter die Zeitschrift aus der Hand.
»Ich gebe Mutter recht!« jubelte sie. »Die Schleppe ist einfach zuviel des Guten!«
Der alte Mr. Neave saß vergessen im Schoß des tiefen Sessels, sann vor sich hin und vernahm ihre Stimmen nur wie im Traum. Es ließ sich nicht leugnen, er war erschöpft; er hatte seine alte Widerstandskraft verloren. Heute abend gingen ihm sogar Charlotte und die Mädchen auf die Nerven. Sie waren zu ... zu ... Doch seinem grübelnden Gehirn fiel nichts weiter ein als ›zu üppig für ihn‹. Und irgendwo hinter alledem beobachtete er ein kleines, uraltes, verschrumpeltes Männchen, das endlose Treppenfluchten hinaufstieg. Wer war das?
»Heute abend ziehe ich mich nicht um«, murrte er.
»Was hast du gesagt, Vater?«
»Was? Ja, was?« Der alte Mr. Neave war auf einmal völlig wach und blickte sie an. »Heute abend ziehe ich mich nicht um«, wiederholte er.
»Aber, Vater, Lucile kommt doch heute und Henry Davenport und Mrs. Teddy Walker!«
»Du würdest gänzlich aus dem Rahmen fallen!«
»Fühlst du dich nicht wohl, Vater?«

»Du brauchst dich ja dabei nicht anzustrengen! Wofür ist denn Charles da!«

»Aber wenn du dich wirklich nicht danach fühlst ...«, sagte Charlotte schwankend.

»Meinetwegen! Meinetwegen!« Der alte Mr. Neave stand auf, um dem kleinen, treppensteigenden Männchen bis an die Tür seines Ankleidezimmers zu folgen ...

Der junge Charles erwartete ihn bereits. Sorgsam, als hinge alles davon ab, wickelte er ein Handtuch um die Heißwasserkanne. Den jungen Charles hatte er schon immer gern gemocht – schon seit er als kleiner rotbackiger Bursche ins Haus gekommen war, um die Feuerstellen der Kamine in Ordnung zu halten. Der alte Mr. Neave ließ sich gemächlich auf dem Korbliegestuhl am Fenster nieder, streckte die Beine von sich und vergaß seinen kleinen allabendlichen Scherz nicht: »Mach ihn fein, Charles!« Und Charles beugte sich mit ernstem Schnaufen und Stirnerunzeln über ihn, um die Nadel aus der Krawatte zu ziehen.

Hm, hm! Ja, ja! Am offenen Fenster war es angenehm, sehr angenehm – ein schöner, milder Abend. Auf dem Tennisplatz unten wurde gemäht; er hörte das leise Scheppern der Mähmaschine. Bald würde es wieder mit den Tennisgesellschaften der Mädchen losgehen. Über diesem Gedanken schien es ihm so, als höre er Marions schallende Stimme: »Ein Punkt für dich! ... Oh, gut so! ... Hei, das war wirklich fein!« Dann hörte er Charlotte auf der Veranda rufen: »Wo ist Harold?« Und Ethel: »Er ist bestimmt nicht hier, Mutter.« Und Charlotte, zerstreut: »Er hat gesagt ...«

Der alte Mr. Neave seufzte, erhob sich und hielt eine Hand unter seinen Bart, nahm dem jungen Charles den Kamm ab und kämmte seinen weißen Bart sorgfältig durch. Charles gab ihm ein zusammengefaltetes Taschentuch, die Uhr, Petschaft und Brillenfutteral.

»Das wäre alles, mein Junge!« Die Türe schloß sich, er sank zurück, er war allein ... Und jetzt stieg das uralte Männchen endlose Treppenfluchten hinab, die zu einem glitzernden, heiteren Eßzimmer führten. Was für Beine er hatte! Spinnenbeine, dünne, verkümmerte!

›Eine ideale Familie, Sir, eine ideale Familie!‹
Aber wenn das stimmte, warum hielten ihn dann Charlotte oder die Mädchen nicht auf? Warum war er ganz allein bei seinem endlosen Auf- und Abklettern? Wo war Harold? Ach, es hatte keinen Sinn, von Harold etwas zu erwarten. Treppab, treppab kletterte das alte Spinnenmännchen, und dann sah der alte Mr. Neave zu seinem Entsetzen, wie es am Eßzimmer vorbeischlüpfte, zum Eingang schlich, zur dunklen Zufahrt, zum großen Tor und zum Büro. Haltet ihn, haltet ihn auf – irgend jemand!
Der alte Mr. Neave schreckte zusammen. In seinem Ankleidezimmer war es dunkel; das Fenster schimmerte bleich. Wie lange mochte er geschlafen haben? Er lauschte, und durch das große, hohe, eindunkelnde Haus schwebten ferne Stimmen, ferne Klänge. Vielleicht, dachte er undeutlich, hatte er lange, lange geschlafen. Er war vergessen worden! Was hatte all das mit ihm zu tun – das Haus und Charlotte, die Mädchen und Harold: was wußte er von ihnen? Sie waren Fremde für ihn. Das Leben hatte ihn übergangen. Charlotte war nicht seine Frau. Seine Frau!
... Eine dunkle Veranda, halb verdeckt von den Ranken der Passionsblume, die düster und trauernd niederhing, als verstünde sie alles. Kleine warme Arme liegen um seinen Hals. Ein Gesichtchen, klein und blaß, zu ihm aufgewandt, und eine Stimme haucht: »Leb wohl, mein Schatz!«
Mein Schatz! »Leb wohl, mein Schatz!« Wer von ihnen hat gesprochen? Warum haben sie Lebwohl gesagt? Irgendein schrecklicher Irrtum passiert! *Sie* ist seine Frau, dieses kleine blasse Mädchen, und sein ganzes übriges Leben ist ein Traum gewesen.
Dann ging die Tür auf, und im Licht stand der junge Charles, legte die Hände an die Hosennaht und meldete wie ein junger Soldat: »Das Abendessen ist angerichtet, Sir!«
»Ich komme, ich komme«, sagte der alte Mr. Neave.

Elf Uhr. Es klopft.

... Hoffentlich habe ich Sie nicht gestört, Madam? Sie haben doch noch nicht geschlafen, nicht wahr? Ich habe nämlich gerade meiner Dame ihren Tee gebracht, und es war ein nettes Täßchen voll übrig, deshalb hab' ich mir gedacht, vielleicht ...

... Gern geschehen, Madam. Einen Tee mach' ich ihr immer noch abends als letztes. Sie trinkt ihn im Bett, nachdem sie gebetet hat, um sich aufzuwärmen. Ich setze den Kessel auf, wenn sie niederkniet, und sage zum Kessel: »*Du* brauchst dich nicht allzusehr beeilen mit deinem Gebet!« Aber er kocht schon immer, ehe meine Dame halb fertig ist. Verstehen Sie, Madam, wir kennen so sehr viel Leute, und für alle muß gebetet werden – für jeden einzelnen. Meine Dame hat eine Liste von ihren Namen in einem kleinen roten Buch. Lieber Himmel, immer, wenn jemand Neues uns besucht hat und meine Dame hinterher zu mir sagt: ›Ellen, gib mir mein kleines rotes Buch‹, dann könnt' ich ganz wild werden. ›Schon wieder einer‹, denk' ich, ›der sie bei jedem Wetter dran hindert, ins Bett zu gehen!‹ Ein Kissen will sie nämlich nicht nehmen: sie kniet auf dem harten Teppich! Es macht mich ganz verrückt, wenn ich sie so knien sehe, weil ich sie doch so gut kenne. Ich hab' versucht, sie zu beschummeln und hab' die Daunendecke hingelegt. Aber gleich das erstemal, als ich's getan habe – oh, Madam, was sie mir da für einen Blick zugeworfen hat – direkt heilig! ›Hat unser Herr Jesus eine Daunendecke gehabt, Ellen?‹ hat sie mich gefragt. Aber ich – damals war ich noch jünger –, ich hatte die größte Lust, ihr zu antworten: ›Nein, aber unser Herr Jesus war nicht in Ihrem hohen Alter, und er hat nicht gewußt, wie das ist, wenn man Hexenschuß hat!‹ Frech – nicht wahr? Aber sie ist eben viel zu gut, Madam! Als ich ihr grad eben die Bettdecke um die Füße gestopft habe und sie mir anschaue, wie sie auf dem Rücken liegt, die Hände draußen und den Kopf auf dem Kissen, so hübsch, da hab' ich denken müssen: ›Jetzt siehst du genauso wie deine liebe Mutter aus, als ich sie aufgebahrt hatte!‹

... Ja, Madam, es blieb alles mir überlassen. Oh, sie sah allerliebst aus! Ich hab' ihr Haar zurechtgemacht, ein bißchen weich, rund um die Stirn, lauter kleine Locken, und ganz dicht am Hals hab' ich ihr einen Strauß von den schönsten dunkellila Stiefmütterchen umgelegt. Mit den Stiefmütterchen war sie ein richtiges Bild, Madam! Die werde ich nie vergessen! Heute abend, als ich meine Dame so ansah, hab' ich auch wieder gedacht: ›Wenn jetzt noch die Stiefmütterchen da wären, könnt' man keinen Unterschied sehen!‹

... Erst letztes Jahr, Madam. Erst, nachdem sie ein bißchen – na ja – wunderlich geworden war, wie man so sagt. Natürlich war sie nie gefährlich; sie war eine ganz liebe alte Dame. Aber wie sie's hatte, das war nämlich so: sie hatt' geglaubt, sie hätte was verloren. Sie konnte nicht still sitzen, sie konnte nicht Ruhe geben. Den ganzen Tag treppauf und treppab, treppauf und treppab; überall ist man ihr begegnet – auf der Treppe, in der Veranda, im Durchgang zur Küche. Und dann hat sie zu einem aufgeschaut und hat gesagt – genau wie ein Kind – ›Ich hab's verloren!‹ Und ich hab' gesagt ›Kommen sie mit‹, hab' ich gesagt, ›ich lege Ihnen eine Patience!‹ Aber sie hat mich bei der Hand genommen – mich hatte sie besonders gern – und hat geflüstert: ›Such's mir, Ellen, such's mir!‹ Traurig, nicht wahr?

...Nein, sie hat sich nie mehr erholt, Madam. Zu guter Letzt hat der Schlag sie gerührt. Und ihre letzten Worte, die hat sie ganz langsam zu mir gesagt: ›Schau nach – im –, schau nach – im –‹ Und dann war sie weg.

... Nein, Madam, ich kann nicht sagen, daß es mir schwer wird. Andern Mädchen vielleicht. Aber verstehen Sie, es ist nämlich so, daß ich niemand anders habe als meine Dame. Meine Mutter ist an der Schwindsucht gestorben, als ich vier war, und dann hab' ich bei meinem Großvater gelebt, der einen Friseurladen hatte. Die meiste Zeit hab' ich im Laden unter einem Tisch gesessen und meine Puppe frisiert – um's den Gehilfen nachzumachen, nehm' ich an. Die waren immer so nett zu mir! Kleine Perücken haben sie mir gemacht, in allen Farben und von der allerneuesten Mode. Und ich den ganzen Tag unterm Tisch, mäuschenstill – die Kundschaft hat's nie gemerkt. Bloß manchmal hab' ich unter der Tischdecke hervorgelinst!

... Ach, eines Tages hab' ich eine Schere erwischt, und ob Sie's glauben oder nicht, Madam – ich hab' mir mein ganzes Haar abgeschnitten, lauter Schnipsel, ich kleiner Aff'! Großvater war wütend! Er hat die Brennschere genommen – werd's nie vergessen – und mich bei der Hand gepackt und meine Figur reingeklemmt! ›Dir werd' ich's zeigen!‹ hat er gesagt. Eine schreckliche Brandwunde war's, hab' die Narben noch heute!

... Ach, verstehen Sie, Madam, er war so stolz auf mein Haar. Hat mich oft auf den Ladentisch gesetzt, eh' die Kunden kamen, und es schön frisiert – große, weiche Locken, und oben mit Wellen. Ich weiß noch, wie die Gehilfen alle drum herum standen, und ich so ernst mit dem Penny in meiner Hand, den Großvater mir immer zu halten gegeben hat, solange ich stillsitzen mußte ... Aber hinterher hat er mir den Penny wieder weggenommen! Der arme Großvater! Rasend war er, weil ich so eine Vogelscheuche aus mir gemacht hatte. Aber was für Angst er mir eingejagt hat! Wissen Sie, was ich getan hab', Madam? Bin ausgerissen! Ja, um alle Straßenecken, um eine nach der andern, weiß nicht, wie weit ich gerannt bin. O je, ich muß schlimm ausgesehen haben, mit der Schürze um die Hand gewickelt, und das Haar stand mir vom Kopf ab! Sicher haben die Leute über mich gelacht damals ...

... Nein, Madam, der Großvater hat's mir nie verziehen ... Er konnte mich nachher nicht mehr ansehen, konnte nicht mal essen, wenn ich dabei war. Deshalb hat mich meine Tante genommen. Sie war verkrüppelt, Tapeziererin war sie. Und winzig klein! Mußte auf dem Sofa stehen, wenn sie den Überzug für die Rückenlehne zuschneiden wollte. Und so hab' ich dann meine Dame getroffen – als ich der Tante geholfen habe ...

... Nicht so sehr, Madam. Ich war gerade dreizehn gewesen. Kann mich nicht erinnern, daß ich mir jemals – wie'n Kind

vorgekommen bin, gewissermaßen. Wird wohl auch von meiner Uniform gekommen sein, denn meine Dame hat mir vom ersten Tag an alles gegeben, was dazugehört, Kragen und Manschetten und so. Doch – ein einziges Mal. Das war komisch zugegangen. Nämlich so: meine Dame hat ihre beiden kleinen Nichten zu Besuch gehabt – wir waren damals in Sheldon –, und auf dem Marktplatz war Jahrmarkt. ›Ellen‹, hat sie zu mir gesagt, ›ich möchte, daß du die beiden jungen Damen zu einem Eselritt ausführst!‹ Wir sind also gegangen – so ernste kleine Püppchen waren's! Jede hat mich an der Hand gefaßt. Doch dann sind wir vor den Eseln gestanden, und sie waren zu schüchtern und wollten nicht reiten. Da haben wir statt dessen eben zugeschaut. Ganz wunderhübsche Esel waren's, und die ersten, die ich nicht vor 'nem Karren gesehen hab' – rein zur Freude waren sie da. Sehr schön silbergrau, mit 'nem kleinen roten Sattel und blauem Zügel und Glöckchen an den Ohren, bimmelimmebimm! Ganz große Mädchen, älter noch als ich, ritten drauf und lachten. So lustig! Nicht gewöhnlich, Madam – sie haben nur ihren Spaß gehabt. Und ich weiß nicht, was es war – aber wie die kleinen Hufe so getrippelt sind, und dann die großen Augen – so sanft – und die weichen Ohren –, da hab' ich mir auf einmal gedacht, ich muß unbedingt auf einem Eselchen reiten.
. . . Nein, natürlich ging's nicht. Ich hatte ja meine jungen Damen mit. Und wie hätt' ich wohl ausgesehen, wenn ich in meiner Uniform da oben gehockt hätte? Aber den ganzen Tag hab' ich nichts andres als die Eselchen im Kopf gehabt. Ich hab' gedacht, es würde mich zerreißen, wenn ich's nicht jemand sage – aber wer war denn da, dem ich's hätt' sagen können? Aber wie ich dann zu Bett bin – ich hab' damals im Schlafzimmer von Mrs. James geschlafen, unsre Köchin war das –, und kaum war das Licht aus, da seh' ich sie wieder, meine Eselchen, mit ihren niedlichen Hufen und den traurigen Augen . . . Und was glauben Sie wohl, Madam – ich hab' lange gewartet und getan, als schlaf' ich, und dann hab' ich mich aufgesetzt und aus Leibeskräften geschrien: *›Ich will auf einem Esel reiten! Ach, könnt' ich auf ein Esel-*

chen!‹ Verstehen Sie, es mußte raus, und ich hab' gedacht, keiner lacht mich aus, wenn sie denken, ich träume bloß. Schlau, nicht wahr? Was man sich so ausdenkt als Kindskopf, der man ist ...

... O nein, Madam, jetzt nie mehr. Früher hab' ich natürlich mal dran gedacht. Aber es ging nicht. Er hat einen kleinen Blumenladen gehabt – schräg rüber am Ende von der Straße, wo wir gewohnt haben. Komisch – nicht wahr? Wo ich doch so scharf auf Blumen bin. Damals haben wir oft Gesellschaften gehabt, und ich war mehr in dem Blumenladen als sonstwo, wie man so sagt. Und Harry und ich – er hieß Harry – haben uns drüber gestritten, wie man Blumen einstellen muß, und damit hat's angefangen. Blumen! Sie würden's nicht glauben, Madam, was für Blumen er mir immer gebracht hat. Nichts war ihm gut genug. Maiglöckchen – mehr als einmal – ohne Übertreibung! Na ja, wir wollten ja auch heiraten und über dem Laden wohnen, ja, so sollte es alles sein, und ich sollte immer das Schaufenster machen ... Ach, wie oft hab' ich samstags das Schaufenster gemacht – natürlich nicht in Wirklichkeit, Madam, bloß ausgedacht! ›Fröhliche Weihnachten!‹ aus Stechpalmen und was sonst noch, und zu Ostern mit Lilien und einem Stern aus Narzissen in der Mitte. Und einmal – aber Schluß damit! Dann ist der Tag gekommen, wo er mich abholen wollte für die Möbel aussuchen. Es war an einem Dienstag, und ich werd's nie vergessen. Meine Dame hat sich an dem Nachmittag nicht so recht gefühlt – gesagt hat sie nichts, das tut sie nämlich nie. Aber ich hab's ihr angesehen – wie sie sich eingewickelt hat und immerzu gefragt hat, ob's kalt wär' – und ihre kleine Nase hat so spitzig ausgesehen. Ich wollte gar nicht gern weg – hab' gewußt, daß ich mich die ganze Zeit um sie sorgen würde. Schließlich hab' ich sie gefragt, ob sie möchte, daß ich's verschiebe. ›O nein, Ellen‹, hat sie gesagt, ›du mußt nicht an mich denken! Du darfst deinen jungen Mann nicht enttäuschen!‹ Und dabei so fröhlich, verstehen Sie, Madam? Gar nicht an sich selber gedacht. Es war mir ganz und gar nicht recht. Hab' mir schon überlegt ... und da ist ihr Taschentuch runtergefallen, und sie wollte sich bücken und es selber aufheben – was sie sonst niemals getan hat. ›Sie werden doch nicht!‹ hab' ich gerufen und bin hingelaufen, um sie zu hindern. ›Ach‹, hat sie gesagt und so'n bißchen dabei gelacht, Sie wissen schon, Madam, ›ach, ich muß ja anfangen und mich üben!‹ Na, da konnt' ich mir fast nicht die Tränen verkneifen und bin rasch zum Frisiertisch, hab' getan, als wollt' ich das Silber abstauben und konnte nicht anders – ich mußt' sie fragen, ob's ihr lieber wär', wenn – ich nicht heirate. ›Nein, Ellen‹, hat sie gesagt, mit so einem Ton wie ich's jetzt sage, ›nicht um *alles in der Welt!*‹ Aber als sie das gesagt hat, Madam, hab' ich sie im Spiegel gesehen – bloß daß sie nicht gewußt hat, daß ich sie gesehen hab' –, da hat sie ihre kleine Hand auf ihr Herz gelegt, genau wie ihre liebe Mutter, und hat solche Augen gemacht ... oh, *Madam!* ... Und dann? Dann ist Harry gekommen, und ich hab' all seine Briefe parat gehabt und den Ring und die süße kleine Brosche, die er mir geschenkt hat – ein silberner Vogel war's, mit einer Kette im Schnabel, und an der Kette hing ein Herzchen mit einem Dolch – ganz was Extra's! Ich hab' ihm die Tür aufgemacht und ihm keine Zeit gelassen, was zu sagen. ›Da‹, hab' ich gesagt, ›nimm's alles zurück‹, hab' ich gesagt, ›es ist aus und vorbei! Ich kann dich nicht heiraten‹, hab' ich gesagt, ›weil ich meine Dame nicht allein lassen kann!‹ Weiß ist er geworden, kreideweiß! Ich hab' die Tür zuschlagen müssen, und dann stand ich da und hab' gezittert und gewartet, bis ich gewußt hab', er ist weg. Als ich die Tür wieder aufgemacht hab' – ob Sie's glauben oder nicht, Madam – da war er tatsächlich *weg!* Ich bin auf die Straße gerannt, wie ich war, mit der Schürze und in Hausschuhen, und bin dagestanden, mitten auf der Straße ... und hab' geschaut. Wer mich gesehen hat, der muß gelacht haben ...

... Ach du lieber Himmel! Was ist denn das? Da schlägt schon die Uhr! Und ich hab' Sie wach gehalten! Oh, Madam, Sie hätten mir den Mund verbieten sollen! Kann ich Ihnen die Füße besser in die Decke einwickeln? Das tu' ich nämlich jeden Abend bei meiner Dame, ganz genauso. Und sie sagt: ›Gute Nacht, Ellen, schlaf gut und wach beizeiten auf!‹ Ich weiß nicht, was ich tun sollte, wenn sie das mal nicht sagen würde...

O Gott, manchmal denk' ich . . . was soll ich bloß anfangen, wenn irgendwas . . . Aber Denken nützt niemand was, nicht wahr, Madam? Denken hilft nicht. Ich tu's auch nicht oft. Und wenn, dann reiß' ich mich gleich zusammen und sag': ›Also was denn, Ellen? Du dummes Ding! Hast du nichts Besseres zu tun, daß du nachdenken mußt?‹

Arthur Schnitzler

Der Sekundant
und andere Erzählungen. Band 9100
»Wunderschön sparsam und durchsichtig« hat Hugo von Hofmannsthal die Art und Weise genannt, mit der Arthur Schnitzler »alles Äußerliche, das den Fortgang der Handlung unterstützt«, in seinen Werken schildert.

Spiel im Morgengrauen
Erzählung. Band 9101
»Spiel im Morgengrauen« ist ein für Arthur Schnitzlers Erzählen sehr charakteristisches Beispiel: das Motiv des Spiels – des Spiels der Akteure mit ihren Gedanken und Gewohnheiten und des Spiels des Zufalls, des Schicksals – kehrt bei ihm immer wieder.

Fräulein Else
und andere Erzählungen. Band 9102
»Schon das Gestern verschwimmt, und alles, was ein paar Tage zurückliegt, bekommt den Charakter eines unklaren Traumes.« Arthur Schnitzler erzählt vom Fehlverhalten der Menschen, die, aus solchem Lebensgefühl heraus, nicht davor zurückscheuen, die anderen, die gewissenhaften, zu opfern, wenn sie selbst sich allzusehr verstrickt haben.

Fischer Taschenbuch Verlag

fi 297 / 2

Amerikanische Erzähler

Truman Capote
Die Grasharfe
Roman
Band 1086

William Goyen
Im fernsten Land
Eine Romanze
Band 5389

Ernest Hemingway
Wem die Stunde schlägt
Roman
Band 408

William Saroyan
Der erste Sommertag
Erzählungen aus den Jahren 1933–1938
Band 5452

Thornton Wilder
Dem Himmel bin ich auserkoren
Roman
Band 5316

Fischer Taschenbuch Verlag

fi 540/1